I0634311

TROIS DISCOURS

prononcés

À L'HOTEL-DE-VILLE

par

MM. DAIX, CONSIDERANT ET D'IZALGUIER

faisant complément à la publication

DU CONGRÈS HISTORIQUE

Paris,

P. H. KHRABBE,

ÉDITEUR DE LA BIOGRAPHIE DES HOMMES DU JOUR

ET AU DÉPOT DES PUBLICATIONS DE L'ÉCOLE SOCIÉTAIRE

1836

TROIS DISCOURS

PRONONCÉS

A L'HOTEL-DE-VILLE.

PARIS, IMPRIMERIE GRÉGOIRE ET C*.
RUE DU CROISSANT, 16.

TROIS DISCOURS

PRONONCÉS

A L'HOTEL-DE-VILLE

PAR

MM. DAIN, CONSIDERANT ET D'IZALGUIER;

FAISANT COMPLÉMENT A LA PUBLICATION

DU CONGRÉS HISTORIQUE.

PRIX : 4 FR.

PARIS.

P.-H. KRABBE,

Editeur de la Biographie des Hommes du Jour,
Rue de Bussy, 12-14.

Et au DÉPOT des publications de l'Ecole Sociétaire,
Rue Jacob, 22.

—

1836.

Avertissement.

Les trois discours que nous présentons au public forment corps et sont liés par une même pensée, ils appartiennent à une même doctrine, celle de l'*Ecole sociétaire.* Un mot sur cette Ecole :

« L'*Ecole* ou le *Parti sociétaire,* — comme on voudra dire —, se compose des hommes qui, frappés des désordres sans cesse renaissans au sein de notre société, et des vains efforts de tous les Partis et opinions politiques pour les faire cesser, ont compris que leur racine existe, non pas dans la nature des hommes, non pas dans la nature des intérêts, mais dans les divergences qui RÉSULTENT *d'une fausse combinaison de ces intérêts* ; et que, par conséquent, le remède au mal réside fondamentalement dans l'ASSOCIATION *des intérêts aujourd'hui divergens.*

» CONSTITUER L'ASSOCIATION, tel est donc LE BUT de l'*Ecole sociétaire.*

» Mais pour *constituer l'Association,* il faut avoir UN MOYEN, UN PROCÉDÉ. Or, ce moyen, ce procédé, elle l'a trouvé dans la découverte d'un homme d'un immense génie, qui l'a déposé dans diverses publications, dont la première remonte à l'année 1808.

» La découverte de FOURIER sur l'*Art d'associer,* le *moyen* qu'il propose pour remédier aux désordres de notre société, constituent un *système d'Idées* qui sont maintenant du domaine public. Ce moyen paraît aux membres de l'Ecole sociétaire revêtu du caractère scientifique dans toute la rigueur du mot ; c'est à leurs yeux *le procédé naturel d'Association,* la combinaison sociale mathématiquement déduite de la *constitution physiologique et morale de l'homme,* le moyen capable, enfin, d'utiliser, d'employer au bien, de développer harmoniquement toutes les *facultés natives* de chaque nature individuelle, dans le sens du bonheur commun et de l'ordre général. — Ceux qui ont accepté ce *moyen* ne refusent pas, d'ailleurs, d'examiner et de discuter *tout autre moyen* qui serait offert pour atteindre le même but, l'*Association des intérêts et des individus.* — En outre (et ceci doit être formellement exprimé), la propriété de la Science de Fourier *appartient à Fourier seul* ; ses livres sont là, et, SEULS, FONT FOI pour cette science : de telle sorte que s'il arrivait aux hommes qui ont accepté cette Science, de faire fausse route, soit dans des *expositions*, soit dans des *applications* ou des *déductions ultérieures*, eux seuls, — et non la science et son créateur, — en seraient responsables.

» Ainsi, l'*Ecole sociétaire* a, pour *but*, la réalisation de l'ASSOCIATION ;

» Elle a, pour *moyen*, la SCIENCE SOCIALE, due au génie de Fourier ;

» Et elle accomplira *sa tâche* en installant une PUBLICITÉ dont le double essor consistera, — d'un côté, à montrer que la vieille Politique, posant mal toutes les questions, est condamnée à stationner dans les régions basses et malfaisantes où il convient de la laisser ; — et de l'autre, à montrer comment les questions sociales doivent être posées pour être susceptibles de solutions, et à donner ces solutions.

» Cette double tâche, *critique* et *organique*, l'Ecole sociétaire compte la conduire avec ses journaux et ses livres, faits ou à faire.... (1) »

Les trois discours qui suivent, pour être inspirés par la doctrine qui sert de base à l'Ecole sociétaire, n'en sont pas moins l'œuvre personnelle de ceux qui les ont signés et qui en demeurent respectivement seuls responsables.

La publication de ces discours a éprouvé des retards extrêmes, provenus de l'imprimerie. La publication des séances du Congrès par l'Institut Historique, commencée en même temps que celle-ci, devait être faite en quinze jours ; — elle n'est point encore terminée.

Il eût été difficile d'exprimer dans le titre que le discours de M. d'Izalguier, composé pour le Congrès, n'a pu y être lu faute de temps.

(1) Cette définition de l'*Ecole sociétaire* est extraite d'un ouvrage intitulé *Nécessité d'une dernière Débâcle politique.*—Voir à la fin du volume la liste bibliographique des *publications de l'Ecole sociétaire.*

* * *

ERRATA.

Page 42, 3º avant-dernière ligne : Vous poseriez les penchans, *lisez :* vous doseriez les penchans.

Page 117, 11º ligne : Corporiété, *lisez :* corporéité.

QUEL EST LE BUT DE L'HISTOIRE.

———◆———

Discours

PRONONCÉ AU CONGRÈS HISTORIQUE,

Le 15 novembre 1835,

PAR

CHARLES DAIN.

QUEL EST LE BUT DE L'HISTOIRE,

ou

SOLUTION DU PROBLÊME SOCIAL PAR L'HISTOIRE,

Par M. Ch. DAIN.

Messieurs,

Quand l'homme écrit ses annales, pensez-vous qu'il se préoccupe exclusivement du passé? Ce passé, perdu sans retour, pensez-vous que l'homme l'adore au point de l'encenser encore quand il n'est plus? Serait-il vrai que, désireux de se contempler lui-même, il n'ait d'autre but, en élevant le monument indestructible où seront déposées ses ruines, que de les retrouver au besoin, de caresser ainsi l'une après l'autre ses actions bonnes ou mauvaises, ses pensées utiles ou malfaisantes, et de se complaire à les caresser? En un mot, l'homme fait-il de l'histoire dans le simple but de faire de l'histoire? Oh! non, Messieurs, vous ne le pensez pas! Il n'est point de tendance plus précieuse que celle qui nous régit et nous gonverne, sans que nous soyons libres de la maîtriser. Ce n'est pas en vain que notre orgueilleuse nature nous sollicite, comme on dit; ce n'est pas sans raison qu'il nous prend envie, à mesure que nous avançons dans la carrière, de retourner sur nos pas et de nous poser en face de notre activité passée. L'homme est curieux parce qu'il doit connaître; voir et savoir ont la même racine. Il faudra bien qu'après avoir considéré les temps anciens, nous commencions à les interroger; il faudra bien que nous mettions à profit les sublimes leçons de l'histoire, et que la cendre des générations passées fertilise les générations nouvelles.

Ainsi, Messieurs, l'homme ne cesse pas de demander à l'histoire ses enseignemens. Quel que soit le point, dans la science, où tendent nos efforts et nos travaux, toujours nous éprouvons le besoin de coordonner aux leçons de l'expérience les combinaisons de notre pensée; et, vous-mêmes, vous avez honoré ce besoin, en ouvrant une vaste arène où viennent se mêler toutes les écoles, divisées par la croyance, mais réunies par l'histoire.

L'*école sociétaire* eût manqué à son esprit, si elle ne se fût empressée de répondre à votre appel; car notre esprit n'est pas à la guerre, mais à la paix. Nous désirons d'unir notre vie intellectuelle à toutes les vies intellectuelles de l'époque, d'unir nos bonnes intentions à toutes les bonnes intentions du moment. Persuadés que ce n'est point avec des armes que l'humanité fera son chemin, nous voudrions lui ôter ce vieux tronçon de glaive qu'elle agite encore, et lui donner en échange la science, qui est la condition du bonheur. C'est parce que vous êtes pénétrés des mêmes sentimens, que nous avons entrepris de vous montrer comment nos efforts pour servir l'humanité sont justifiés par l'histoire, et pourquoi, jusqu'à ce jour, les leçons du passé se sont perdues, tandis que l'humanité souffre. Or, il y avait puissance apparemment de l'empêcher de souffrir! Apparemment, l'humanité n'a pas été condamnée sans retour à baigner de ses pleurs et de son sang la terre qu'elle habite! Apparemment, la Providence, qui n'est pas en défaut vis-à-vis les autres êtres, quelque petits et quelque faibles qu'ils soient, n'est pas en défaut non plus vis à-vis l'homme!

Je réponds d'avance, comme vous pouvez le voir, à ces hommes généreux, mais égarés, qui soutiennent que l'humanité est, de condition divine, destinée au malheur, et que sa loi est de souffrir. Je n'ai pas d'ailleurs d'intérêt à renverser maintenant cette doctrine, quelque fausse et impie que je la suppose. Je me borne à remarquer que, si tel était le sort de l'humanité, on ne saurait plus rendre compte de sa raison d'être. En descendant au fond de nous-mêmes, nous trouvons que la principale attraction que Dieu ait mise dans nos ames, c'est de tendre au bonheur sans relâche. Nous voyons, en outre, que chacun de nos actes n'est qu'une traduction de ce désir... désir éternel de toute créature, et qui n'est autre que le désir même de l'accomplissement de sa loi. Un pareil instinct se remarque dans l'humanité tout entière. Toujours et partout, à quelque époque et dans quelque lieu que je me place, je trouve les nations occupées à se faire un sort heureux. Or, conçoit-on qu'il fût dans la destinée même de l'humanité de manquer à sa destinée? Où donc est l'être qui ment à sa nature? qu'on me le montre!... et j'élèverai aussitôt la voix, pour m'écrier qu'il n'y a de vrai au monde que le faux; ou, mieux encore, je dirai, avec un philosophe railleur de notre temps, que la création tout entière est une grande mystification.

Heureusement il n'en est pas ainsi! l'Ordre règne dans l'univers; et, si l'ordre devait s'arrêter quelque part, ce ne serait point à l'homme. C'est à l'homme, au contraire, que commence la série harmonique des êtres ; car nous voyons que c'est lui seul, parmi les animaux de notre globe, qui soit disposé convenablement pour comprendre Dieu et l'adorer. Or, plus un être est élevé, plus sa destinée est large et belle, et plus il a droit au bonheur ; — car, si tout être a une destinée, et s'il est vrai que l'on ne puisse être heureux qu'en accomplissant sa destinée, — il est clair que la mesure de la destinée devient la mesure du bonheur, et que le même rapport qui existe entre la destinée d'un être quelconque et la destinée des autres êtres, devra exister aussi entre son bonheur et le bonheur de tous les autres. Cette conviction, qui brille au fond de notre cœur, que de grandes destinées étant réservées à l'homme, un grand bonheur lui est aussi réservé, cette conviction se suffit à elle-même. Si nous avions besoin d'un secours étranger pour la confirmer encore et la rendre inébranlable, nous le trouverions dans la conduite de ceux-là mêmes qui, prenant le passé pour l'avenir, et n'osant pas s'élever jusqu'à la conception des destinées générales, jugent en dernier ressort l'humanité et lui décrètent le malheur. Ceux-là, en effet, n'ont pas une pensée qui ne soit une pensée sociale, pas un désir qui ne soit un désir d'ordre. Toujours il s'agit pour eux d'améliorer la condition des hommes, d'améliorer le sort de la classe pauvre et souffrante, d'augmenter le bien-être des classes qui sont déjà pourvues du nécessaire. Ainsi, ce bonheur, qu'ils nous ordonnent de chercher autre part que sur la terre, ils prétendent le réaliser sur la terre; ainsi, leur instinct se révolte contre leurs principes ; — et cette considération nous ramène à l'axiome suivant, que le principal caractère d'une époque de désordre, c'est l'antagonisme constant des passions et de la raison!

Mais à quoi sert de nous plaindre? L'humanité s'est montrée sourde à la voix des faux prophètes. Ne s'est-elle pas constamment soulevée, je le demande, contre ceux de ses fils qui, la condamnant au malheur, n'ont rien trouvé de mieux à lui offrir que patience et résignation? Pourtant l'histoire était là, vivante, inexorable; l'histoire faisait foi de nos malheurs passés!... et, s'il faut toujours, comme le disent ceux que je combats, conclure du passé au présent, et du présent à l'avenir, pourquoi donc l'humanité n'a-t-elle pas conclu? Pourquoi ces efforts violens pour vaincre son étoile? Pourquoi n'est-elle pas restée immobile et silencieuse dans son mal-être? Pourquoi, de nos jours encore, tant d'innovations, tant de réformes?... De nos jours, où c'est chose démontrée et passée en proverbe, qu'aucune de ces innovations, de ces réformes, ne saurait s'accomplir, qui ne soit précédée de crises affreuses, et suivie fatalement de désordres affreux? Pourquoi, en un mot, pourquoi donc l'humanité s'est-elle toujours maintenue dans ce mouvement ascensionnel, quand chacun de ses efforts pour monter a toujours été vain, ou, ce qui est plus déplorable encore, quand chacun de ses pas en avant a été marqué par une chute? Pourquoi tout cela? Pourquoi cet antagonisme continuel entre la volonté et l'exemple, entre l'humanité et l'histoire? — C'est que l'humanité n'a pas, pour juger l'histoire, comme ceux qui l'ont jugée d'après l'histoire, de fausses méthodes et de fausses idées; c'est qu'elle n'est pas venue au jugement, avec une conscience déjà faite et désirant trouver sa sanction. L'humanité n'a eu, pour la guider, que son cœur, je veux dire les attractions impérissables qu'elle tient de Dieu, et, par-dessus tout, ce *sentiment de la convenance des choses*, qui est le principe de la vérité transcendante (1)! L'humanité n'a vu qu'un renversement de toutes les lois, là où d'autres ont vu des lois; elle n'a vu que le désordre, là où d'autres ont vu l'ordre. Avertie par la voix intérieure qui lui criait que le désordre, n'étant pas essentiel, mais phénoménal, ne doit provoquer qu'à la réalisation de l'ordre, elle s'est mise en marche avec persévérance et courage; et, nous sommes heureux de le dire, voici qu'elle approche du terme, voici de beaux arbres et de frais ombrages, voici de belles et fraîches eaux, voici l'oasis dans le désert; voici enfin, pour nous tenir dans le cercle des réalités, voici briller à trois pas ce palais magique et puissant au fronton duquel Fourier a écrit: Phalanstère!... c'est-à-dire, unité, harmonie, régénération!....

(1) Voyez les *Considérations sociales sur l'Architectonique* de Victor Considérant.

Mais tenons-nous dans l'hypothèse où les lois du mouvement social ne seraient pas découvertes. Dans cette hypothèse, il suffirait de l'infatigable audace de l'humanité, pour conclure qu'elle doit inévitablement triompher; — car un combat se termine toujours par la victoire ou la mort, quand il se livre contre un ennemi acharné. Or, quel ennemi plus acharné l'humanité a-t-elle, que le malheur? D'autre part, qui oserait prétendre que l'humanité n'est pas assez puissante? Où trouver ailleurs tant de force et de vaillance, tant de conditions d'une infaillible victoire, que dans ce grand corps humanitaire, dont la vie se renouvelle à mesure qu'elle s'épuise, dont le sang n'est jamais glacé par l'âge; dans l'humanité, qui ne se borne pas à combattre, comme le soldat, mais qui a puissance, comme le général, de combiner ses plans d'attaque et de défense, de vaincre ainsi tous les obstacles, de les prévoir, enfin, de les prévoir!...

N'en doutons pas, Messieurs, l'humanité s'est servie de l'histoire comme elle devait s'en servir, pour s'engager à combattre; elle a vu dans ses malheurs passés la promesse d'un bonheur futur; elle a vu dans le désordre la garantie que l'ordre existe, comme le médecin ne voit dans la maladie que le contre-essor de la santé, comme toujours on ne peut voir dans l'exception, qu'une confirmation de la règle. Mais comment se fait-il que tant d'hommes s'y soient trompés? Et je ne parle pas ici d'hommes ignorans et grossiers, comme il s'en trouve, qui ne savent pas voir, ou qui, du moins, s'ils ont vu, ne savent pas conclure; — mais d'hommes éclairés, généreux, pleins de génie et pleins d'amour; des historiens, des moralistes, des philosophes, de tous ceux qui ont mené les peuples, des meneurs d'hommes enfin!... Pourquoi ont-ils mal vu?

Ici, Messieurs, j'éprouve le besoin de m'humilier. En m'aidant de la découverte des lois générales de « l'unité universelle » pour déterminer les lois spéciales de l'histoire, il ne dépend pas de moi de ne point lancer l'accusation contre tous ceux qui, s'étant occupés de résoudre le problème, ne l'ont pas résolu. Grâce à la haute célébrité de ceux mêmes que j'attaque, l'accusation ne manquera pas d'être imposante; et ma situation devient telle, que rien ne devra plus contribuer à la gloire de Fourier, que la confusion même de son disciple.

Ce qui frappe dans ces recherches historiques auxquelles nous venons de reconnaître que tant d'hommes se sont livrés, c'est la grande diversité de vues et de systèmes, ce conflit d'opinions les plus contradictoires, ce chaos des plus déplorables incertitudes.

Non-seulement on n'a pas fondé l'histoire, mais encore l'humanité a eu souvent à gémir du zèle inconsidéré de tous ces hommes.
Chacun a eu son système, et chacun a prétendu tirer de l'histoire
passée, telle qu'elle lui apparaissait au travers de sa lunette systématique, des documens pour servir à l'histoire future. De nos
jours, surtout, où la sociabilité humaine s'étant offerte comme
un problême, on s'est empressé de toutes parts à le vouloir résoudre ; de nos jours, on a prétendu puiser, dans l'histoire, des
formules et des constitutions. Toutes ces théories, qui ont eu
pour base l'action et la réaction des facultés humaines, ont été
successivement présentées à la sanction des peuples, et les peuples,
s'aidant de l'instinct de la conservation, les ont toutes rejetées.

Aussi, quel prodigieux oubli de toutes les convenances scientifiques ! A côté du petit nombre de ceux qui, se laissant guider
par un grossier fatalisme, criaient à tue-tête que l'humanité n'a-
vait que faire de chercher sa loi, tant qu'il ne serait pas d'abord
démontré qu'il existe une loi , — à leur côté s'en trouvaient d'autres qui, frappés du spectacle de nos maux, et voulant réaliser
l'Ordre, n'ont rien conçu de mieux que de rompre entièrement
avec ce passé qu'ils maudissaient, ne distinguant pas ce que le
passé pouvait renfermer d'absolu ou de relatif, de nécessaire ou
de conditionnel. C'était là, si je ne me trompe, nier l'homme et
ses facultés. C'est ainsi que les désordres de la propriété ont amené
cette singulière conclusion, qu'il fallait, en abolissant la propriété,
abolir l'individualité humaine ! C'est ainsi que le lien du sang, ce
seul lien qui soit indestructible de sa nature, a été pareillement
méconnu, et qu'au lieu de rendre à l'homme sa dignité, que nos
lois civiles lui ont impitoyablement enlevée, on résolut de l'as-
servir encore, non plus il est vrai, comme les législateurs anciens,
en le rendant esclave d'affections sous-entendues, mais en lui
refusant le droit que la nature accorde à tout être, j'entends à l'être
affectif, de laisser à celui qu'il aura le plus aimé durant la vie, sa
dépouille sociale.

Mais les peuples, hélas ! pour avoir quelquefois échappé aux
faiseurs de systèmes, n'en ont pas moins toujours été dupes. Cherchant le bonheur et ne le trouvant pas, accablés des vices de leur
état social, courant çà et là sans boussole, suant et haletant de
fatigue, il n'a pas manqué d'hommes sur la route, qui leur ont
crié : par ici ! — Et les peuples se sont rangés à leur voix, et toujours ils ont eu à souffrir de leur docilité ! Ces hommes que l'on
a appelés grands politiques, grands hommes d'état, n'ont tous eu
qu'un même caractère, qui les tranche et les distingue surtout

des *utopistes* leurs ennemis ; car , tandis que ceux-ci , prétextant une réforme radicale et complète, élevaient systèmes sur systèmes, ceux-là, au contraire, se tenant accrochés aux faits, et s'obstinant à ne jamais sortir d'un présent qu'ils contribuaient, par leur incurie même, à rendre encore plus monotone et plus misérable, se contentaient d'observer et d'épier la société. Impuissans à guérir le corps social, ils attendaient, pour poser l'appareil sur ses blessures, que chacune d'elles se rouvrît et présentât à leur œil égaré des symptômes de jour en jour plus affreux ; alors, ils le déclaraient incurable ; puis ils passaient. Incurable, oui !.... tant que vous n'auriez pas eu découvert la cause de cette gangrène. Il fallait donc la chercher, cette cause, et ne pas vous tenir ainsi dans l'empirisme ! Depuis cinq mille ans que vous imposez aux peuples vos traitemens, quelle fièvre avez-vous calmée, ou quel ulcère avez-vous guéri? Depuis cinq mille ans que nous demandons vos conclusions, pour Dieu! qu'avez-vous conclu? Est-ce la vérité que vous cherchez, ou prétendez-vous, au contraire, prolonger nos souffrances ? La vérité, la voici.... c'est qu'en présence des malheurs sociaux, vous vous êtes comportés à la façon de ceux qui, voulant effacer de nos villes l'indigence, se contenteraient de lui jeter l'obole ; c'est qu'en présence de l'arbre social, et désirant connaître son usage, vous n'avez pris garde qu'à son enveloppe !

Aussi les peuples , souffrant quelquefois au point de ne pouvoir plus souffrir, se sont pris à s'agiter violemment. On eût dit qu'ils s'efforçaient de vomir les immondices de leur état social. Au sortir de la crise, ils se sont toujours offerts, criant et demandant secours, à des médecins nouveaux. C'est alors, surtout, que l'on a pu voir nos grands hommes à l'œuvre ! Ne se sont-ils pas toujours avisés que les peuples étaient des maniaques, que l'unique remède était de les enchaîner, et qu'il fallait avant tout se hâter de les couvrir, en replaçant sur leurs épaules flétries la vieille souquenille et le vieux manteau ?

Laissons parler un historien, le plus célèbre historien des temps modernes : « vers la fin du dernier siècle, nous éprouvions » une sorte de malaise dans notre état social ; en nous observant » avec attention, en interrogeant nos besoins, nous eussions dé- » couvert d'où venait le mal et d'où viendrait le remède. Mais, » nous ne nous avisâmes point de cet examen. Nous étions, à ce » qu'on disait, dans une *monarchie ;* nous nous attaquâmes à ce » mot ; et alors, au lieu de nous promettre que nos besoins se- » raient satisfaits, et que nos facultés auraient leur liberté, nous

» résolûmes, pour unique dessein, de sortir de la *monarchie.*
» Alors nous fîmes ce raisonnement : puisque la monarchie nous
» est très-mauvaise, le contraire de la monarchie nous sera très-
» bon ; or, il est certain que la démocratie est, en tout, l'opposé
» de la monarchie ; donc il nous faut une démocratie.

» A peine arrangés en démocratie, nous fûmes tout étonnés d'ê-
» tre plus mal ; un second raisonnement venait à propos, nous ne
» manquâmes pas de le faire : si le bien ne peut nous venir ni de
» la monarchie, ni de la démocratie, qui sont deux extrêmes, il
» faut nécessairement que nous le trouvions dans un terme
» moyen, dans un système composé par moitié de chacun de ces
» deux systèmes. Pleins de confiance dans ce syllogisme, nous
» organisâmes en hâte un système mixte de démocratie et de
» monarchie ; nous en avons bientôt senti l'effet.......

» Ainsi, tout l'effort de notre révolution se faisait pour de
» vaines formules, et presque pour des jeux de mots ; l'intérêt
» sensible, l'intérêt réel restait oublié. Vainement aurait-on essayé
» de nous représenter le vide des objets que nous poursuivions ;
» par malheur l'histoire était là, et nous pouvions la charger de
» parler pour nous et de confondre la raison. Nous pouvions dé-
» montrer que, par le système démocratique, des peuples s'étaient
» trouvés heureux, et que d'autres peuples l'étaient par le système
» mixte. Mais il y avait deux questions préalables sur lesquelles
» nous passions à tort. Etions-nous de la même nature que ces
» peuples ? Et, quand même, était-ce réellement de cet appareil
» systématique bâti sur eux, de cette machine sociale où ils étaient
» employés comme matériaux, que résultait leur bien-être ?...

» Nous devons nous défier de l'histoire ; trop souvent l'écri-
» vain, au lieu de raconter naïvement ce qu'il a devant les yeux,
» nous présente ce qu'il imagine, et substitue ses idées aux faits
» ou dénature les faits en établissant des rapports forcés entre
» eux et d'autres faits étrangers.....

» On peut tout prouver par les faits, avec des systèmes et des
» allusions ; souvent l'histoire n'est qu'un mensonge continuel ;
» et malheureusement, pendant que les écrivains la contournent
» à leur mode et en font un habit pour leurs pensées, ils la pré-
» sentent aux peuples et aux hommes comme la vraie règle de
» leurs actions, l'institutrice qui enseigne à vivre, *magistra vitœ* ;
» c'est qu'ils savent bien qu'ils sont cachés derrière, et qu'en pré-
» conisant l'histoire, c'est proprement leur esprit qu'ils vantent. »

Messieurs, c'est Augustin THIERRY qui a écrit cela.

Nous sommes en droit de conclure, de tout ce qui précède,

qu'il n'existe pas encore de science historique, et que c'est là le
vice radical de tout système philosophique ou politique, que,
puisant sa méthode dans l'histoire, on ne peut, dès-lors, ni apprécier raisonnablement cette méthode, ni spéculer sur ses résultats. Loin de là, tout essai d'amélioration n'a fait, jusqu'ici,
qu'empirer le mal. Nous devrions conclure, *a contrario*, qu'aussitôt que la science historique serait constituée, on pourrait, en
appliquant à l'ordre social les vrais enseignemens de l'histoire, le
servir et l'améliorer. Mais, patience; nous arriverons plus directement au but.

Il faut poser le problème, avant de le résoudre; autrement, nous
tomberions dans le même vice que ceux dont je parlais, qui,
prenant l'apparence pour la réalité, et considérant la question sociale quant à sa forme, je veux dire au point de vue politique,
n'ont fait qu'irriter nos douleurs. Pardonnez, Messieurs, à ma
trivialité; mais nous ressemblons au malade que l'on prétendrait
guérir en changeant ses couvertures. Or, il faut arriver, je le répète, à poser nettement le problème. Écoutons encore le grand
historien :

« Quand la nature a repris le dessus et renversé l'œuvre des don-
» neurs de lois; quand on est revenu à cette première question,
» que nous faut-il? on a fait une expérience; on a reçu un aver-
» tissement. Mais de quel profit sera l'expérience seule ? A quoi
» servira d'avoir appris que le bien n'est pas où on l'a cherché,
» si l'on ne se met point à réfléchir sur soi-même pour apprendre
» où il est? Au sortir d'un sentier d'erreurs, on se laissera en-
» gager dans un autre; et c'est ce qui arrive dans les révolu-
» tions. Après de longs efforts perdus, l'homme faible accuse la
» nécessité, et s'endort dans l'attente; l'homme généreux s'en
» prend à lui-même, et se relève, indigné de n'avoir pas assez
» fait. Il jure de périr dans le travail; mais qu'il prenne garde : si
» ce travail où il s'obstine est le même qui l'a déjà trompé, il pé-
» rira inutilement.

» Vivre, jouir de son travail, exercer librement ses facultés et
» son industrie, voilà à quoi tendent les hommes réunis, etc. »

Oh ! pour le coup, nous voilà sur le chemin ! « Vivre, jouir de
» son travail, exercer librement ses facultés et son industrie !... »
Poser ainsi le problème social, est-ce autrement le poser que ne
l'a fait Victor Considérant, d'après Fourier? « Étant donné l'homme
» avec ses goûts, ses besoins et ses penchans natifs, déterminer
» les conditions du système social le mieux approprié à sa
» nature ? »

Voilà le problême ; il s'agit maintenant de le résoudre.

Or, comment le résoudre, comment appliquer à l'homme social la formule sociale en rapport avec ses facultés ' si l'on ne connaît auparavant l'homme social et ses facultés? Il faut donc connaître l'homme ; il faut procéder, comme l'a fait Fourier, à l'analyse de l'*attraction passionnelle*.

Mais quelle méthode employer pour arriver à une connaissance exacte de l'homme?

Messieurs, si notre organisme est latent, du moins il se produit au dehors sous la forme d'actes sensibles, matériels, et le système de tous ces faits constitue ce que l'on a toujours nommé, ce que l'on nomme encore l'activité humaine. Or, l'activité humaine passée, on l'a écrite ; l'activité humaine présente, on l'écrira un jour ; notre histoire se transmettra à nos descendans, comme l'histoire de nos pères nous a été transmise. Il faut donc, pour connaître l'homme, je veux dire l'homme interne, l'examiner et le suivre dans tous les actes de son activité externe ; en un mot, il faut étudier l'histoire.

Étudier l'histoire pour connaître l'homme! ceci implique que nous devons aborder l'histoire, libres de tout système et de toute idée antérieure. Il faut, comme l'indique Fourier, adopter pour méthode *le doute absolu et l'écart absolu*, le doute absolu sur toutes les théories connues, l'écart absolu de tous les préjugés ; — car il s'agit d'une seule chose, *observer;* et si, comme on ne l'a jamais nié, tout système est faux, toute théorie est fausse, qui n'a point sa base dans la connaissance approfondie de la nature humaine, ne faut-il pas surtout se garder de théories et de systèmes, quand on avoue d'abord que l'on ne connaît pas l'homme, et que l'on ne veut rien autre chose, en apprenant l'histoire, qu'apprendre à le connaître?

Si l'on eût suivi cette méthode, non-seulement l'histoire n'aurait pas été contournée, comme l'observe judicieusement Augustin Thierry ; mais l'on fût arrivé, sans efforts, à la connaissance intime de l'homme social. Et, je le demande, l'homme social n'est-il pas resté inconnu? Nous avons été plus heureux, quant à l'organisme physique. De tout temps, l'on s'est occupé de l'observer et de l'analyser. Aussi, quelles immenses découvertes n'avons-nous pas faites sur ce point? de combien d'erreurs n'avons-nous pas déjà fait justice? Il n'y a pas si long-temps, on ne se doutait guère de la circulation du sang. De nos jours, Gall, géographe d'une terre nouvelle, s'est emparé du cerveau humain, et, le développant sous nos yeux, il a fait voir, par une admirable analyse, qu'entre le type physiologique et le type animique ou passionnel, il existe rapport, convenance, harmonie! Tels sont, Messieurs, les résultats de l'observation sévère, impartiale et exacte. En un mot, on possède aujourd'hui passablement bien notre organisme physique. Quelle est celle d'entre ses parties qui n'ait été mille fois vue, revue, touchée et retouchée? qui n'ait été, grace au scalpel, soumise à la plus scrupuleuse investigation? L'analyse est déjà faite; il ne reste plus qu'à dresser la synthèse, et l'œuvre s'achevera quand les lois de l'harmonie universelle seront universellement répandues.

Mais que nous sommes loin encore de posséder aussi bien l'organisme animique de l'homme! Qu'on me dise si, depuis Aristote, qui certes n'était pas en progrès sur ses devanciers, nous avons fait nous-mêmes des progrès? Ne s'est-il pas toujours agi, entre les philosophes, de disputer sans s'entendre, de poser des formules pour les défaire, de créer des monstres pour les combattre? Conscience, honneur, vertu, dévouement, générosité, égoïsme, est-il un seul de ces mots qui soit encore défini, je veux dire, qui ait aujourd'hui un sens convenu et limité?... j'ai sauvé mon père du naufrage, s'écrie l'un. — C'est le devoir qui t'a poussé, répond l'autre. — Eh! non, malheureux, c'est l'amour!... Mon mot est plus beau que le tien.

L'Idéologie, cette branche ingrate et secondaire de l'étude de l'homme, est la seule, jusqu'à ce jour, qui ait reçu tous nos honneurs. Hommes de notre époque, nous nous demandons encore si, dans l'ordre des perceptions, la perception de la Sensation d'odeur de rose est la première ou la dernière? Engouffrés ainsi dans l'étude des faits secondaires, nous avons enfanté le sensualisme, cette philosophie monstrueuse, transitoire, par laquelle nous devions nous acheminer à l'étude des causes. Oh! sans doute, et je me plais à le croire pour l'honneur de l'esprit humain, nous eussions compris tôt ou tard que, si la sensation nous livre l'univers, c'est que nous avons puissance d'envahir l'univers; — et l'étude de cette puissance, l'étude des forces motrices dont la réunion donne l'ame, qu'est-ce autre chose que l'étude et l'analyse intégrale de l'*attraction passionnelle* ?

Et qu'on ne dise pas qu'il est plus difficile de connaître l'ame que le corps, parce que le corps se laisse voir, et que l'ame se dérobe? L'ame se laisse voir aussi à qui sait la chercher. Seulement il ne faut pas la chercher, comme on a toujours fait, dans les mythologies Égyptienne, Grecque, Romaine, ou du Bas-Empire. Nous vivons au contact des faits, comme au contact des corps; il faut donc prendre et saisir les faits, comme on prend et saisit les corps; je me répète et me résume, il faut étudier l'histoire.

Loin de là, nous avons péniblement suivi le cours de nos erreurs. Le Sensualisme a produit ses résultats; ce n'était guère qu'une demi-transition; nous sommes entrés en pleine transition par suite d'un laborieux accouchement qui nous a valu l'Eclectisme... Messieurs, vous auriez droit de m'arrêter, si je ne m'empressais de passer outre, et de vous montrer plus clairement et plus radicalement encore, comment nous nous sommes comportés envers l'histoire. Au lieu de suivre la marche que nous indiquait la nature, au lieu d'accepter d'abord les faits dans toute leur nudité, de les remuer et les analyser, pour nous élever ainsi, par degrés, jusqu'à l'homme et à sa science, nous avons suivi la marche essentiellement opposée; nous nous sommes toujours placés devant les faits historiques avec une psychologie déjà faite, disposés ainsi à juger avant d'avoir vu. Voilà bien, si je ne me trompe, le vieux système, *plier les faits aux idées*, système honni et méprisé de notre temps, grace à Dieu! C'est toujours le lit de Procuste, lit infâme!... Car, ce n'est pas un seul homme ni un seul peuple que l'on a forcé de s'y étendre, c'est l'humanité tout entière!...

Assurément, ce serait chose intéressante et curieuse, de rechercher la cause d'un pareil aveuglement; mais, je me suis imposé d'être court. Pardonnez, Messieurs, si je ne puis vous offrir qu'un programme; pardonnez si, soulevant à chaque pas d'importans problèmes, je ne m'arrête pas pour les résoudre... Et je devrais m'arrêter ici!... D'où nous vient, en effet, cet amour de la synthèse historique, ce besoin, toujours plus impérieux à mesure que nous avançons, d'établir à tout prix la formule de notre existence collection? Est-ce une aberration de notre pensée? ou plutôt, n'est-ce pas une fonction de *notre nature composée,* et dès lors, pourquoi, jusqu'à ce jour, nous sommes nous égarés dans nos recherches? Ce tableau de l'histoire générale, comprenant à la fois le passé, le présent et l'avenir de l'humanité, n'est-il pas écrit quelque part, et n'est-ce pas l'observation seule, mais exacte, des faits sociaux qui, en nous révélant la loi de notre organisation passionnelle, nous eût révélé en même temps la loi de génération de tous ces faits? N'est-il pas vrai que la vie historique est un moule, où se dessine l'être avec toutes ses proportions? n'est-il pas vrai enfin que l'histoire, en ramenant à la science de l'homme, et par suite, à la solution du problème social, ramène nécessairement à la détermination de la formule historique générale, puisque résoudre le problème social, ou placer l'homme dans ses conditions naturelles

d'existence, ce n'est rien faire autre chose que déterminer l'une
des phases de la vie humanitaire?

Il ne m'appartient pas, Messieurs, de résoudre ces questions. Je
reviens sur mes pas, car j'ai hâte de constater, par des exemples,
cette négation absolue de toute méthode régulière, où sont tombés
les historiens.

Tenez... Je ne prends pas au hasard; je choisis, parmi tous nos
livres, celui qui s'est acquis de nos jours la plus grande célébrité.
Il s'agit d'une histoire encore inconnue, les faits ne sont pas encore
déterminés; les matériaux sont rares, et le savant regard d'Augustin Thierry s'est usé en les cherchant. Au milieu de ces difficultés,
que fera l'auteur?... Sans doute, il va hésiter d'abord, puis chercher,
puis découvrir. Il va nous initier à ses travaux, nous allons voir se
développer et s'étendre, au fur et à mesure qu'il avancera, la longue
et persévérante audace de son génie. Puis, quand il aura hésité,
cherché, découvert, quand il aura fait passer sous nos yeux sa vie
entière d'historien, il va oser, il va conclure, mais toujours timide-
ment. Il avouera que ce n'est pas chose facile de rallier en système
général tant de faits qui ne sont pas constans, tant d'autres qui
sont douteux, tant d'autres que rien ne justifie... Après tout cela,
mais seulement après, il dira son mot? — Point!... Voyez le s'a-
vancer de pied ferme, et s'écrier tout d'abord : « Trois vérités for-
» ment la base de l'édifice social, la vérité religieuse, la vérité philo-
» sophique, la vérité politique »... Qu'on me dise tant qu'on voudra
que l'historien ne doit compte à personne de sa méthode, qu'il peut
commencer par où d'autres auraient fini, qu'il ne présente que des
résultats... Je l'accorde; mais il ne faut pas s'y tromper, le système
de l'historien n'est pas autre que n'était celui du poète, que n'était celui du ministre; à vingt-deux ans l'auteur écrivait un livre sur la politique et l'histoire; son système n'a pas changé, quoiqu'il dise;
c'est toujours la même pensée sous différens titres, l'*Apologie du
Christianisme*. Aussi, quelle assurance dès le début; mais quel
chaos!... « La vérité philosophique est la triple science des choses
» intellectuelles, morales et naturelles. » *Naturelles!...* L'auteur
voulait dire *physiques*, car apparemment l'intellectuel et le moral
ne sont pas en dehors de la nature. Et la connaissance d'un Dieu
unique, dont se forme la vérité religieuse, selon l'auteur, cette connaissance n'est-elle pas chose intellectuelle et morale? Et l'ordre
et la liberté, dont se compose la vérité politique, n'est-ce pas là
encore de l'intellectuel et du moral? Dès lors, la vérité philosophique embrasse la vérité religieuse et la vérité politique, comme un
tout ses parties; dès lors encore, et puisque dans la pensée de l'au-

teur, ces trois vérités sont comprises dans la vérité sociale, à quoi tout cela revient-il, sinon que la vérité sociale forme la base de l'édifice social? En conscience, peut-on cacher tant de vide sous tant de pompe!... D'ailleurs, au lieu de *vérité* dans ces phrases, croyez que nous pouvons lire *merveilleux*, et penser ainsi avec l'auteur, que le merveilleux social se compose du merveilleux religieux, du merveilleux philosophique et du merveilleux politique. Le livre, alors, justifiera les prémisses; alors je comprendrai comment Dieu, dans sa sagesse, avait de tout temps prédestiné Clovis au baptême et Louis XVI à l'échafaud; je comprendrai que c'est entre le baptême de l'un et l'échafaud de l'autre, que doit venir se poser tout naturellement le grand empire chrétien des Français... Car, tout cela est faux historiquement, et vous ne réussirez certes pas à me prouver, l'histoire à la main, qu'il existât des Français sous Clovis et encore moins un empire français.

C'est assez de la critique particulière, et nous devons nous élever à la critique générale.

Au cinquième siècle de l'ère chrétienne un grand cathaclysme bouleverse le monde. L'empire romain, dont alors il ne restait plus que l'ombre, selon l'expression d'un poète, achève de s'écrouler avec fracas, entraînant dans sa ruine la civilisation antique, comme un géant qui descendrait au sépulcre avec ses ornemens. Cette civilisation romaine, fille impérieuse de la civilisation grecque qui, elle-même, avait hérité des dépouilles de son aïeule, la civilisation égyptienne et orientale, périt par le même événement qu'elles, et avec des circonstances plus affreuses. C'est la même chose dans le fond, et l'on ne saurait trouver de différence que dans la forme. C'est toujours la barbarie qui conquiert, c'est toujours la horde qui exploite; c'est toujours le mouvement social avec sa loi d'ascendance et de développement antérieur; ce sont toujours des barbares qui envahissent les pays policés pour se policer à leur tour, qui envahissent les richesses pour cesser d'être pauvres; c'est toujours la même tendance humanitaire, la tendance à l'unité, but suprême et final de l'homme, qui, gênée dans sa marche, se formule par l'amour des conquêtes et de la domination; c'est le lien corporatif, la cohésion par tribus sous un chef brave et fort, c'est ce développement subversif de l'amitié politique qui unit tant de mains et leur donne tant de puissance; c'est l'amour du luxe, des richesses, des plaisirs sensuels qui, dominant chez ces peuples grossiers comme chez l'homme à l'adolescence, se trahit aujourd'hui par l'appât du butin, l'envahissement territorial, l'esclavage des hommes, comme autrefois, chez les Romains, cet amour se trahissait par les mêmes phénomènes, appât du butin, envahissement territorial, esclavage des hommes, enlèvement des femmes; c'est toujours, en un mot, le jeu subversif des passions humaines; subversion déplorable, et qui ne cessera que lorsque l'humanité politique sera fondée, et que le globe, unitairement régi et unitairement exploité, s'élèvera à l'harmonie et passera ainsi du sommeil au réveil, du chaos à la création.

Eh! bien non, Messieurs, je me trompe... Non, ce n'est pas tout cela. Ce n'est pas l'homme qui se développe ainsi, en marchant vers sa destinée! Il y a autre chose dans l'histoire que ce qu'elle nous montre, il y a autre chose dans l'homme que son organisation! il y a autre chose encore, dans ce tableau mouvant de l'action de toutes ses puissances, il y a autre chose encore qu'appétits sensuels, appétits intellectuels, appétits affectifs; il y a autre chose encore que le jeu de ces trois ordres de passions qui, se développant simultanément et combinément, donnent naissance à l'amour de l'ordre, à la tendance vers l'unité, lien mystérieux qui unit l'homme à Dieu, force invincible qui le pousse, à travers les douleurs de son enfance, à réaliser sur son globe une image de l'harmonie universelle, divine, incréée! Et qu'y a-t-il donc au fond de toutes ces choses? Il y a, j'ose à peine le redire, tant ce mot contient de blasphème et de calomnie! il y a dans ces ruines, dans ces calamités, *le gouvernement temporel de la providence!* La providence! On lui a mis la tête dans les cieux et les pieds dans le sang! Consultez les historiens, Messieurs; ce n'est pas leur nature et leurs besoins sociaux qui ont déchaîné les barbares, qui ont rompu les digues de cet océan révolté; c'est un ordre émané d'en haut, c'est la loi de fatalité qui les poussait vers un nouveau culte, vers Rome, berceau d'une religion naissante. Voyez donc!.... ils viennent de toutes parts, se donnant la main, et fondent, comme des oiseaux de proie, sur cette religion toute bonne, toute paternelle, toute divine, qui est la pature que la Providence leur destine!

Mais il y a des signes du contraire.—C'est égal, ces signes sont trompeurs. Est-ce pour rien qu'Attila a été surnommé le fléau de Dieu?—Mais, de tout temps, les peuples consternés s'en sont pris à Dieu de leurs souffrances. Bien mieux, n'ont-ils pas divinisé tous les sujets de leur effroi? n'ont-ils pas divinisé le tonnerre? Tenez, voici Vico, la *science nouvelle;* voyez, je vous prie, quelle a été l'origine de l'idolâtrie parmi les hommes. D'ailleurs—écoutez-moi encore quelques instans.—Ce n'est pas, comme vous voulez bien le dire, un fait autochtone et spontané que cette irruption des barbares, ce démembrement de l'empire romain. Ces Germains, qui étaient déjà, du temps de Tacite, les plus remuans de tous les peuples, se sont avancés pas à pas; ce n'est que successivement, par degrés, qu'ils ont élargi leur domaine avec leur puissance, et ce n'est pas d'un seul bond qu'on les a vus se précipiter dans l'empire romain, comme eût fait le peuple, dépositaire des vengeances divines. Vous savez les guerres de l'empire et les triomphes de Trajan. Ces Germains dont vous parlez, occupaient, dans le milieu du quatrième siècle, un empire puissant dont les frontières étaient marquées par la Baltique et le Pont-Euxin. Ils étaient chrétiens à l'époque où, mêlant la ruse à l'audace, ils obtinrent de Valens la grace de s'établir dans les deux Mésies. Que serait-il advenu si, au lieu d'être pourchassés par les Huns, les Goths eussent continué paisiblement le cours de leur civilisation? Les Huns eux-mêmes ne se sont pas offerts d'emblée sur la frontière occidentale de l'Asie. Ils étaient bien, comme les barbares en général, remuans et inquiets, peut-être; demandez à la Chine. Enfin, n'est-ce pas au milieu d'agitations politiques de toutes sortes, que nous voyons se dissoudre ce grand corps nomade, dont une partie seulement passe le Tanaïs, en 396, et provoque le mouvement général de toutes les hordes? Qu'y a-t-il d'impénétrable et de providentiel, je vous demande? —Oh! oh! les Huns étaient laids à faire peur, de telle sorte qu'il leur suffit de se montrer pour déconcerter les Goths. Expliquez-nous cette terreur panique. Il y a dans tout ceci la main de Dieu. . . . .

On dira que je manque d'imagination, Messieurs; aussi je me hâte de conclure : Il n'est pas, de nos jours, un seul homme qui, abordant pour la première fois l'histoire du moyen-âge, étranger, par conséquent, aux faits de cette histoire, ne sache d'avance et ne tienne pour démontré qu'il y a dans tous ces faits de l'étrange, du mystérieux, de l'anormal, que sais-je? mais toujours, autre chose que le jeu naturel et subversif des facultés de l'homme, de ses passions.

Pénétrons plus avant dans la critique.

Si l'histoire, comme on l'a écrit dans ces derniers temps sur la couverture d'un livre, est la *science du développement de l'humanité*, comment donc n'a-t-on pas vu qu'en faisant rentrer l'histoire dans le christianisme, on méconnaissait ou dénaturait le passé? L'humanité avait fourni, je pense, une carrière de quatre mille ans quand le christianisme s'est fondé, et ce n'est que long-temps après la disparition de Jésus que sa religion envahit la pourpre et commença de régner. Mais un système ne connaît pas d'obstacles. On ne manquera pas de rapporter le christianisme à l'origine même des choses, on dira que le christianisme régnait en Judée, sous l'apparence du judaïsme, avant de passer en Occident et de revêtir le manteau éclatant de la domination romaine. Ainsi l'histoire sera faussée; ainsi le judaïsme deviendra le culte originaire et primordial; ainsi Moïse n'aura pas vécu en Égypte, au milieu de prêtres, de savans, dépositaires des traditions; ainsi le mahométisme prétendra à tort qu'il se rattache par des liens puissans et matériels à l'antique religion des Hébreux, et le christianisme sera le seul culte qui, héritier de l'ancien, prenne sa base dans la durée incommensurable des siècles !

Mais les faits! les faits, que deviendront-ils? La méthode est simple, et c'est toujours la même; Augustin Thierry nous l'a apprise; on ne manquera pas de *dénaturer* ces faits *en établissant des rapports forcés entre eux et d'autre faits étrangers*; en un mot, et pour tout dire, on fera de la philosophie avant d'avoir fait de l'histoire. Si le christianisme est providentiel dans sa venue, il le sera encore dans sa propagation. Déjà nous avons vu accourir, du fond de leurs forêts et de leurs déserts, les peuples que le vertige poussait et chassait pêle-mêle vers l'Occident; maintenant les voici, aux bras de leur nourrice, sucer avidement ses mamelles fécondes, prendre le lait du salut et de la grâce, et, de loups dévorans qu'ils étaient naguère, devenir de tendres agneaux, de douces colombes... Il suffira au christianisme de se montrer pour dompter ces rebelles, et le glaive de la foi fera plus de conquêtes en un seul jour que ne fit de massacres, en dix ans, la hache d'Attila. C'est en vain qu'en suivant les Barbares dans leur état intérieur après la conquête, nous remarquons qu'ils n'ont fait que changer de climat; qu'ils ont transporté au sein de la nation conquise leurs mœurs et leurs institutions; que ce n'est que long-temps après leur établissement dans les différens pays de l'Europe, que, pressés de toutes parts par les intrigues de l'Évêque Romain, trouvant honneur et profit à servir le Saint-Père, ils embrassent la foi catholique; c'est en vain qu'un Roi Saxon fait dresser dans son palais deux autels, l'un pour le nouveau Dieu, l'autre en l'honneur du Dieu de ses pères; c'est en vain que l'histoire existe.... elle est pour nous comme si elle n'existait pas, et, grâce au marteau de l'entêtement, nous la rendons concentrique à nos systèmes !

Je termine ici ma critique, Messieurs. J'ai choisi ces exemples, j'en pouvais choisir d'autres: je vous ai montré l'histoire confisquée, dans ces derniers temps, au profit du christianisme; je pourrais vous la montrer confisquée, dans le dix-huitième siècle, au profit du philosophisme. Mais j'aime mieux arrêter vos regards sur l'un de ces mille phénomènes de l'histoire qui ont échappé aux plus habiles...; car ce sont les plus habiles qui ont méconnu l'histoire ! Et vous en savez déjà la raison. N'ont-ils pas dû, en effet, s'écarter plus ou moins de la vérité, dominés qu'ils étaient par leurs préoccupations philosophico-religieuses ? N'ont-ils pas dû, toutes les fois que, se trouvant en présence de faits historiques importans, il s'agissait pour eux d'apprécier et de juger, n'ont-ils pas dû se méprendre, assigner à ces faits une toute autre nature qu'ils n'avaient, et surtout une autre cause ?

Ces méprises ont eu leurs résultats. Comme il est impossible de ne pas reconnaître dans la vie historique des peuples le développement des passions individuelles, comme aussi l'on n'acceptait la nature humaine qu'avec des restrictions, des réserves, imposées par chaque système selon son esprit, et que l'on ne pouvait abjurer, sans mentir au système dont on s'était déclaré l'apôtre ; — il en est résulté que l'on a maudit les passions, et que, confondant avec les effets mauvais la cause même qui les avait engendrés, de toutes parts l'on a crié anathème, anathème, anathème... anathème par trois fois contre ces passions qui sont l'œuvre de Dieu et la condition première de toute activité humaine.

Au contraire, si l'on eût abordé l'histoire sans préoccupations étrangères, ce n'est pas en vain que l'on eût saisi ce caractère de généralité et de nécessité qui s'attache à l'*essor passionnel*. L'on se fût demandé, sans doute, s'il n'existait pas, s'il ne pouvait pas exister, au moins à l'état d'abstraction, un ordre social où les passions seraient utilisées, je veux dire, où elles deviendraient une source vive d'harmonie, au lieu de produire le chaos !... Et l'on se fût occupé de déterminer exactement les différentes tendances de nos différentes forces passionnelles !... Et, comme le milieu social dans lequel jusqu'à ce jour l'humanité s'est mue, au lieu d'être concentrique à nos passions, leur est au contraire excentrique, au lieu d'en favoriser le développement, de les équilibrer et les harmoniser, les gêne, les comprime et les fausse, l'on se fût mis à chercher et l'on eût trouvé..., on eût trouvé, dis-je, un ordre social concentrique à nos passions !

C'est ici le lieu de vous rappeler, Messieurs, que l'on ne pouvait résoudre ce grand problème, sans déterminer, en même temps, la formule historique générale. Or, tout cela eût été fait, si l'on se fût rallié à la méthode d'investigation naturelle, en partant du doute absolu sur toutes les théories connues, de l'écart absolu de tous les préjugés.

Tel a été l'aveuglement que, de toutes les manifestations passionnelles de l'homme, on a blâmé les plus brillantes, les plus grandioses, celles qui menaient droit à la découverte du bonheur.

Il est bien vrai, et vous me l'accorderez sans peine, que équilibrer les passions, les ordonner dans un milieu social harmonique, *les utiliser au profit de l'espèce*, que tout cela, dis-je, peut se résumer ainsi : établir l'Unité sur la terre, et l'établir dans tous ses rapports. Ainsi, vous ne pourriez réussir à paralyser chez l'homme la possibilité de mal faire, sans fonder, en même temps, l'unité de l'homme avec lui-même, unité qui résulterait de l'accord entre facultés aujourd'hui contraires, entre les passions et la raison. Vous établiriez par cela même l'unité de l'homme avec Dieu, puisque Dieu étant l'harmonie absolue, l'Etre chez lequel la géométrie et la mécanique sont de condition première, il y aurait unité entre Dieu et l'homme, du moment où, à l'image de ce qui se passe chez Dieu, vous auriez équilibré chez l'homme ses passions, vous les auriez géométriquement et mécaniquement ordonnées. L'homme, dès lors, serait en unité avec l'univers, puisque l'univers, étant le résultat de l'aspiration divine, est nécessairement *dans l'ordre*, et que tout être qui se meut dans l'univers et qui est aussi dans l'Ordre, se trouve nécessairement dans une condition d'existence homologue à l'existence du grand tout. Ainsi, et je me crois en droit de prendre acte de mon axiome, viser à l'équilibre des passions, c'est viser à l'établissement de l'unité.

Sur tout cela j'insiste, et ce n'est pas sans raison. Serait-ce que l'homme, en proie aux souffrances du morcellement, devine, plutôt qu'il ne le sait, que là est son mal-être?... Mais enfin vous ne sauriez me citer un seul de nos hommes d'état, un seul de nos philosophes ou écrivains, un seul qui ne parle d'unité, quand bien même il ignore ce que peut être l'unité.

Voici un livre où il est écrit que « l'alliance de la France et de » l'Angleterre constitue aujourd'hui l'Unité de l'Occident. » Vous l'entendez, Messieurs! l'Unité règne en Occident; il a suffi du rapprochement de deux peuples, jusqu'alors ennemis, pour opérer ce grand phénomène, ce phénomène d'Ordre supérieur! Désormais la Politique peut fondre ses canons, démanteler ses places de guerre, dissoudre ses armées, congédier ses polices et ses douanes.... car l'Occident est unitaire!... Et s'il en est quelques-uns qui ignorent encore ce qu'est l'unité sidérale, l'unité mathématique, l'unité musicale, ils pourront le savoir par analogie....; car, encore une fois, l'Occident est unitaire, les nations européennes sont dans l'Ordre!

Et qu'est-ce donc enfin, l'Unité? Toujours la même réponse, la réponse que je trouve à toutes les questions: il faut étudier l'histoire.

Etudiez l'histoire, et voyez s'il n'a pas existé, s'il n'existe pas sur la terre une *ombre* l'*Unité*, quelque chose que vous nommiez à tort de ce nom, mais que vous puissiez interroger au moins, pour en déduire les caractères de la véritable Unité.

Vous nommez l'*Unité catholique*, et je ne prétends point vous arrêter cette fois, bien qu'il s'agisse de catholicisme.

Eh bien! oui, l'Unité catholique.

C'est la réunion de tout un grand corps sacerdotal, dispersé sur tous les points du globe, autour d'un centre, d'un Pivot, d'une puissance qui résume toutes ces puissances, d'une lumière qui concrète toutes ces lumières. Puis, au-dessous du Pape les cardinaux, au-dessous des cardinaux les archevêques, au-dessous des archevêques les évêques. Descendez ainsi jusqu'au diacre, ou, s'il est un degré inférieur, jusqu'à ce degré, et vous reconnaîtrez deux choses : il existe des corporations diverses dans cette *Série* (car c'est une Série, et d'un bel ordre, que je viens de faire passer sous vos yeux); ces corporations sont exactement distinctes, ces *groupes* sont les uns supérieurs, les autres inférieurs. Voilà bien des inégalités que je présume, et de cette échelle d'inégalités graduées, fonctionnant et s'agitant autour d'un Pivot qui, nous le savons, est réputé infaillible, d'un soleil qui, comme le soleil du monde physique, reste fixe et ne change pas ; — *de cette échelle d'inégalités, dis-je, ainsi divisée et ordonnée, de cette échelle ou Série résulte l'*UNITÉ.

Ainsi, et pour ne pas descendre trop bas dans l'échelle, arrêtons-nous au curé, au simple curé de paroisse, et demandons-nous quel est son rôle. Chaque curé nous semblera marcher à la tête d'une corporation, d'un groupe, dont il est le représentant, ou, comme on dit, d'un troupeau, dont il est le pasteur. La paroisse sera donc, si vous le voulez bien, la base de notre système. Or, de même qu'en arithmétique, la réunion d'un certain nombre de dizaines forme une centaine, de même nous verrons se former un évêché de la réunion d'un certain nombre de paroisses ; et l'évêque nous apparaîtra avec sa mitre, roi de son évêché, pasteur d'un grand troupeau. Les évêchés à leur tour se réuniront pour former un archevêché, et de la combinaison de tous les archevêchés entre eux, de toutes ces Séries de genre, dont chacune représente à elle seule un certain nombre de Séries inférieures, résultera la Série d'ordre, la Série générale, une Série *puissancielle*, le catholicisme organique ou matériel, le clergé, en un mot, dont le Pape est la tête.

Sans doute il y a des lacunes, et je pourrais vous les montrer; mais à quoi bon recommencer avec la critique? Passons.

Voilà pour les conditions physiques de l'Unité.

Quels seront maintenant les résultats de cette classification hiérarchique? en d'autres termes, quelles sont les conditions morales de l'Unité?

Chaque paroisse est un groupe, avons-nous dit, non pas isolé, mais distinct au milieu de tous les groupes semblables, de toutes les paroisses relevant d'un même évêché. Chaque paroisse aura donc ses intérêts, sa fonction, ses priviléges. Or, s'il arrivait qu'une paroisse se fît remarquer dans tout le diocèse par un zèle ardent et soutenu dans l'accomplissement de ses devoirs, par un grand amour de ses intérêts, par la défense énergique de ses priviléges; s'il arrivait que le curé, homme entreprenant et actif, n'épargnât rien pour élever et embellir ce petit domaine confié à sa garde, — cette paroisse, à coup sûr, serait proclamée la première, à elle serait tout l'honneur, les dévots accourraient en foule y porter leurs offrandes et leurs prières, les prédicateurs les plus famés s'y donneraient rendez-vous de toutes parts, les pauvres mêmes (toute paroisse a ses pauvres, comme elle a son curé, ses vicaires, son eau bénite et ses cierges), les pauvres mêmes se presseraient plus nombreux à toutes les portes : cette paroisse, en un mot, serait comme un diamant à la couronne de l'évêque. Et de là, nécessité pour toutes les autres paroisses de ne pas se laisser ainsi éclipser; de là, *rivalité*. Les curés surtout rivaliseront et se chamailleront à qui mieux mieux. Chacun voudra que ses chantres soient les meilleurs, que ses enfans de chœur soient les plus richement vêtus. Ils n'épargneront pas les bons dîners... Ils n'épargneront pas la médisance. J'ai entendu, moi qui vous parle, plus d'un curé médire (1) de ses confrères : c'était joli assurément. Qu'il nous suffise, d'ailleurs, de constater ce fait, qu'il y a lutte et rivalité entre les différentes paroisses d'un même diocèse....; car cela ne pourrait pas ne pas être...; car il faut, et c'est, je vous prie, une condition rigoureuse, naturelle, mathématique, il faut bien que, dans la constitution sériaire, cet esprit de rivalité, d'intrigue, de cabale, cette passion, l'une de nos passions les plus fougueuses, se développe et s'utilise.

Il va sans dire que la rivalité sera d'autant plus grande entre les diverses paroisses, qu'elles seront plus voisines les unes des autres. On trouve ainsi, en généralisant, que dans la série ou échelle, plus

(1) *Médire*, c'est encore de la subversion; mais qu'on y prenne garde, l'unité catholique n'est pas tellement Unité, que la subversion ne s'y glisse.

deux groupes sont rapprochés, plus dès lors ils sont rivaux, et que les premières conditions de l'unité sociale sont les mêmes qui se reproduisent dans la musique et dans toutes les unités connues.

Ce phénomène de la rivalité entre les groupes touche de bien près à un autre phénomène que nous pouvons dès à présent analyser. Chaque paroisse, en effet, se trouvant avec ses voisines dans un état permanent de lutte et de rivalité, aura besoin de tous ses efforts, de tous ses moyens, aura besoin d'accord, de convergence; autrement elle succomberait dans la lutte. Or, la paroisse est un être multiple. Depuis le curé jusqu'au bedeau, je ne finirais pas, si je voulais compter! tous travailleront dans un intérêt commun; ce sera affaire pour tous d'élever leur paroisse à la plus haute splendeur; et chacun y trouvera son compte. A qui donc reviendra l'honneur, je vous prie? Est-ce à un seul, ou à deux, ou à trois, ou à quatre...? Non, mais à tous.

Il y aura donc, entre tous ces hommes, esprit de corps, franche et cordiale amitié, naissant de leur fusion dans un même cercle moral, dans une même corporation. Car s'il est nécessaire, comme nous l'avons vu, que la constitution sériaire développe le discord entre deux groupes rapprochés, il n'est pas moins nécessaire qu'elle développe l'accord et la fraternité entre les membres d'un même groupe.

Et remarquez que, pour qu'il y ait fougue, entraînement corporatif, il faut bien qu'il y ait ligue, entraînement cabalistique. Remarquez que l'esprit de corps suppose l'esprit de parti. C'est ainsi qu'il nous est démontré par l'histoire que le discord mène à l'accord, que l'utilisation des passions n'est pas chose imaginaire, mais possible, et que pour fonder la fraternité (1) parmi les hommes, il faut non pas réprimer les passions, non pas les briser ou les amollir, mais les laisser vivre et s'ébattre franchement.

Mais, pensez-vous, tôt ou tard ces rivalités seront funestes; la paix de l'église sera troublée! — Attendez. Qu'une puissance étrangère s'avise de porter atteinte aux franchises de l'ordre tout entier; qu'il y ait lutte, comme cela s'est vu durant des siècles, entre les deux pouvoirs politique et religieux, temporel et spirituel; qu'un prêtre soit entravé par un laïque dans l'exercice de ses fonctions sacerdotales!... oh! alors, vous verrez se lever en masse cardinaux, archevêques et diacres, et le Pape fulminera ses bulles d'excommunication, et son commerce de reliques sera immédiatement arrêté, et le criminel, qui aura outragé l'église dans l'un de ses membres,

_____

(1) *Fraternité* n'est pas mon mot, je l'emploie à dessein.

ne sera plus admis, je vous jure, à baiser le talon de Saint-Pierre!...
Car si l'ordre *sériaire* ou *unitaire* (désormais ces mots sont synonymes) sait développer des rivalités particulières entre les groupes,
il a puissance de les résumer et de les fondre, comme on voit que
cela se passe en musique, dans un grand accord supérieur.

Direz-vous que les choses n'iront pas toujours aussi bien? Que
le prêtre, qui n'est pas seulement prêtre, qui, en même temps, est
homme et citoyen, se divisera de ses frères toutes les fois qu'il ne s'a-
gira plus entre eux d'un intérêt purement sacerdotal? Citerez-vous
Thomas Becket et le clergé? Direz-vous encore (et cela est prouvé
par l'histoire, comme nous le verrons plus bas) que cette organisation sériaire, toute belle et toute puissante, et qui maintient l'accord,
l'équilibre dans le clergé, n'a pas empêché pourtant que le clergé,
— toutes les fois qu'il est sorti du cercle de ses attributions particulières, du cercle qui lui était tracé par le dogme et par le culte,
pour se mêler au mouvement social, pour étendre au-dehors ses
relations, et vivre de la vie générale en exerçant ses facultés diverses, — direz-vous qu'alors cette organisation sériaire, toute
belle et toute puissante, n'a pas empêché que le clergé ne se livrât
à d'étranges fureurs, à d'étranges combats, à d'étranges aberrations passionnelles? Direz-vous tout cela? Oh! la réponse est
claire, et c'est vous-même qui la faites!... Qu'avez-vous dit autre
chose, en effet, sinon que le clergé, qui est unitaire avec lui-même,
n'est pas unitaire avec le corps social, et que dès lors, s'il a fran-
chi son intérieur et comme brisé sa coquille pour se produire
dans le monde, il a dû nécessairement passer du vrai dans le faux,
de l'association dans l'incohérence, de l'ordre dans le désordre?
Que dites-vous autre chose, sinon que le problème social ne veut
pas être à demi résolu, et que pour établir l'harmonie, j'entends
l'harmonie intégrale, il faudrait, non pas organiser en Série une ou
plusieurs d'entre les fonctions humaines, mais les organiser ainsi
toutes intégralement?... Nous n'avons sous les yeux qu'une Série,
et nous voyons que l'ordre résulte de la fusion des intérêts divers,
représentés par les différens groupes, dans un intérêt général.
L'ordre universel résulterait de la fusion de tous les intérêts humains représentés par les différentes Séries, dans un même intérêt général, l'intérêt humanitaire. Alors serait fondée l'unité politique et industrielle du globe, alors l'HARMONIE règnerait parmi les
hommes!

Je ne m'arrêterai pas, Messieurs, à rechercher avec vous quels
ont été les résultats de cette organisation sériaire du catholicisme,
qui a fait du clergé catholique un corps à part dans le monde so-

cial, qui l'a élevé à ce haut degré d'importance et de gloire où nul autre corps n'a atteint.

Maintenant il vous est sensible que la prodigieuse influence du christianisme dans les destinées politiques du monde, a bien moins été due à son esprit, au dogme en lui-même, qu'à ce fougueux essor de la masse entière du clergé qui, dominé par la plus indomptable des passions, l'esprit de corps, toutes les fois qu'il s'agissait pour lui de garder la puissance, ou de conquérir une puissance nouvelle, s'ébranlait unitairement sur tous les points du globe. Reportez-vous à une époque fameuse dans l'histoire de l'Europe, à cette époque où Grégoire occupait le trône pontifical, et répandait de tous côtés, parmi les Barbares qu'il désirait convertir au christianisme, ses missionnaires et ses agens, comme le semeur sème le blé en bonne terre. Vous reconnaîtrez alors ce que je disais il n'y a qu'un instant, que ce sont les intrigues de l'Evêque Romain qui ont converti les Barbares; vous reconnaîtrez que la force morale du christianisme n'eût été rien, sans ce large développement passionnel, dû à l'organisation unitaire du clergé.

Il n'est point jusqu'aux manifestations matérielles et grossières du catholicisme (je dis grossières, car il est convenu entre beaucoup de gens que tout ce qui est matériel sera grossier), il n'est point jusqu'à ces manifestations matérielles ou grossières, comme on voudra, qui, en même temps qu'elles sont puissantes et grandioses, ne reflètent largement et magnifiquement cette organisation unitaire : je ne ferai que nommer ici l'architecture.

Arrêtons-nous un moment devant Saint-Pierre, ce temple-roi que Michel-Ange a fait si grand, qui élève sa coupole audacieuse au-dessus de toutes les coupoles, au-dessus de toutes les flèches élancées, au-dessus de toutes les croix et de tous les clochers. C'est la métropole du monde chrétien, celle qui domine et qui gouverne; c'est le saint des saints, le lieu fort, la citadelle au front large, appuyée sur des pilastres de marbre, desservie par un cortége moiré de soldats au manteau rouge, à la croix d'or! c'est une clé de voûte, dont la garde est remise au Pape!... Et sa prière, à lui, ce n'est pas la prière d'un homme, c'est la prière d'un monde tout entier; son *oremus* est celui de tous les prêtres! Et quand il s'agenouille, avec lui l'Eglise tombe à genoux! Et quand il bénit, ce n'est pas la foule qui est là, devant ses yeux et sous sa main, qu'il bénit, c'est la réunion de tous les fidèles, de tous ceux qui croient au Christ mort pour la rémission de leurs péchés!... Car, tout ce qu'il y a de joies ou de douleurs, de rires ou de sanglots, de faste ou de misère; tout ce qu'il y a de grand, de beau, de bas et de petit dans cette Église militante si diversement diaprée, tout cela se résume dans un homme et dans un temple! Écoutez!... voici le son de la grande cloche, de la cloche de Saint-Pierre, annonçant un beau jour, un jour de fête, et de grande fête encore! voici venir un cortége, et s'avancer, au milieu du cortége composé d'hommes, d'enfans, de jeunes filles semant des fleurs, de cardinaux, de femmes et de mignons, voici venir un homme!... Et vous me dites que c'est le Pape, qui va dire la messe! Je vous dis, moi, qu'il y a autre chose encore et de plus imposant : il y a deux termes et un rapport, la chrétienté d'une part, Dieu de l'autre! Car, cet homme est l'homme pivotal, qui se rend au temple pivotal, pour y offrir ses prières à Dieu, le Pivot de l'univers; et ce qui frappe en ce moment nos regards, qui nous saisit et nous étonne, c'est, le croiriez-vous, l'harmonie des mondes.

Nous nous sommes arrêtés devant Saint-Pierre de Rome. Promenez maintenant vos regards autour de vous, et voyez, dans ce vaste réseau catholique étendu sur le globe, toutes les églises de haut rang, les archevêchés, les évêchés, capitales secondaires, reines et vassales tour-à-tour. Puis, dans chaque ville, une église métropolitaine, une cathédrale, et, comme groupées autour de celle-ci, toutes les églises paroissiales, qui, elles-mêmes, ont, chacune sous sa main, un certain nombre d'églises secondaires, de chapelles, de niches et de prie-dieu.

Alors, vous aurez fait le tour de cette immense galerie architecturale, de ce grand cordon sériaire, si compacte à la fois et si nuancé, correspondant à l'organisation sériaire du catholicisme, qui l'a tracé.

C'est assez, Messieurs, pour vous indiquer comment la société se réfléchit dans ses vêtemens, soit de pourpre, soit de granit, et comment la classification des travailleurs est la même que la classification de leurs œuvres.

Je devrais, m'occupant ici des causes qui ont influé sur le catholicisme pour l'obliger, dans son essor, à se revêtir du manteau sériaire, si riche et si brillant, vous montrer que ce sont les mêmes passions que nous venons de voir actives, qui, considérées chez l'homme à l'état abstrait, tendent à se formuler en série, et se formuleraient ainsi, de toutes parts, dans le mécanisme social, si, de toutes parts, elles ne rencontraient sur leur passage, au lieu de clémence et de faveur, gêne, compression, martyre. Je devrais vous entretenir ici des forces dirigeantes de notre nature. Mais le temps presse. Il me suffira de vous mettre sur le chemin.

Nous savons, par tout ce qui précède, que l'esprit de rivalité, chez l'homme, tend inévitablement à la Série, et ne devient, par conséquent, une cause d'ordre et de prospérité, qu'autant que l'homme l'exerce dans un milieu social correspondant à l'essor libre de cette passion, le milieu sériaire.

De là il résulte, et nous pouvons dès à présent généraliser la proposition, que la question n'est pas, ne peut pas être de comprimer les passions, mais de les placer dans des circonstances sociales favorables à leur développement.

Abandonnons cette conséquence pour nous en tenir à une autre.

N'est-il pas vrai que plus grande est la force qui sollicite un corps à se mouvoir, plus grande est aussi la quantité de mouvement déposée dans ce corps, et plus grande la vitesse de ce corps?

Autrement, que plus grande est la force, plus grande aussi est l'expression, et plus grands sont les résultats?

Il faudra donc, dans les calculs sociaux, établir une proportion entre les trois termes suivans : force passionnelle, expression passionnelle, résultats passionnels.

Or, nous avons reconnu que l'influence du catholicisme, aussi bien dans la politique que dans les arts, et principalement dans l'art architectural, a été immense, comparativement à l'influence qu'ont pu exercer, en des temps et dans des lieux divers, les autres pouvoirs humains. L'esprit social, en Égypte, ne s'est pas développé au-delà de l'Egypte. L'esprit social, à Athènes, ne s'est pas manifesté autre part qu'à Athènes, ou dans la Grèce ; Sparte a vécu pauvre et languissante, je dirai presque barbare, aux portes mêmes de sa rivale. Vous ne trouvez qu'une puissance dans le monde qui ait su agir sur une grande partie du monde!... Et cette puissance essentiellement envahissante et dominatrice, c'est le catholicisme.

Nous avons reconnu encore que le catholicisme n'avait dû sa grandeur, son influence, qu'à son organisation unitaire ; et, recherchant les causes qui avaient présidé à cette organisation toute spéciale, nous les avons trouvées dans certaines de nos passions qui tendent à former la Série, et que, pour cela, nous avons nommées *dirigeantes*.

L'esprit de rivalité est une de ces passions, avons-nous dit, et il faut bien, puisque la valeur cabalistique, exprimée par l'organisation unitaire du clergé, s'est trouvée dans le catholicisme plus grande qu'ailleurs, il faut bien, suivant la loi de proportion établie plus haut, que la force, la passion, l'esprit de rivalité enfin, se soit trouvé, dans le catholicisme, soumis à des influences provocatrices plus grandes et plus puissantes.

Constatons par l'histoire ces influences, qui se réduisent, comme nous l'avons déjà vu, à la présence de groupes rivaux, envieux, cabaleurs.

Le Christ, qui connaissait beaucoup mieux la nature humaine que la plupart de ses disciples ne l'ont connue, le Christ annonçait, d'une part, qu'il y aurait des hérésies, et de l'autre, que son église serait triomphante. Il savait que le sort de la seconde prophétie était lié intimement au sort de la première. Il savait, lui (et nos grands philosophes semblent ignorer cet axiome, car jamais il n'en ont fait encore application au mécanisme social), il savait bien qu'avant de triompher il faut vaincre, et que pour vaincre il faut lutter.

Il me suffira ici, Messieurs, de vous rappeler ce qui se passait dans les premiers siècles de l'Église, pour que vous tiriez vous-mêmes la conclusion.

Aussitôt que le christianisme se fut assis sur la pourpre avec Constantin, aussitôt qu'il sortit des catacombes et demanda un culte public, des autels publics, une forme extérieure à sa vie, une manifestation quelconque à son principe; — aussitôt vinrent les hérésies; combien d'hérésies, vous le savez! Rapportons-les à une seule, l'arianisme, qui me paraît avoir eu la plus grande influence sur les destinées du catholicisme. Le catholicisme, en effet, s'était proposé pour but la conversion des Barbares. Or, ce n'est plus seule-ment de les convertir qu'il s'agit, mais encore, mais plutôt de les soustraire et les enlever au schisme, à l'arianisme, par exemple. Il va se combattre un dur combat, je vous jure; et je ne sais, en vé-rité, qui triomphera, car le schisme est vivace! Aussi, tout moyen sera bon pour le détruire. En Gaule, on soutient les Franks, qui sont payens; on délaisse les Bourguignons et les Goths, qui sont ariens. Que dis-je? on précipite les féroces conquérans contre les paisibles possesseurs! Ceux-là en effet sont indignes de vivre, qui ne sont pas orthodoxes. Tout au moins, ils seront esclaves!... Et d'avance on les nomme sujets, sujets de Clovis et de la nation Franke, eux qui ne sont encore que les partisans d'Arius, et dès lors, les ennemis de la foi catholique. On se plie à des menées, des manœuvres, des intrigues que j'oserai appeler infâmes!... Et c'est la présence d'un groupe rival, d'une secte rivale, qui, déve-loppant chez la secte opposée cet esprit fougueux de brigue et de cabale, engendre misérablement ces intrigues, ces ma-nœuvres et ces menées! Quand une fois l'on a eu vaincu, quand ces ariens, que l'on désespérait d'abord de convertir, se sont enfin convertis, l'on poursuit, dans la nation bretonne, le seul reste du schisme et de l'hérésie en Gaule. Et ce reste du schisme, de l'hérésie, on finira par le détruire, n'en doutez point.

Même travail en Angleterre, et même spectacle. Toujours des Barbares que l'on conquiert à la foi en se servant contre eux d'autres Barbares! On s'abaisse jusqu'à qualifier de pieuse, de sainte, la femme la plus odieuse qu'il y eût alors, Brunechild, mère d'un roi frank. Toujours une nation proscrite, persécutée, meurtrie, pour être restée fidèle au schisme, à sa croyance! une nation qui résume en elle seule toutes les douleurs, la nation cambrienne!...

De tout cela il résulte un enseignement bi-composé.

La *cabaliste*, désormais vous me passerez ce mot, la cabaliste, développée chez les représentans du christianisme, agit sous les influences d'un milieu social faux et subversif; de là, le désordre.

Mais elle agit selon sa tendance naturelle, que rien ne gêne, et devient ainsi l'une des principales causes de cette organisation sériaire du catholicisme, de cette unité.

Enfin, considérée dans ce milieu nouveau, dans ce milieu harmonique, elle engendre autant de bien, de puissance, de gloire, qu'elle engendre habituellement de mal, de faiblesse, d'avilissement.

N'est-il pas vrai maintenant que le plus important de tous les problèmes, le problème social, sera résolu, quand, après avoir étudié les tendances de nos passions, on lèvera l'obstacle qui s'oppose à leur essor, les laissant se produire enfin dans le milieu que la nature leur affecte?

Messieurs, je me résume.

La méthode historique suivie jusqu'à ce jour est fausse; car elle consiste à chercher l'abstrait avant le concret, à chercher la raison des faits quand on ignore encore quels sont ces faits. De là vient qu'on a travesti l'histoire, qu'on l'a parodiée; et, comme l'histoire, en racontant naïvement ce qu'a fait l'homme, raconte naïvement ce qu'il est, il s'ensuit que l'on n'a pas l'intelligence de l'homme, n'ayant pas celle de l'histoire, et que l'on ne peut, dès lors, ni apprécier les tendances de notre nature, ni les satisfaire. Essayant de me poser devant l'histoire nue et dégagée de tout système, et de l'interroger, j'ai déterminé quelques-unes des facultés de l'homme, et ces facultés sont les mêmes que nous retrace la vie privée. Tel est donc le but de l'histoire; je le redis encore, c'est de ramener à l'étude de l'homme, à l'analyse de ses penchans, de ses besoins, à l'analyse intégrale de l'attraction passionnelle, comme Fourier l'a nommée

Enfin l'homme étant connu, on déterminerait aisément la constitution sociale la mieux appropriée à sa nature.

Ainsi se trouverait résolu le problème social.

Et tel est, pour tout dire, le but ultérieur de l'histoire.

DÉTERMINER PAR L'HISTOIRE SI LES DIVERSITÉS PHYSIO-
LOGIQUES DES PEUPLES SONT ENTRE ELLES COMME LES
DIVERSITÉS DES SYSTÈMES SOCIAUX AUXQUELS CES
PEUPLES APPARTIENNENT.

Discours

PRONONCÉ AU CONGRÈS HISTORIQUE,

Le 11 décembre 1835,

PAR

VICTOR CONSIDÉRANT,

CAPITAINE DU GÉNIE, ANCIEN ÉLÈVE DE L'ÉCOLE POLYTHECNIQUE.

DISCOURS

PRONONCÉ AU CONGRÈS HISTORIQUE,

Le 11 décembre 1835,

Par Victor Considérant.

AVANT-PROPOS.

§ 1.

Voici le *grand scandale de l'Hôtel-de-Ville,* voici le discours abominable prononcé par un homme abominable, qui appartient à une
doctrine abominable. Le 11 décembre 1835, n'avez-vous pas senti *trembler le sol ?* Si vous ne l'avez pas senti, c'est que vous étiez bien dis-
trait, car ce jour-là *le sol a tremblé* (1) ; ce jour-là *le principe d'orgueil, — qui a bien pu émouvoir le ciel, — a fait trembler la terre ;*
c'est que *le Dieu du monde moral a été blasphémé* ce jour-là par un
disciple de l'homme qui veut se faire le Dieu du monde matériel (2) ;
c'est qu'il y avait ce jour-là, dans la salle Saint-Jean de l'Hôtel-de-Ville,
*cinquante hommes barbus accourus pour jouir d'une nouvelle flagella-
tion du Christ* (3) ; ce jour-là en même temps le *système doctrinaire a
été tué à l'Hôtel-de-Ville* (4), et beaucoup d'autres choses terribles ont eu
lieu encore ; car c'est ce jour même, le 11 décembre 1835, qu'à l'Hôtel-
de-Ville, le discours suivant a été lu, chose effrayante à dire, *par un
jeune homme à moustaches et à longs cheveux* (5)!!.. L'auditoire a
été stupéfait, — tenez-le pour certain, car *L'Univers Religieux,* qui ne
ment jamais, l'assure, — à l'exception, bien entendu, des cinquante
hommes barbus, qui fendaient l'air de leurs bravos, à chaque période de
l'impie à moustaches et à longs cheveux. Je laisse à penser ce que pou-

(1) *Gazette de France,* 18 et 19 décembre 1835.
(2) *Idem.*
(3) *L'Univers religieux,* 12 et 24 décembre.
(4) *Gazette de France,* 19 décembre.
(5) *L'Univers Religieux,* 12 décembre.

vaient être ces hommes barbus. L'*Univers Religieux* ne nous a pas dit s'ils avaient le pied fourchu, mais nous devons le croire.

Arrêtons-nous, il ne faut pas effrayer le lecteur, et nous reviendrons en détail, à la suite de ce discours abominable, sur les jugemens décens et tout-à-fait évangéliques que diverses feuilles très-chrétiennes ont fulminés contre lui. Pour le moment, l'auteur du discours, à peine remis des coups qu'il a reçus et de l'étourdissement que ces coups lui ont causé, voudrait être admis, tout criminel qu'on le préjuge, à présenter quelques mots pour sa défense. On accorde cela aux plus coupables.

Le premier cri arraché à ce malheureux, quand il s'est vu si vivement entouré, a été celui-ci : Se peut-il que j'aie été si mal compris! — Aurait-il été mal compris en effet? C'est ce qu'il est juste d'examiner, ce nous semble : car s'il était vrai qu'il n'eût rien dit d'infâme, il vaudrait mieux, pour l'honneur des juges qui ont déclaré sa parole infâme, admettre qu'il a été mal compris par eux, que de donner à leur furibonde une toute autre cause. Il convient aussi que les juges, auxquels il soumet aujourd'hui les pièces du procès, ne soient pas exposés à se méprendre, comme l'ont peut-être fait les premiers. Si donc on veut écarter de cause la circonstance des moustaches, attendu que l'individu est militaire, et lui permettre, pour raison de santé, les cheveux un peu longs en hiver, il établira quelques considérations préalables à l'intention de manifester le vrai sens de son discours.

Parlons sérieusement, et pardon pour des plaisanteries qui sont la seule réponse convenable aux accessoires de l'accusation principale. Laissons de côté l'orateur et voyons la doctrine.

Lorsque je reproduirai, à la suite du discours, les principaux jugemens qui ont été lancés sur ce discours, le lecteur ne sera pas peu surpris, sans doute, de voir que tout ce qui, dans ces jugemens, n'a pas été pure injure, pure déclamation, si l'on veut, portait entièrement à faux.

§ 2.

Nous vivons dans un temps d'anarchie intellectuelle et sociale, où mille opinions se disputent et se choquent. Que les opinions opposées se mesurent et se combattent, rien de mieux, mais il faut que le combat se livre avec armes loyales. Les idées sont en guerre, nous ne réclamons pas un sauf-conduit pour les nôtres ; nous ne pensons pas à les mettre hors de la bataille. Qu'elles soient exposées aux coups, à la bonne heure ; nous tenons pour certain, nous, que la vérité seule est invulnérable : tous les coups portés par l'erreur à la vérité ne sauraient l'entamer. Nous professons que la vérité, si elle existe dans l'une des doctrines militantes aujourd'hui, sortira triomphante de la lutte, et restera debout. Soldats dévoués d'une doctrine, nous avons conscience d'une victoire prochaine, parce que nous croyons que la vérité et le bonheur de l'humanité sont renfermés dans notre doctrine. Cette doctrine n'est pas pour nous une opinion plus ou moins probable, c'est une certitude, une science. — Personne n'a le droit de récuser notre conviction. On peut penser que nous sommes dans l'erreur, que nous nous faisons illusion sur la valeur de nos idées; mais il ne sert à rien de croire que nous ne sommes pas de bonne foi.

Quand nous attaquons les opinions et les idées opposées à notre doctrine, nous attaquons des opinions et des idées, — non des hommes ; nous ne disons pas à ceux qui parlent autrement que nous : Vous êtes des gens de mauvaise foi, des misérables, parce que vous pensez autrement que nous. C'est là une bien mauvaise espèce d'argumentation ; cette manière-là ne mène qu'aux injures ; or, avant tout, dans le domaine des idées, il faut produire des raisonnemens ; et quand on produit seulement des injures et des déclamations violentes contre ses adversaires, sans produire contre eux des raisons, des argumens réels, non-seulement, en bonne logique, on n'a rien fait contre leurs principes, mais de plus on a donné de sa propre cause une mauvaise opinion préjudicielle. Les bonnes causes ne craignent pas les argumens; elles ne se sauvent pas devant la logique.

Ceci ne veut pas dire que, dans la bataille des idées, on doive s'interdire de frapper fort ? Non, Dieu merci! Nous ne soutenons pas, nous, que dans une mêlée où tout le monde joue du sabre et de la lame, il faille se défendre avec un éventail. Mais nous disons qu'il y a des lois de la guerre, et que la première loi de la guerre dont nous parlons, c'est de répondre à des argumens par des argumens, et non par des bavardages, des déclamations et des exclamations. — L'exclamation est bonne, mais à condition qu'elle soit légitimée par de bonnes raisons. — Nous disons encore que, dans la lutte des doctrines, il ne faut pas imputer à ses adversaires ce qu'ils ne disent pas, mais les attaquer seulement sur ce qu'ils disent. Quand vous avez dit blanc, on ne doit pas affirmer que vous avez dit noir, et fonder sur noir des déclamations et même des argumentations contre vous. Ceci n'est plus loyale polémique, franche guerre ; c'est calomnie, — avec ou sans préméditation.

Si l'on accepte ces principes, on verra que le discours en cause ici a été fort mal jugé. Ceux mêmes qui en repousseraient les idées, reconnaîtront que l'on a prêté à l'auteur des idées qui ne sont pas les siennes. Ce que nous demandons, si nous devons être battus, c'est d'être battus pour nos idées et sur le terrain de nos idées. Du reste, nous n'avons aucun intérêt à admettre en principe que nos adversaires ont été de mauvaise foi : nous aimons mieux penser que nous n'avons pas rendu notre idée assez claire à l'esprit de nos adversaires.

Et puis, il faut laisser quelque chose au premier mouvement et à la passion : nous dirons donc qu'il y a eu erreur. En lisant mon discours tel qu'il a été prononcé, on verra bien si j'ai été obscur, ou si nos adversaires n'ont pas assez fait usage de leur intelligence pour comprendre. — Procédons à une déclaration de principes.

3

§ 3.

Je crois à une intelligence supérieure et bonne, présidant à l'Ordre universel, et le gouvernant. Je crois que, dans les plans de cette intelligence suprême, tous les Êtres, dont les vies composent la vie universelle, ont des fonctions à remplir, des lois à suivre ; que la Destinée particulière de chaque Être est coordonnée à la Destinée du Tout, dont il fait partie.

Je crois que tout Être qui remplit sa Destinée, *jouit* ; et que tout Être qui est hors de sa Destinée, *souffre.* Je crois que les forces du plaisir, de la jouissance, du bonheur, sont les forces employées par Dieu pour gouverner les mondes, pour *révéler* et *dicter* ses lois à tous les Êtres. La souffrance, c'est le signe de la déviation de Destinée. L'homme qui souffre n'accomplit pas sa Destinée d'homme ; l'humanité qui souffre n'est pas dans sa Destinée d'humanité. L'Être qui souffre est hors de sa Destinée, hors de l'harmonie universelle ; il est hors de Communion avec Dieu. Plus l'Être dévie de sa Destinée, plus la souffrance est vive, car la souffrance, préposée pour repousser les Êtres des fausses voies, doit avoir d'autant plus de force sur les Êtres, qu'ils entrent plus avant dans les déviations. La douleur est donc le signe du faux, le caractère des *choses subversives ;* elle affecte les Êtres égarés, séparés de l'Ordre universel, séparés de Dieu. Tout Être fuit la souffrance et gravite vers la jouissance : c'est la Loi universelle. La souffrance est donc la révélation naturelle ou divine des choses contraires à l'Ordre ; la jouissance, la révélation naturelle ou divine des voies de l'Ordre. Les Êtres ont des lois à accomplir ; Dieu leur distribue des *attraits proportionnels à ces lois.* Si Dieu, qui peut distribuer comme il le veut les doses de désirs et d'attraits aux Êtres qu'il crée, leur donnait attrait passionnel pour les choses défendues, et répulsion passionnelle pour les choses ordonnées, Dieu serait infâme, odieux ; la créature devrait le haïr, car ce Dieu serait plus méchant, plus odieux mille fois que le Satan de la mythologie chrétienne.

Comment ! Dieu qui m'a créé, qui a créé mes passions, qui m'a fait venir au monde avec des penchans, des désirs, des attraits qu'il a mis en moi, qui sont la conséquence de l'organisation qu'il m'a faite, et de la nature de mon ame ; Dieu qui m'a donné cet inextinguible amour des joies et du bonheur qui fait ma vie, Dieu ne m'aurait doté ainsi que pour me séduire et me perdre ! Il me commande directement par la voix de mes passions, des passions d'une nature qu'il a faite (car apparemment ce n'est pas moi qui ai fait ma nature), et ce Dieu me donnerait pour tâche de résister à ces penchans qui sont son œuvre ! Je devrais, pour lui plaire, renoncer à ma nature ! Ma nature serait un piége qu'il m'aurait tendu ! Un piége fatal qui me ferait tomber dans l'abîme affreux des peines éternelles ! En vérité, cela est absurde à dire et odieux à penser. Non, non, Dieu n'a pas tendu de piége à sa créature. Non, mon Dieu n'est pas méchant et cruel à plaisir, et ce n'est pas ce Dieu cruel que j'adore. Mon Dieu dispense le bonheur à grands flots dans l'univers à tous les Êtres qui marchent dans leur Destinée ; il révèle à tous les Êtres leur Destinée par les désirs qu'il a mis en eux ; il les attire à l'Ordre par le bonheur ; ils les éloigne des voies fausses en plaçant la souffrance en sentinelle à l'entrée de ces voies. Dieu ordonne par le bonheur, et défend par la souffrance ; le bonheur est dans la Loi, la souffrance est hors de la Loi. Tout ce qui souffre a désobéi à Dieu ; et tout ce qui obéit à Dieu est associé à l'Ordre, communie avec Dieu, et jouit. S'il n'en est pas ainsi, Dieu est le mal, ce Dieu n'est pas Dieu, et je hais ce Dieu. Voilà ma pensée sur Dieu, voilà ma croyance. — Que celui qui se charge de la réfuter vienne la réfuter : je l'écoute. — Que celui qui sait une croyance plus belle, plus haute et plus religieuse, vienne l'exposer : je l'écoute.

§ 4.

Il faut bien que nos adversaires sachent une chose, c'est que toutes leurs déclamations, toutes leurs réprobations, toutes leurs colères ne seront que de vaines paroles, tant qu'ils n'auront pas réfuté d'abord cette conception de Dieu. Si cette croyance est infâme, odieuse, impie, antisociale, à la bonne heure ; qu'ils prouvent cela d'abord, et ils seront dans leur droit ensuite en fulminant contre les conséquences de cette croyance. Mais tant que cette croyance sera debout (et nous défions qu'on l'entame), tant qu'elle restera debout, on n'en pourra combattre qu'illogiquement les dérivations et les conséquences nécessaires.....

Lorsque nous combattons les opinions opposées à notre science, nous avons pour habitude d'aller droit au cœur. Nous sapons par la base, nous attaquons l'arbre par sa racine. Ceux qui se tiennent dans les branches et ne veulent pas sortir, ceux qui mordent aux arguties de détail et n'en veulent pas démordre, sont toujours de pauvres raisonneurs, gens étroits et de peu de conviction. Quand on croit à son principe, on marche tête haute avec son principe ; on se porte avec son principe droit à l'attaque du principe contraire. Voilà la bonne guerre, la guerre ouverte ; voilà nos conditions. Ces conditions nous vont ; nous désirons qu'elles soient agréées par nos adversaires, et nous avons à cœur de leur faciliter les moyens d'attaque, en leur montrant le point où ils doivent frapper pour nous ruiner d'un seul coup, — s'ils peuvent.

Si la vérité est chez nos adversaires, nous avons intérêt à être battus par eux, et réciproquement. Pour toutes raisons, il convient donc de ne pas éterniser les disputes et de s'aborder en face et debout.

§ 5.

J'ai dit tout à l'heure comment nous concevons Dieu, quel Dieu nous adorons.

C'est le Dieu qui crée pour le bonheur de toutes les créatures, qui gouverne par le bonheur, qui appelle tous les êtres à l'Ordre par la voix des désirs, par l'attrait des jouissances, et qui les prémunit contre les déviations par la douleur attachée aux déviations. Il n'y a pas à sophistiquer là-dessus. — Dieu a créé l'homme ; il lui a assigné un but, des fonctions, des lois à suivre ; la question est de savoir s'il a été dans les plans de Dieu d'attirer l'homme à ses lois par la jouissance, rien que par la jouissance, par toute la jouissance ; ou si Dieu a prétendu que l'obéissance à sa loi fût douloureuse pour l'homme. Il faut savoir si l'homme est destiné à jouir, à jouir sur cette terre, et à jouir après ; ou s'il serait vrai que quelques-uns seulement dussent arriver à la jouissance, et mériter la jouissance ultérieure par l'amour des douleurs, dans de prétendues épreuves que Dieu ferait sur sa créature ici-bas. Voilà la question. Moi, — et d'autres avec moi, — nous nions l'épreuve, le Dieu qui punit, les peines éternelles. Nous soutenons que la douleur est le signe de la désobéissance et du mal, que le culte de la douleur est le culte de la désobéissance et du mal : nous soutenons que Dieu affecte la souffrance à la violation de ses lois. Dire que Dieu se plaît aux souffrances, que ses créatures se purifient par la souffrance, expient et méritent par la résignation au mal et par la souffrance, nous soutenons que dire cela est une erreur inqualifiable, une absurdité fatale, une injure à Dieu, un renversement complet du sens naturel, de la raison humaine et de la pensée divine.....

Nous disons que Dieu, qui a créé les passions indéfectibles de l'homme, et qui a mis l'homme sur la terre, avec ces passions indéfectibles dans les sens, dans le cœur et dans l'intelligence, n'a pas voulu mettre des vautours dévorans dans les sens, dans le cœur et dans l'intelligence de l'homme fait à son image, de l'homme, destiné à régir la terre comme Dieu régit le ciel. Nous soutenons, nous, que Dieu a doté l'homme de ses passions, non pour qu'il passât sa vie à les amortir, mais pour qu'il les développât largement dans l'œuvre de l'Espèce. Pour nous, les passions de l'homme ne sont pas les ennemis de l'homme, — comme l'ont tant répété jusqu'ici les sots moralistes, — les ennemis de son bonheur et du bonheur de la société ; les passions sont les seuls élémens possibles du bonheur de l'homme et de la société.

On a soutenu que le bien consistait à combattre les passions. Nous soutenons que le bien ne peut résulter que du libre et complet développement des passions.

Cela, certes, est tranché, net et caractéristique.

Nous n'établirons pas ici la thèse dans ses détails ; nous dirons seulement qu'avec le premier principe, tous les efforts des législateurs, des philosophes, des prêtres, dirigés depuis quatre ou cinq mille ans contre la nature passionnelle de l'homme, n'ont absolument rien changé à cette nature ; l'homme ayant aujourd'hui, malgré ces grands efforts, le même organisme et les mêmes passions natives qu'il y a quatre ou cinq mille ans. Le mal d'ailleurs a toujours régné dans le monde, conjointement avec tous les systèmes de répression morale et de contrainte passionnelle.

Nous dirons ensuite, qu'appuyés sur le second principe, nous sommes en mesure de fournir une organisation sociale où toutes les passions natives de l'homme sont utilisées, où leur développement libre et naturellement équilibré réalise, — au-delà de ce que l'on peut aujourd'hui, non pas espérer, mais *désirer* et *concevoir*, —réalise le bien social, c'est-à-dire le bonheur de l'humanité et de toutes les individualités qui la composent.

Entendons-nous un peu.

§ 6.

Toutes les philosophies, toutes les législations et toutes les religions se sont accordées jusqu'ici pour combattre les passions de l'homme. Pourquoi ? Apparemment dans le but, l'unique but, de diminuer le mal et d'augmenter le bien par la compression des passions. La compression des passions a donc été seulement un *moyen* et non un *but* (je parle de ce qui a dû être). — Quand vous dites qu'il est bon et utile de réprimer les passions humaines, vous seriez un insensé si vous ne sous-entendiez pas : — à cause du mal que les passions non réprimées produisent dans l'individu et dans la société.

Mais si l'on vous propose, à vous qui n'avez jamais obtenu que le mal avec le principe de la répression des passions , si l'on vous propose un moyen d'obtenir le bien, le bien complet, le bien de tous, par le développement des passions ? chimère, direz-vous. — Chimère, soit ; cependant permettez l'hypothèse. Si cela était, s'il était possible de réaliser le bien par les passions, condamneriez-vous encore les passions ? Non, sans doute, n'est-ce pas, car vous n'êtes pas fou. Si donc on pouvait réaliser le bien par le développement des passions, tandis qu'on n'obtient, depuis cinq mille ans, que le mal par la compression , il est clair qu'il ne serait pas immoral d'adopter le principe du libre développement des passions. Ce qui serait immoral alors, ce serait de soutenir par entêtement, et par orgueil philosophique ou sacerdotal , l'ancien principe, ce principe impuissant contre le mal et opposé au bien , le principe de la compression morale, de la répression, de la contrainte. Il faut ici se prononcer. Persisterez-vous dans le principe de la répression, s'il est démontré que ce principe ne peut générer que le mal ? Repousserez-vous le principe du libre développement, si l'on vous apporte la preuve qu'il peut, sans danger, sans aucune chance, réaliser sur la terre l'ordre, l'harmonie, le bien, — le bonheur, enfin, le bonheur ! qui est l'éternel besoin des animaux , des hommes, des mondes et de Dieu ? Il faut répondre oui ou non. Voulez-vous la contrainte avec le désordre et le mal, ou la liberté avec l'ordre et le bien ? — Oui ou non ?

§ 7.

Je n'ai pas de raison pour injurier mon lecteur, je n'ai aucun droit à mettre ici sa réponse en doute.

Or maintenant, nous accusés, nous demandons des juges, et nous accusons nos accusateurs.

D'abord nous leur demandons compte de leurs accusations. Qu'est-ce donc que nos principes ont d'impie, d'immoral et d'anti-social ? A quoi bon tout ce bavardage dévot, dirigé par les soldats du principe qui a maintenu le mal pendant cinq mille ans sur la terre, contre le principe opposé qui se présente aujourd'hui pour générer le bien ? Avez-vous réalisé le bien, vous qui criez si fort ? N'expérimentez-vous pas depuis assez long-temps sur l'humanité vos fatales doctrines de compression ? N'êtes-vous pas las de votre guerre idiote contre la nature ? N'est-ce pas assez de misères et de douleurs ? En vérité, la chose est bizarre! vous justifiez vos moyens par l'*intention* d'un but que vous n'atteignez pas ; l'expérience et l'intelligence démontrent également que vos moyens sont faux et absurdes : et voilà que vous déclarez immoraux, impies, anti-sociaux, d'autres moyens que vos mauvais moyens, proposés pour arriver au but que vous êtes dans la complète impuissance d'atteindre!..

Direz-vous que vous ne voulez pas ce but, que vous ne voulez pas le règne du bien sur la terre ? Certes, vous devez le dire, à moins de renier votre dogme ; car le jour où le bien sera réalisé sur la terre, ce jour-là votre dogme sera tué, et le Dieu que vous avez fait parler, convaincu de mensonge. Eh bien ! malgré votre foi et votre dogme, nous vous mettons au défi d'articuler ceci : « *que vous repoussez l'établissement du bien sur la terre.* » Vous n'oseriez jamais articuler cette conséquence odieuse et forcée de votre dogme.....

N'osant vous prononcer, vous voilà donc, d'un côté, réduits à dire avec votre dogme, que le bonheur n'est pas pour ce monde, que l'homme y doit mériter par la souffrance, qu'il est à jamais livré à l'empire du mal à cause de la perversité de la nature humaine. Vous décrétez la perversité native de la nature humaine.

Et nous voici, nous, offrant de démontrer, et démontrant que le bien est réalisable par le libre développement de la nature humaine ; et qu'il n'est réalisable et possible qu'à cette condition. — Refuserez-vous la preuve et repousserez-vous l'Ordre, le bonheur du monde, le règne du bien, pour donner raison à votre dogme, à vos vieilles idées qui engendrent et maintiennent le mal, à votre entêtement de sophistes entêtés d'une idée ? Que nous importe, à nous, que votre idée soit vieille, si elle est fatale au monde !

Avant de nous attaquer brutalement, de nous couvrir d'injures, d'appeler sur nous la colère du Pouvoir et des gens de bien, avant de nous condamner et de nous damner, vous qui vous dites hommes de bien, instruisez-vous de notre cause.....

Nous affirmons que nous apportons les moyens du bien, les moyens que vous n'avez pas. — Avant que vous ayez loyalement discuté ces moyens, et démontré l'erreur, — s'il y a erreur, — nous vous défendons, sous peine d'immoralité profonde et avérée, de prononcer un mot, un seul mot de réprobation contre nos doctrines.....

§ 8.

Le mal a persisté sous vos principes ; nous ajoutons, par l'effet de vos principes, et nous sommes en mesure de le démontrer. — Nous vous mettons en demeure d'examiner nos moyens, que nous affirmons capables du bien ; nous invoquons la discussion des principes, l'appréciation des moyens par l'intelligence et par l'expérience ; et nous déclarons que nous tiendrons pour immoraux au premier chef, ceux-là surtout qui, nous ayant attaqués au nom du Bien, nous dénieraient l'examen consciencieux de ce que nous apportons pour établir et réaliser le Bien.

Il y a deux procédés pour prouver les choses, la preuve *a priori* par l'intelligence, la preuve *a posteriori* par l'expérience. Les choses ne sont bien prouvées que quand elles s'appuient simultanément sur ces deux ordres de preuves.

Or, entre les adversaires de nos doctrines et nous, voici la différence :

Ils s'entêtent à soutenir leurs principes et leurs moyens honteusement flagellés par quatre à cinq mille ans d'expérience.

Ils accumulent, pour les défendre, les plus flagrantes contradictions, les monstruosités logiques les plus étranges.

Ils injurient, ils condamnent franchement nos principes et nos moyens, *qu'ils ne connaissent pas, et dont ils ne savent pas même* l'A, B, C. — Et s'ils consentent à discuter avec nous, ils ont toujours soin d'admettre en principe l'infaillibilité de leur théorie : — aussi, quand elle ne se borne pas à *affirmer* avec colère que nos doctrines sont odieuses, immorales, anti-sociales, leur argumentation se réduit à l'innocent raisonnement qui suit : « Nos moyens seuls peuvent conduire au bien ; or, » les moyens nouveaux que vous proposez sont opposés à nos moyens ; » — donc vos moyens sont mauvais ! » — C'est parfaitement raisonné, sans doute, mais à la condition de prouver, et bien prouver, la première prémisse, — et c'est là tout justement le sujet de la contestation.

Voilà donc comment l'on mène la discussion contre nous : voilà donc nos adversaires.

Or, nous, nous offrons de *prouver*, et *nous administrerons la preuve* de la vérité de nos principes et de la valeur de nos moyens. Nous DÉMON-TRONS *par l'intelligence*, et nous offrons de DÉMONTRER *par l'expérience*. Tous nos efforts tendent à une expérience ; et nous ne demandons pas cinq mille ans, nous ne demandons pas seulement cinq mois d'expérience pour prouver aux plus bornés, avec l'œil du corps, ce qu'ils ne peuvent voir aujourd'hui par l'œil de l'intelligence.

Dès aujourd'hui, nous défions que l'on trouve dans notre doctrine une seule contradiction , et nous défions qu'on nous propose un seul problème important, sur l'homme, sur l'histoire, sur l'ame, sur Dieu et sur l'univers, dont nous ne soyons en mesure de fournir la *solution scientifique*.

Nous connaissons tous les vieux principes de nos adversaires aussi bien que nos adversaires, mieux qu'eux peut-être. Nous avons vécu comme eux dans l'atmosphère de ces principes. Aussi nous ne nous contentons pas d'affirmer que ces principes, à nous bien connus, sont mauvais ; nous montrons en quoi et pourquoi ils sont mauvais, mauvais de fond en comble.

Eux n'ont pas même la notion la plus élémentaire de nos principes. Ils ne disent pas un mot, et n'écrivent pas une ligne qui ne révèlent l'ignorance formelle de toutes les choses qu'ils ont l'imprudence d'attaquer et de condamner sans les connaître. — Or, il est certain que cette manière de procéder est honteuse. — Ceci d'ailleurs ne s'adresse pas à un, mais à tous, — à tous ceux qui tranchent, soit avec l'impertinence du fat, soit avec l'aveugle colère du philosophe ou du dévot, à travers nos idées, sans les connaître.

§ 9.

Ce qu'il y a de bizarre, c'est de voir nos adversaires prendre le manteau de Jésus et en parler la langue. Ces hommes, qui nous frappent aveuglément tout d'abord, au lieu de répondre par des raisons, qui frappent sans savoir seulement *ce que nous disons* et *ce que nous voulons*, ce sont eux qui citent, chose malencontreuse ! ces sublimes paroles de Jésus au soldat du grand-prêtre : « *Si j'ai mal parlé, montrez en quoi j'ai erré ; » et si j'ai bien parlé, pourquoi me frappez-vous ?* »

Eh ! pourquoi nous frappez-vous, hommes de Dieu, qui citez Jésus et qui frappez si fort ? Vous frappez sans raisonner, vous frappez en sourds et en aveugles, quand vous devriez raisonner d'abord , et raisonner encore ensuite ; car il vous est défendu, à vous, par vos propres principes, de frapper jamais. Serait-ce donc que les commandemens de votre religion, que les paroles de paix et de charité du Christ doivent être obligatoires pour vos adversaires seulement, et vous servir, à vous, de bouclier pour parer les coups, et d'épée pour frapper ? — Citez moins l'évangile, et servez-vous-en d'avantage.

Mais il en a toujours été ainsi ; depuis qu'il y a des hommes remontrant les autres hommes, prêchant aux autres la morale, la vertu, le devoir, on a généralement vu ces pédagogues fort peu soucieux de mettre sur eux-mêmes leurs leçons en pratique. Serait-ce que cette engeance, qui se charge de dicter des lois aux autres hommes, est trop supérieure à la nature vulgaire pour que la loi qu'elle prêche au vulgaire pût l'obliger en quelque chose ? — Non, cette engeance moralisante, prédicante, niaise par ici, aigre, ambitieuse et méchante par là, impuissante partout, n'a rien de supérieur au commun des martyrs sur lesquels elle étend sa férule morale et sa verge pédagogique. S'il y avait un enfer, et que, l'enfer existant, Dieu pût être juste, soyez sûrs que MM. les pédagogues, philosophes ou dévots, y fourniraient de belles recrues; — d'où l'on doit conclure, sans contestation, ce nous semble :

Que pour rendre les hommes bons, charitables, serviteurs de Dieu et du prochain, il ne suffit pas de prêcher aux hommes la paix, la charité, l'amour de Dieu et du prochain.

Où est, je vous prie, la puissance de ces prédications d'amour et de charité dont on nous inonde, surtout depuis dix-huit siècles, puisque ceux-là mêmes qui prêchent amour et charité, sont si violens et si haineux ? (Il y a sans contredit de belles et nobles exceptions, et nous sommes convaincus qu'il s'en trouve dans les rangs de nos adversaires d'aujourd'hui ; — mais il y a des exceptions partout.)

§ 10.

Voici donc notre manière de voir, à nous, et nous la soumettons au jugement des hommes sensés :

Il faut réaliser le Bien, c'est-à-dire l'ordre de la société et le bonheur des individus qui la composent.

L'expérience a prouvé que les doctrines philosophiques et religieuses qui défendent le Mal et commandent le Bien, resteront parfaitement impuissantes pour empêcher le Mal et réaliser le Bien, tant qu'elles se borneront à des préceptes, à des commandemens et à des défenses : — les hommes ne valent pas mieux aujourd'hui qu'il y a deux mille ans.

L'intelligence et l'histoire montrent, d'une part, que les commandemens et les défenses, les codes de morale philosophiques ou religieux n'ont eu de valeur pratique, humainement, qu'autant qu'ils se sont appuyés sur les passions humaines; et que, d'autre part, ils se sont toujours brisés sur celles des passions humaines dont ils exigeaient sottement le sacrifice.

D'où il résulte que *si l'on veut réaliser le Bien*, entendez-vous, *réaliser le Bien sur la terre avec les hommes, tels que Dieu les a faits*, il faut chercher, découvrir et organiser les moyens propres à *harmoniser* les intérêts que vos codes veulent vainement *détruire* ; il faut *développer au profit de l'individu et de la société* ces passions que Dieu a faites, *que vous déclarez mauvaises de nature*, parce que vous n'avez pas encore su trouver à quoi elles sont bonnes ; il faut *utiliser* ces passions que vous prétendez *sacrifier*, comme si cette prétention n'était pas une double absurdité, *a priori* et *a posteriori*.

Hommes de peu de foi ! hommes sans foi ou de foi mauvaise !... comprenez donc que si Dieu a mis dans l'homme des passions qui sont les mobiles de son activité, c'est qu'il leur a réservé un harmonique emploi sur la terre, où il a placé l'homme pour régner et non pour souffrir. Ne voyez-vous pas que vous faites Dieu auteur du mal, amoureux du mal, et que vous rivez vous-mêmes le mal à l'humanité, si vous décrétez que

l'homme apporte en naissant des penchans pervers? S'il y a des penchans pervers, il y aura donc de nécessité des effets pervers : car les penchans sont les causes. — Mais, que dis-je? j'oublie à qui je parle : il n'est
pas besoin de tant d'efforts pour amener nos adversaires à cette dernière
conséquence, à cette odieuse idée de la nécessité du Mal! Les insensés
la prennent pour principe et pour drapeau...

Voilà! le Mal est de condition nécessaire dans l'humanité, attaché à
l'humanité, rivé, vous dis-je... Et Dieu qui veut le Bien, aime le Bien, et
me commande le Bien, *m'a fait naître avec des penchans au Mal* !! —
Et pourquoi donc votre Dieu m'a-t-il fait naître, moi, sa créature, avec
des penchans au Mal? — En vérité, je connais ici les piteuses réponses
de votre théologie surannée, et je vous déclare qu'il m'en faut d'autres.
Merci de votre alternative de paradis et d'enfer que m'offre, dites-vous,
votre Dieu. Indépendamment de ce que je ne comprendrais pas quelle
bonne raison il pourrait avoir de m'envoyer dans l'un ou l'autre de ces
lieux, je n'accepte pas, moi, son alternative. Est-ce que j'ai demandé
à être créé, moi, pour être exposé « au ciel ou à l'enfer? » Est-ce qu'il y a
au monde une seule créature raisonnable, qui, mise en face de cette
idée *l'éternité des peines !* et sachant qu'elle y peut tomber par un faux
pas, ne chargerait pas Dieu de sa malédiction pour ne l'avoir pas laissée
au sommeil du néant plutôt que de l'avoir jetée dans ce terrible jeu, sur
cette chance atroce? — Et puis, après tout, nous avons à parler raison,
nous avons à parler sérieusement, et, pour en finir, puisque de votre
côté vous êtes logiquement forcés de tout appuyer sur l'enfer et sur
le Diable, nous vous portons formellement défi de dire publiquement,
d'écrire et d'imprimer :

QUE VOUS CROYEZ À L'ENFER ET AU DIABLE.

§ 11.

Eh bien, le croira-t-on un jour? il y a des gens qui rient du Diable,
qui croient à Dieu, qui disent que Dieu veut le Bien, et qui accouplent
à cette croyance l'idée que l'homme, fait par Dieu, apporte en naissant,
et par le fait de Dieu, des penchans au Mal !

De grâce, arrangez-vous, Messieurs.

Si vous étiez le Créateur, et que vous voulussiez que vos créatures
fissent le Mal, vous leur donneriez des penchans au Mal.

Si vous vouliez qu'elles fissent le Bien, vous leur donneriez des penchans au Bien.

Si vous vouliez qu'elles fissent du Bien et du Mal, vous leur donneriez des penchans au Bien et au Mal, et, dans ce troisième cas,
suivant que vous poseriez les penchans, vous obtiendriez en résultat,
chez vos créatures, plus de Bien ou plus de Mal. — C'est assez clair.

Dans le premier cas, vous seriez l'esprit du Mal, — le Diable;

Dans le second, vous seriez l'esprit du Bien, — Dieu, comme nous l'entendons, nous Phalanstériens.

Dans le troisième, vous seriez à la fois Dieu et Diable, — ou plutôt un Diable mitigé ; car le mot Dieu ne peut pas entrer dans cette troisième conception ; — or, cette conception, c'est précisément ce qu'adoptent aujourd'hui tous ceux qui, — en dehors de nous, — croient en Dieu. — Il est beaucoup moins idiot et ridicule d'être athée et de croire au hasard.

§ 12.

Voulez-vous discuter et disputer encore sur les principes ? Voulez-vous soutenir encore votre thèse que Dieu donne à l'homme des penchans naturellement mauvais, et répéter, par centaines, les choses absurdes ou grotesques qui sortent de cette conception, comme de source vive ? — Après tout, votre raison, votre dernière raison, votre raison de base ? — C'est l'expérience. — Taisez-vous donc sur vos principes ; la question n'est plus là, et vous ne pouvez plus y rester, car vous êtes de bonne foi !... La question, vous dis-je, n'est plus à savoir si l'homme naît avec des penchans mauvais : car voici que nous vous présentons un ordre de choses facile à étudier et à expérimenter — (vous pouvez faire l'essai sur l'une des quarante mille communes de France) : un ordre de choses où tous les penchans natifs de tout homme sont utilisés, employés à son bonheur et au bonheur de la société, au bonheur de tous, à l'Ordre, au Bien.

Dieu aura-t-il fait à l'homme des penchans mauvais, si nous vous prouvons que tous les penchans natifs de l'homme peuvent être facilement employés pour le Bien, — et sans les contraindre, encore ?

Qu'avez-vous à répondre à ceci ? Tenez, voici les livres de Fourier, voici les livres de ses disciples, lisez, lisez seulement, lisez et discutez les moyens que Fourier apporte et que ces livres exposent. On vous met au défi de constater dans l'homme un *penchant natif* qui ne soit utilisé pour le Bien et légitimé, dans cet ordre de choses. La partie est belle, j'imagine ; qui donc, parmi tous ceux qui proposent quelque chose, en propose une pareille ? — Est-ce vous ?

Au reste, voici un moyen de vous en tirer si vous êtes bien décidés à avoir raison : ne lisez pas nos livres, n'éclairez pas votre jugement, n'y jettez pas un seul regard, un seul regard serait déjà dangereux peut-être, pas un regard, dis-je, et écrivez que nos doctrines sont atroces, que nous sommes des impies, des gens immoraux, ou, — si vous étiez assez bons, car cela suffirait, — simplement, que nous sommes des fous.

Impies, immoraux, fous ! Voilà pourtant ce qu'ils disent! Et cela, parce que nous leur proposons les moyens de réaliser l'Ordre, le Bien, le bonheur de chacun et de tous, en employant à cette œuvre les penchans de tous, *tels que Dieu les a faits !*

Nous leur proposons un monde où, sans changer les passions de l'homme, et au moyen même de ces passions, on pourrait se passer de prêcheurs et de bourreaux, parce que, chaque homme servant la société, il n'y aurait plus lieu à guillotiner personne; et parce que, les hommes s'aimant les uns les autres, il n'y aurait plus besoin de leur prêcher la charité, comme on le fait si vainement aujourd'hui.... eh bien, nous sommes impies, immoraux, fous !

En vérité, en vérité, je vous le dis, l'impiété, l'immoralité et la folie pèseront sur vos têtes aussi long-temps que vous resterez en présence de ce que nous vous offrons, sans vous en instruire.

§ 13.

Quand des gens, en nombre déjà imposant, des gens qui ne sont ni des insensés, ni des niais, ni des ignorans, viennent dire : « On s'est ré-
» duit jusqu'ici à viser au Bien par la compression des passions, des facul-
» tés premières de l'homme ; on n'a jamais réalisé le Bien par cette voie :
» — Or, voici une organisation sociale qui, loin de les repousser, les *uti-
» lise*. » — Quand ces gens, qui ne sont ni des insensés, ni des ignorans,
ni des niais, ajoutent : « Cette organisation sociale est indépendante de
» ceux qui la proposent, elle est réalisable par tout et par tous, en tout
» lieu où il y a des hommes ; la voici décrite en détail, nous vous défions
» d'y trouver une pièce fausse. »

Quand tout cela est dit froidement, sérieusement par des hommes qui ont étudié le mécanisme dont ils parlent, depuis deux, quatre, six, dix, quinze ans...., en vérité, — et eu égard à ce que disent, proposent et font tous les autres, — la chose vaut la peine qu'on y prenne garde, avant de les traiter en criminels.

Que ceux qui n'ont pas d'autre état que de vivre tout bonnement, ou de chercher à vivre, passent leur chemin, c'est bien ; il n'y a rien à dire, les affaires sociales ne sont par leurs affaires. — Pour ceux qui donnent leur opinion et leur vote sur les choses, qui veulent influencer la marche de la société, pour ceux-là il y a nécessité de s'arrêter ici et de regarder. — Mais ceux qui régentent, qui se permettent de dicter à leur prochain des lois et des devoirs, qui tranchent dans la morale, la vertu, le dévouement et les choses divines, ceux-là, s'ils passent leur chemin en se contentant de calomnier, nous les tiendrons pour des imposteurs et des charlatans au premier chef : — ce qui nous fait peine ; car nous aimerions bien mieux des adversaires de bonne foi que des adversaires de mauvaise foi : avec les premiers, au moins on peut discuter, raisonner et s'entendre ; aux seconds, il faut tourner le dos.

Quant à ceux qui s'excuseraient en disant qu'ils ne nous ont pas compris, nous leur répondrons que nous parlons un langage assez clair et intelligible, et nous les prions de mieux comprendre une autre fois. Pour peu qu'ils veuillent bien, nous leur garantissons qu'ils comprendront. — Je ne parle pas des idiots ; ceux-là sont tout pardonnés d'avance.

§ 14.

Or, maintenant, je peux, en résumant, établir ce qu'il importe d'établir relativement au discours qui va suivre, à l'auteur de ce discours et à ses doctrines.

Dans l'ordre des choses de l'humanité, il y a deux termes, — *l'homme* et le milieu dans lequel l'homme est placé, dans lequel il vit, agit, fonctionne ; ce milieu, c'est *la société*.

La réalisation du Bien sur la terre dépend donc de la nature de l'homme et de la nature de la société. Il faut que la société et l'homme soient bons tous les deux pour que le Bien résulte.

Aujourd'hui et depuis les temps historiques, le Mal existe ; le Mal vient donc :

Ou de la forme sociale, qui aurait toujours été mauvaise, tandis que la nature de l'homme serait bonne ;

Ou de l'homme, dont la nature serait mauvaise, tandis que la nature de la forme sociale aurait toujours été bonne;

Ou de l'homme et de la forme sociale, qui seraient ou auraient tous deux été mauvais.

Voilà trois opinions : les deux dernières sont fatales à l'homme, injurieuses à Dieu ; la première est glorieuse pour Dieu, et met au cœur de l'homme la foi, l'espérance, l'amour et le courage.

Eh bien, les deux dernières ont été adoptées, la première, repoussée !! — Pourquoi ? par quelle raison ? Quelle raison ont-ils donnée, ceux qui ont décrété la perversité native de l'homme ? Vous le savez, mon Dieu ! voici leur raisonnement, ils n'en ont jamais fourni d'autre :

« *Le mal existe dans la société humaine, donc l'homme est mauvais.* » C'est-à-dire :

Le mal peut provenir de deux causes, le sujet ou le milieu, l'homme ou la société ; — *or, le mal existe,* — *donc le mal vient de l'homme.*

Comment trouverez-vous la conclusion et le raisonnement ? — On n'a pourtant jamais dit autre chose...

Ainsi, admis que l'homme est mauvais, il fallait bien, pour diminuer le mal, combattre l'homme, sa nature, ses passions. Quelle autre voie, en effet, pouvait partir de cette conception ? — Donc, parler contre le naturel de l'homme, prêcher contre ses passions, faire des préceptes, des lois, des religions, pour amortir, réprimer, comprimer les passions, voilà à quoi se sont réduits les hommes qui voulaient atténuer le Mal, qui désiraient le Bien. — Où sont-ils arrivés par cette voie ? Où en sommes nous ? Le Bien règne-t-il sur la terre ? — Non, non, non et non !

Si donc le Mal venait de la forme sociale et non de la nature de l'homme, s'il fallait aviser à changer le milieu et non pas la nature, si le Bien ne pouvait être obtenu qu'à la condition pour nous de découvrir et de réaliser une forme sociale convenante à notre nature, — la marche suivie par les répresseurs et les oppresseurs de cette nature, aurait été singulièrement fatale à l'humanité. Qui peut nier cela ?

Dès lors, s'ils sont excusables pour avoir émis et prêché dans leurs codes philosophiques ou religieux le *principe* DE COMPRESSION, ils sont excusables seulement à cause du but intentionnel du bien qu'ils avaient en vue, et que leurs erreurs reculaient toujours. Mais ces hommes ont beau être excusables et avoir voulu le bien, leurs erreurs n'en sont pas moins des erreurs, des erreurs fatales, des erreurs qu'il faut détruire par amour pour le bien, si elles empêchent le bien. Qui peut nier cela ?

§ 15.

Voici maintenant une parole nouvelle. — Une voix s'est levée et a dit : Dieu est bon ; il y a un but à toute chose dans la création de Dieu ; l'homme a reçu l'intelligence, la force et la passion : il a donc un rôle sur la terre, — il doit gouverner la terre. Les passions de l'homme sont ses mobiles ; si Dieu les a faites elles ont un but, un rôle, des fonctions à remplir; car Dieu ne fait rien en vain. Au lieu donc de crier contre les passions qui résultent de notre organisation faite par Dieu, au lieu de guerroyer misérablement contre elles, il faut chercher à quoi elles sont destinées, quelles fonctions elles sont appelées à remplir, le moyen de les utiliser.

Pour celui-ci, vous le voyez, l'homme est bon parce que Dieu est bon : le milieu seul a été mauvais. Et, certes, il est consolant de penser ainsi ; car si l'homme était mauvais par nature, comme sa nature est toujours la même, le Mal serait fatal ; tandis que si le Mal vient de la forme sociale, comme la forme sociale change chaque jour, comme il appartient à l'homme de la faire, puisqu'elle est de nature flexible et variable, à l'opposé de notre nature humaine qui ne varie pas, il est certain que l'on doit finir par trouver la forme favorable, bonne, heureuse.

Et cela est si bien certain, que l'homme qui en a apporté l'idée en a aussi apporté la preuve : — on peut voir et vérifier.

Voici donc que, à tous, et en particulier à ceux qui n'ont pas pu aller au Bien par la *contrainte* de la nature, l'on propose d'y aller par le *développement* de cette nature. C'est un changement de procédé. — Eh ! alors, qu'y a-t-il autre chose à faire ici pour les hommes de bien, si non d'examiner et de vérifier le procédé nouveau? Or, voilà que les partisans de l'ancien procédé qui a honteusement perpétué et doublé et redoublé le mal, au lieu d'examiner et de vérifier comme des hommes justes devraient faire, les voilà qui crient, s'emportent, frappent et jettent avec fureur à la science nouvelle les accusations les plus idiotes et les plus passionnées, d'impiété, d'immoralité, d'orgueil, que sais-je ? — Ah ! c'est bien là montrer qu'on a tort. Quand on a de bonnes raisons à dire, on les dit, — vivement si l'on veut, j'accepte cela, — mais enfin on dit des raisons.

§ 16.

Enfin, il est certain qu'en soi le principe : *Réaliser le Bien par le complet développement de la nature humaine*, vaut en moralité et en religiosité cet autre principe : *Obtenir le bien par la contrainte de la nature humaine.* — Le premier principe, — c'est le nôtre, — vaut certes, *comme principe*, le second, qui est le leur. Le leur est jugé ; il y a des siècles qu'on le pratique. Qu'ils veuillent donc un peu se mettre en état de juger le nôtre.

Croire que Dieu est bon,

Croire que l'homme est bon,

Croire que la forme sociale est vicieuse,

Croire qu'il faut corriger la société et non pas la nature de l'homme,

Croire que la *contrainte des facultés naturelles* est un principe funeste, et que le *développement des facultés naturelles* est le principe heureux,

Annoncer et proposer une forme sociale heureuse, en demander l'étude, l'examen, le jugement et enfin l'expérience, — une expérience qui ne compromet pas le plus petit des intérêts existans,

Croire que cette forme sociale, qui accepte, emploie, satisfait tous les intérêts actuels et toutes les passions de l'homme, sera bientôt accueillie avec transport et ivresse par les peuples et par les rois, par les riches et par les pauvres :

Tout cela peut paraître à beaucoup de bonnes gens, et même à beaucoup de gens d'esprit, fou, extravagant et fort gai ; mais, à coup sûr, il n'y a rien là d'immoral et d'impie.

Or, si l'on trouve dans le discours que l'on va lire quelque chose qui ne soit pas la conséquence directe et rigoureuse du *Credo* ci-dessus, l'auteur de ce discours consent à faire amende honorable, pieds nus et la corde au cou, au lieu même où il a prononcé ce discours.

Voilà les principes ; jugez-les. Si vous ne les condamnez pas, et que vous ayez à vous plaindre du discours, il faudra vous en plaindre à la Logique : cela devient tout-à-fait son affaire.

Que si quelqu'un maintenant déclamait contre le discours, son auteur et sa doctrine, sans avoir démoli d'abord les principes et prouvé qu'il faut être un homme immoral pour les adopter, ou sans montrer qu'il n'y a pas de lien logique entre les principes et le discours ; si quelqu'un faisait ainsi, tout ce qu'il dirait porterait à faux, ou pourrait bien retomber sur lui...

Pour cette question-ci, tout se réduit à savoir si la médecine doit être faite dans l'intérêt des médecins et des remèdes, ou dans l'intérêt des malades.... nous croyons, nous, que c'est dans l'intérêt des malades ; libre à qui voudra de penser le contraire. — Donc, si l'on trouvait un moyen de faire que tout le monde se portât bien, que personne n'eût besoin de médecins ni de remèdes, nous applaudirions à cette découverte, qui supprimerait sans doute les médecins et la médecine (1). Et s'il était prouvé que ce sont les principes et les erremens de la médecine en vigueur jusqu'ici, qui empêchaient, par leur fausseté, cette heureuse découverte, nous dirions que ces principes et ces erremens ont été funestes à l'humanité. (Il y aurait bien sans doute quelques médecins contre nous.) — Notez que nous n'avons pas entendu que quand un homme est malade il faille proscrire le remède qui pourrait le sauver ; — nous disons simplement que la *santé étant le but*, la santé de tous les hommes *sans* la médecine, vaudrait encore mieux que la maladie *par* la médecine, ou même la maladie *avec* la médecine.

§ 17.

Qu'a voulu Jésus ? — Il a voulu *unir tous les hommes entre eux*, et *tous les hommes à Dieu*. Jésus n'a rien voulu autre chose, il n'a pas eu d'autre but ; acceptez-vous cela ? — Je l'espère, et à qui le nierait je fermerais la bouche, car Jésus a répété souvent : « *Aimer Dieu et son* » *prochain, voilà toute la loi. — C'est la loi et les prophètes.* » — Et c'est parce que Jésus a vécu pour ce but, et qu'il est mort pour ce but, que Jésus a droit à la vénération des hommes, et que celui qui écrit ici lui a voué la sienne.

Cependant Jésus, qui a marqué de son sang son amour pour les hommes, qui a aimé les hommes jusqu'à la croix, Jésus A RECOMMANDÉ aux hommes de *pratiquer la charité et l'amour* ; mais il n'a pas donné UN MOYEN VÉRITABLE *d'établir le règne de l'amour entre les hommes.* — Cela est trop clair, puisque les hommes se haïssent autant aujourd'hui qu'à l'époque de Jésus.

La doctrine de Jésus a donc été impuissante sur l'humanité ; elle n'a pas réalisé l'amour et la paix sur la terre ; elle n'a pas réussi à atteindre le but de Jésus : bien plus, elle n'a pas été à dix pas de sa source, qu'elle était déjà altérée et souillée ; elle n'a pas eu puissance de se préserver contre les altérations et les souillures.

Or, c'est parce que la doctrine de FOURIER, la science sociale, la vérité inaltérable découverte par Fourier, a puissance de réaliser la paix, le Bien, le lien des hommes entre eux et des hommes avec Dieu, que cette doctrine, cette vérité, cette science, est bonne à l'humanité. — Et je vous le dis, moi, à vous qui lancez vos imprécations contre Fourier, sa science et ses disciples, au nom de Jésus : « Si Jésus de Nazareth, cru- » cifié à Jérusalem pour l'amour des hommes, revenait aujourd'hui sur » la terre, aujourd'hui même il se ferait disciple de Fourier de Be- » sançon, insulté à Paris, et serait le plus ardent à en enseigner la science » qui est le salut des hommes. » — Mettez-vous en état de nier ceci, si vous voulez le nier.

Si le christianisme (qui a été constitué, non par Jésus, mais après

(1) Les médecins feraient autre chose.

Jésus et en son nom), n'a pas réussi à établir dans les nations qui lui ont été entièrement soumises, le but que se proposait Jésus, — la paix, l'amour entre les hommes;

Si les moyens mis en œuvre depuis dix-huit siècles par le chistianisme ont été *impuissans* ou *contraires* dans l'œuvre du Bien que se proposait Jésus, — certes il n'en saurait moins convenir aujourd'hui de réaliser le but de Jésus.

Or, si les moyens employés par le christianisme, dans le but de l'établissement du Bien voulu par Jésus, ont été *impuissans* ou *contraires*, il faut donc que les moyens *capables du Bien*, soient *autres* que les moyens chrétiens.

Voilà qui est certain : si les moyens capables du bien *sont*, ils *sont autres* que ceux du christianisme, puisque le mal a été maintenu sous le christianisme. Faudra-t-il pour cela repousser ces moyens autres, et le Bien avec eux ? — Non, sans doute : et celui-là fera œuvre de haute religion qui aura voué sa vie à la réalisation de ces moyens, jugés par lui *capables du Bien*. — Hommes d'amour et de charité, qui nous outragez, prononcez sur vous-mêmes. Nous dénierez-vous la conviction à nos doctrines ? — Holà! si vous suspectez notre foi, essayez donc de venir y mesurer la vôtre.

Pour nous, nous attaquons les idées fausses, les principes qui nous paraissent funestes à l'humanité ; et nous honorons tous les hommes de bonne foi et de vertu, ceux même qui ont créé les erreurs. Nous attaquons loyalement et avec armes loyales. Nous n'aimons pas à frapper sur les hommes, nous frappons sur les fausses idées ; nous frappons fort, mais nous disons *pourquoi* nous frappons. Nos idées sont là ; qu'on fasse ainsi sur elles : en vérité, on peut frapper, nous n'avons pas peur qu'on les brise.

§ 18.

Des voyageurs, ayant tout intérêt à arriver à une terre de délices, terme heureux et désiré de leur voyage, ont fait fausse route dès le point de départ; mal orientés, ils se sont engagés dans des chemins terribles ; ils marchent à travers l'obscurité, les pieds nus, déchirés sur les pierres, ensanglantés par les ronces; les contrées qu'ils traversent sont des contrées sauvages, pleines de dangers, de précipices effrayans; des obstacles nouveaux renaissent à chaque pas; rien pour la faim qui les tourmente; rien pour la soif qui les dévore; les malheureux voyageurs marchent, marchent... Ils n'arrivent pas ! Ils marchent, ils marchent encore... et ils n'arrivent pas. C'est toujours la même contrée sauvage, les mêmes chemins affreux, toujours les mêmes obstacles, les mêmes dangers ; toujours les pierres, les ronces, les précipices, toujours, toujours la faim, la soif, les misères du voyage sans terme ! toujours la douleur qui marche côte à côte avec eux sur cette route qui ne finit pas...

Or, bien des heures, bien des jours, bien des saisons s'étant écoulés depuis le départ, il est arrivé que le mal a égaré leur esprit; ils ont perdu le sens de leur voyage; le but reculant toujours devant eux, ils ont oublié qu'ils avaient un but. Et comme ils s'étaient encouragés d'abord à souffrir la fatigue et la douleur, en vue du terme de leur voyage, les voilà qui se sont mis à croire maintenant *que la douleur était leur Destinée*; ils ont cru que l'homme mérite par la souffrance; ils ont béni, sanctifié la souffrance; ils ont ainsi, — par une fatale subversion de la Loi des vies, — adoré le signe même des déviations, le signe qui rend témoignage contre le Mal, le signe que toute la nature repousse et qui doit PRÉSERVER !

Et voici que ceux de leurs frères qui voient les radieux vallons de la terre promise, les vallons inondés de lumières et de joie, se tournent de leur côté et leur crient avec amour : « Frères, vous faites fausse » route; frères, vous marchez à l'opposé des Destinées voulues, vous » vous enfoncez dans les voies douloureuses du Mal et des subversions, » dans les voies de la désobéissance, dans les régions dévastées où rè- » gnent les ténèbres, où soufflent les vents du malheur; vous vous » perdez dans les sphères extérieures à la sphère des vies heureuses... » Par ici! Frères, par ici! car voici la voie des glorieuses Destinées, » la voie large, la voie aux frais ombrages, aux doux parfums, sur » laquelle Dieu fait croître abondamment les belles fleurs et les beaux » épis. Obéissez aux lois intérieures de votre nature, dont la source » est divine, aux lois qui vous attirent éternellement au bonheur et à » la lumière! Le mal ne mène qu'au Mal; fuyez le Mal et la douleur, et » gravitez sur la jouissance. DIEU N'A IMPOSÉ AUX ÊTRES QU'UN SEUL DE- » VOIR, CELUI D'ÊTRE HEUREUX, CAR IL NE LEUR A PAS DONNÉ D'AUTRE DÉSIR... » Tout être qui souffre désobéit : car le bonheur est le signe de Dieu. » La Jouissance est la seule vérité; la souffrance est la seule erreur. »

Or, les voix qui disent ces choses, les malheureux égarés les méconnaissent. Ils ont tant souffert, qu'ils maudissent l'espérance... les paroles d'espérance et de bonheur leur semblent la voix de l'ange aux dérisions amères, aux illusions perfides, aux corruptions qui perdent.

Et ceux qui mènent les pauvres brebis égarées, et en tondent la laine, les maintiennent avec un pieux zèle dans ces voies ténébreuses. Malheureux égarés, eux aussi, qui ne savent pas combien sont grandes, pour tous, sous le règne de Dieu, les mesures des richesses et des joies! Ils ne savent pas que quand bientôt viendra le jour où celui qui n'a rien sera comblé, — celui qui a recevra encore....

Mais l'intelligence de ces hommes est fermée comme leur cœur. Toute sollicitude ardente pour ceux qui souffrent les privations les plus dures, leur semble un reproche, une attaque. Vous voulez calmer et guérir les souffrances, vous voulez enrichir les pauvres... ces hommes crient sur vous, ils crient que vous voulez renverser la société et bouleverser le sol.

§ 19.

En vérité nous vous le disons : Voilà assez long-temps que l'humanité en est à la résignation et à la souffrance. Docteurs, c'est assez prêcher ; guérissez les malades, ou retirez-vous pour laisser faire ceux qui veulent et savent guérir. Taisez-vous, médecins de malheur et d'ignorance, qui ne savez rien pour le malade, sinon lui dire : « Ton mal est incura-
» ble, résigne-toi et souffre, souffre et résigne-toi ; il est bon de
» souffrir ! » — Voulez-vous donc couvrir la voix de ceux qui enseignent le remède ? Empêcherez-vous d'approcher ceux qui apportent la santé ? — Et voilà ! Ils nous appellent infâmes, orgueilleux, immoraux, impies, *parce que nous voulons guérir, parce que nous prétendons savoir guérir !* — Eh ! prouvez seulement que nos moyens sont aussi impuissans que vos sermons, — et nous nous retirons pour en chercher d'autres.

Sans doute la vérité sociale, comme toute vérité à sa naissance, devait rencontrer contre elle l'ignorance, la mauvaise foi, la jalousie, la calomnie, les aveugles colères. Si nous vivions dans une société qui accueillît avec faveur le bien et la vérité, c'est que cette société serait bonne, et notre besogne serait faite. L'erreur règne, l'erreur engendre le Mal et combat la vérité ; nous le savons comme tout le monde. Et puis nous ne sommes pas de hier seulement à la tâche, pour en ignorer les conditions dures et douloureuses. Mais, Dieu merci ! nous vaincrons par l'intelligence ; nous refusons toute autre épée.

Dans les rangs du christianisme (peu nombreux aujourd'hui, malgré tout le bruit que vingt ou trente personnes font depuis peu sur sa restauration), les uns, — par intérêt ou par conviction, — supériorisent les moyens du christianisme au but de Jésus-Christ : ceux-là se prononceront contre l'avenir brillant du règne de l'homme sur la terre.

Les autres subordonnent les moyens au but, et veulent le but : ceux-ci ne tarderont pas à s'orienter sur l'étoile des heureuses Destinées (1).

---

(1) A l'appui de cette assertion, je vais citer les principaux passages d'une lettre que je recommande à la méditation du lecteur. — Celui qui écrit cette lettre est un ancien et fidèle serviteur de Louis XVI, un vénérable vieillard, qui, poussé hors de sa patrie par le vent des mauvais jours, achève au pied des Alpes une carrière toute de religion et de sacrifices. Sa lettre est adressée à un de nos amis qui lui avait procuré la lecture du traité de Fourier. Si tous les christianismes ressemblaient au christianisme de M. de B., les partisans de la science de Fourier pourraient hardiment se dire chrétiens avec lui. Malheureusement, le christianisme tel qu'il a été, en fait et historiquement, a émis les doctrines les plus fatales à l'humanité, et ces doctrines illusoires et fallacieuses, conduisant à l'opposé du but que Jésus voulait, il est bien force de les réfuter, si l'on veut le même but que Jésus. — Voici cette lettre :

« Depuis trente-six ans que j'ai lu la philosophie divine, je n'ai rien lu qui m'ait fait éprouver une satisfaction égale à celle qui m'est venue des pièces que vous m'avez confiées. Je crois que le christianisme est la religion véritable ; qu'enfans du même Dieu, tous les hommes sont frères, et qu'ils éprouvent sur la terre plus ou moins de malaise, dans la proportion qu'ils s'éloignent plus ou moins de cette vérité. A mes yeux, la seule réalité, c'est Dieu et su

§ 20.

On sait notre foi. Que l'on nous en présente une supérieure, et nous l'accepterons; mais, à coup sûr, notre foi au Bien, qui appelle le Bien, qui le sanctifie et prétend le réaliser, est supérieure à la foi au Mal, qui appelle le Mal et qui l'a réalisé. A coup sûr, notre foi, qui veut le Bien par le développement et l'harmonique emploi des facultés de l'homme, est supérieure à la foi qui prétend seulement amoindrir le Mal par la vaine compression de ces facultés. A coup sûr, il est plus religieux à Dieu et à l'humanité de croire le Mal un *effet temporaire* de déviation temporaire, que de le croire un *principe de nature*, procédant de la nature, et par conséquent perdurable avec elle.

Il y a donc, en principe et de toute clarté, supériorité de notre foi, sur la foi au nom de laquelle on a prétendu nous attaquer.

loi. — Cette loi est une loi d'amour, parce que Dieu est amour par essence, tout comme il est puissance, lumière, justice, vérité. Il aime l'homme comme une de ses créatures privilégiées; aussi la loi de l'homme est d'aimer Dieu par-dessus toute chose, et d'aimer tous les hommes comme ses frères. Tels ont été les chrétiens du premier âge, c'est-à-dire jusqu'à leur triomphe; mais Constantin, dotant l'Église des dépouilles du paganisme, en altéra dès-lors la pureté native, et cette altération s'agrandissant de siècle en siècle, les richesses de l'Église finirent par devenir un objet de cupidité pour les rois et les peuples, comme elles l'étaient pour les hommes du clergé eux-mêmes.

» Luther fut soutenu bien moins pour ses prétendues doctrines que pour la réalité du butin que les princes pouvaient s'approprier par elles. Cette lutte dure encore et ne finira que par l'envahissement brutal de toutes les richesses de l'Église, qui, comme en France, seront appliquées à la liquidation des dettes publiques, en rendant les peuples réellement plus pauvres, plus misérables et plus asservis, parce que la démoralisation sociale, résultant de ces événemens, produira la dissolution de la civilisation chrétienne.

» Voilà où je crois que nous sommes arrivés, sans qu'il soit au pouvoir d'aucune puissance humaine d'arrêter le torrent qui entraîne les gouvernemens et les peuples. Si les révolutions avaient pu le prévenir, je vous l'ai dit, Louis XVI en a eu les moyens matériels à sa disposition. Mais Dieu, dans sa justice, avait livré les philosophes à leurs sens réprouvés; ils ont déplacé les idées. L'assemblée constituante déplaça les hommes, et la convention nationale les assassina pour déplacer les choses. Dans ce nouveau chaos des idées, des hommes et des choses, quelle puissance existe-t-il, si ce n'est celle de Dieu lui-même, qui puisse opérer le prodige de reconstituer la famille humaine dans son état normal ?

» Or, le principe de cet état normal, c'est Dieu, créateur, et la famille humaine sur la terre dans ses rapports vrais avec lui! . . . .

» Depuis plus de cinquante ans que ces hautes matières font l'objet de mes méditations, j'ai eu l'occasion de les discuter avec toutes sortes d'intelligences et de toutes les couleurs, et je vous dirai des choses curieuses à ce sujet; mais j'ai toujours été confirmé dans mes opinions, et surtout par les théosophes les plus élevés.... Seulement, je n'ai jamais vu loin, pour satisfaire à tous les besoins de l'humanité souffrante, *que les institutions de la charité chrétienne pour les adoucir.* Jugez de la joie que j'éprouve à la fin de ma vie d'apprendre *qu'il existe des moyens de les prévenir.* D'après ce que j'ai lu, je suis presque certain que l'auteur a la même religion que moi...

» Je suis un vieillard désabusé, et ayant tout pardonné pour n'avoir plus de rapport avec le monde, mais seulement avec mon troupeau. J'offre d'aider à l'œuvre de toute mon intelligence et de tous les autres moyens à ma disposition, dès le jour que je serai convaincu qu'on travaille sérieusement à réunir tous les moyens de succès. »

Or, cette foi inférieure, cette foi subversive, cette foi au Mal, cette foi de désespoir, est restée à l'état de principe, de foi plaquée de commandemens et de maximes : nulle *science sociale*, nulle *science sur l'homme* n'en est sortie; elle n'a produit qu'une négation sur l'homme, une réprobation de sa nature, et de la société qu'elle a damnée sous le nom de *monde*.

Et notre foi supérieure, notre foi harmonique, notre foi au Bien, notre foi de belle espérance, ne reste pas à l'état de principe et de foi; elle a déjà produit la *science de l'homme*, la *science sociale*; elle a produit, pour la réalisation du Bien, des moyens susceptibles de vérification logique et vérification pratique. — Et nous travaillons à en préparer l'application; — car elle est applicable.

Ainsi, en terme général, la question est celle-ci : — « Faut-il, ou non, » croire à la réalisation du Bien; et, par suite, en chercher ou non les » moyens? »

Et en terme particulier : — « Présentons-nous, ou non, les moyens du » Bien? »

A ces deux questions nous répondons par l'affirmative et nous établissons les raisons scientifiques de l'affirmation.

Ces raisons sont articulées et proposées dans nos livres.

Or, tant qu'on ne nous aura pas démontré que ces raisons sont illusoires et que ces croyances sont pernicieuses, nous nous tiendrons pour hommes honnêtes et religieux, en les soutenant et les portant par le monde.

Le discours suivant est la traduction logique de ces croyances, et je l'enveloppe des paroles de Jésus-Christ au soldat du grand prêtre :

Si j'ai mal parlé, montrez en quoi j'ai erré; et si j'ai bien parlé, pourquoi me frappez-vous? (Jean XVIII, 23.)

Victor CONSIDERANT.

15 Janvier 1836.

DÉTERMINER PAR L'HISTOIRE SI LES DIVERSITÉS PHYSIOLOGIQUES
DES PEUPLES SONT ENTRE ELLES COMME LES DIVERSITÉS DES SYSTÉ-
MES SOCIAUX AUXQUELS CES PEUPLES APPARTIENNENT.

Par M. Victor CONSIDERANT.

Si j'ai mal parlé, montrez en
quoi j'ai erré : et si j'ai bien parlé,
pourquoi me frappez-vous?
J.-C. JEAN XVIII, 23.

PREMIÈRE PARTIE.

I.

Conditions de la solution du problème.

« Déterminer par l'histoire si les diversités physiologiques des
» peuples sont entre elles comme les diversités des systèmes so-
» ciaux auxquels ces peuples appartiennent. »

Tels sont, Messieurs, les termes de la question sur laquelle je
me suis inscrit.

La solution scientifique de cette question exige la constitution préalable de deux sciences :

La première, correspondant à la question *de la diversité des races humaines*, doit produire la Loi de génération et de développement des races. Cette science ressort principalement du domaine de l'histoire naturelle.

La seconde, correspondant à la question *de la diversité des systèmes sociaux*, doit produire la Loi de génération et de développement des formes sociales. Cette science, c'est la constitution de la formule du développement de l'humanité, de la *formule historique générale*.

Jusqu'ici ces deux sciences sont restées inconnues. — D'une part, en effet, diverses formules historiques ont été présentées; mais on n'est encore scientifiquement fixé sur aucune. — D'autre part, on est si loin d'avoir fixé la question des races, que la tribune du Congrès Historique a été alternativement occupée par des orateurs qui ne s'entendant pas sur les caractères différencians des races actuelles, ne s'entendaient pas non plus sur la question de leur origine.

Les uns soutiennent la thèse de la diversité naturelle et primitive des races ;

Les autres veulent que l'humanité soit physiologiquement identique et congénère, qu'il n'y ait pas eu dans la création de types différens, mais un seul type primitif, un seul couple humain; l'idée, enfin, que l'on a cru voir dans la Bible, « tous les hommes descendant du vieil Adam, notre premier père, » selon le Catéchisme. — J'ai dit « que l'on a cru voir, » Messieurs, et j'ai dit ainsi, parce que je ne voudrais pas être complice de ceux qui ravalent le haut et puissant génie de Moïse, jusqu'à prendre dans sa Genèse sublime Adam pour un homme, Ève pour une femme, et qui ne voient, dans les premières scènes de la création, dans ce grand prodrôme historique de l'humanité, qu'une intrigue jouée dans un jardin, à propos d'une pomme, entre un serpent rusé, une femme séduite, et un mari débonnaire, avec Dieu pour unique et malveillant spectateur dans les coulisses.

Non, Messieurs, nous ne croyons point que l'auteur de la Genèse et du Deutéronome fût un faiseur de contes à dormir debout, de nouvelles bien inférieures à celles qui foisonnent depuis cinq ans dans nos plus médiocres recueils littéraires.

Moïse n'a pas entendu parler d'un homme en disant « Adam. » Adam est, dans la langue cosmogonique de Moïse, le nom génésiaque du genre humain, du règne hominal, dont la Genèse raconte les premiers pas sur la terre. Ce qui le prouve, sans entrer dans une discussion dont ce n'est point encore ici le lieu, c'est que le texte de la Bible (même dans la méchante traduction qui a fait foi pour dix-huit siècles chrétiens), dit formellement, avant la création « d'Eve, » qu'on a prise pour une femme, que Dieu créa l'homme, « mâle et femelle. » Il est clair par là que le nom d'A-dam ne peut être qu'une expression collective; et que si Eve et sa naissance signifient quelque chose, ce n'est, à coup sûr, pas la « première femme mère des hommes, » et la naissance phy-siologique de cette première femme. Ceux donc qui, pour rester d'accord avec les textes, se croiraient obligés d'admettre que les races, aujourd'hui physiologiquement différentes, répandues sur les diverses régions du globe, sont sorties d'un seul couple humain, peuvent passer à l'autre opinion sans crainte de se compromettre à l'égard de ces textes.

Mais nous n'avons pas à discuter pour le moment la question de l'identité congénère, ou de la diversité originelle des races hu-maines; nous voulions seulement rappeler qu'à cette tribune même, on a vu les deux opinions venir se choquer, que la ques-tion n'est pas résolue, que par conséquent la science des races est à faire.

Donc la *science des races* n'est pas plus faite ou n'est pas plus reconnue que la *science historique*.

Or, Messieurs, la constitution de ces deux sciences, ainsi que je l'ai annoncé, est impérieusement exigée pour la solution de la question proposée. Cette proposition va vous devenir évi-dente et incontestable; en effet :

Si la science naturalogique des races était constituée, elle ferait connaître les *supériorités et infériorités* réelles et relatives des races différentes;

Si la science historique du développement social de l'huma-nité était constituée, elle ferait connaître les *supériorités et in-fériorités* réelles et relatives des différentes formes sociales.

Dès lors, — et dès lors seulement, — on serait en mesure, en comparant les supériorités et infériorités des races à celles des systèmes sociaux, de déterminer, comme le veut le programme:

« Si les diversités physiologiques des peuples sont entre elles » comme les diversités des systèmes sociaux auxquels ces peuples » appartiennent. »

Si l'on ne pose pas ainsi la question, on peut faire à son occa-sion d'excellens travaux physiologiques et historiques, sans con-tredit. Il n'en est pas moins certain, pour quiconque comprend la signification du mot *science*, qu'aucune solution régulière et scientifique ne pourrait être produite sur le problème proposé, tant qu'il ne sera pas établi dans les termes que nous venons de donner, et tant que les deux sciences qui sont les élémens de sa solution ne seraient pas préalablement faites et constituées.

Avant d'entrer en matière, permettez-moi, Messieurs, une remarque préliminaire. Cette remarque porte sur la nature de notre méthode, qui consiste, comme vous venez de voir, à faire d'abord tous ses efforts pour « poser clairement, nettement et logiquement la question. » C'est là, vous le savez, Messieurs, une chose d'une haute importance. On dispute souvent sans s'entendre, en raisonnant parfaitement de part et d'autre, faute d'avoir posé convenablement la question en litige. — L'esprit humain tire facilement les conséquences logiques, les déductions rigoureuses d'un principe : de telle sorte que les difficultés ne proviennent le plus souvent que de ce qu'on ne s'est pas entendu sur le point de départ, et de ce que l'on n'a pas mis au jour l'idée originelle. Cette idée originelle, c'est celle-là même que chacun porte dans son esprit, qui fait corps à l'esprit, qui est toujours présente de chaque côté dans la discussion, et la gouverne, quoique la plupart du temps elle demeure sous-entendue, latente dans l'esprit des adversaires : aussi, la plupart du temps ne se manifeste-t-elle que par le choc des idées secondaires qui s'en déduisent, et qui reçoivent seules, dans des discussions dès lors insolubles et vaines, une existence patente et extérieure.

C'est une vérité reconnue et vulgaire dans les sciences physico-mathématiques, « qu'un problème bien posé est bien près d'être résolu. » Il est temps, Messieurs, que les idées du domaine social qui intéressent immédiatement la liberté, la dignité de l'homme et le bonheur de son espèce, entrent enfin, par la netteté de la position des problèmes, par la rigueur mathématique et la vérité des solutions, dans le domaine élevé et harmonique de la science.

Entrons dans notre sujet.

II.

Conception cosmogonique.

Les orateurs que vous avez déjà entendus à cette tribune, et qui ont examiné surtout la question des races, ont traité devant vous, Messieurs, quoique le mot n'ait peut-être pas été prononcé dans les discussions, une question cosmogonique. — Ces discussions sur l'origine congénère ou plurigénère des races, n'étaient autre chose en effet que le jeu de deux conceptions génésiaques et cosmogoniques aux prises l'une avec l'autre.

Vous ne serez donc pas étonnés si, tout en entrant dans l'examen du grand fait historique parfaitement parallèle et corrélatif au fait physiologique du problème, nous posons tout d'abord et franchement une question cosmogonique, — fidèles en cela à la franchise de la méthode scientifique que nous invoquions il n'y a qu'un instant.

Nous pourrions bien, certes, dire les choses sans les nommer de leur nom, mais nous croirions ici ces précautions futiles et malséantes; nous croyons avoir tout intérêt devant vous à des allures libres et dégagées, et nous sommes si bien convaincus de la convenance qu'il y a à dépouiller notre pensée de tout voile, que non-seulement nous entrons directement dans la question par la grande porte, mais que nous voulons déployer encore le drapeau sous lequel nous y entrons. Ce drapeau, c'est celui de la conception dont le génie de Charles FOURIER a doté son siècle.

Nous estimons, Messieurs, que cette franchise ne nuira pas aux choses que nous avons à vous exposer, et que, préoccupés seulement de leur valeur réelle et logique dans l'appréciation que vous avez à en faire, vous n'êtes pas de ces juges qui, appelés à instruire la cause d'une idée, se laissent gouverner par cet étroit sentiment de la haine du nom propre, sentiment qui a trop malheureusement déjà jusqu'à nos jours réagi sur le génie dans l'esprit des contemporains.

La conception de FOURIER (qui n'est pas, comme quelques-uns le croient faussement, un simple arrangeur des intérêts matériels et des affaires de l'industrie, ou, comme quelques autres l'ont dit et écrit aussi sottement, un régénérateur faisant consister l'avenir de l'humanité dans des cultures de pommes de terre et des économies d'alumettes), — la conception de FOURIER, dis-je, repose fondamentalement sur cette idée : « Que tout ce qui est, EST de toute éternité et n'a pas d'origine. »

TROIS PRINCIPES INCRÉÉS composent l'univers :

L'Esprit ou la force, — principe actif et moteur;

La Matière, — principe passif et mû;

La Mathématique, — principe neutre, arbitral, dont les lois règlent les actions et réactions des deux principes précédens, au sein de l'Ordre-universel.

Ces trois principes sont absolus, éternels, incréés. — Et il faut bien qu'il en soit ainsi, puisque, le jeu de ces trois principes composant l'Ordre-universel, si l'un quelconque d'entre eux n'avait qu'une existence relative, « s'il avait été créé, » l'Ordre-universel n'aurait donc pas existé avant sa création : ce qui est absurde, contradictoire et choquant *de visu* pour l'intelligence.

Remarquez, Messieurs, je vous prie, que nous ne discutons point ici sur l'identité ou la non identité de substance de ce que nous appelons le principe actif ou l'Esprit, et le principe mû ou la Matière. Nos prédécesseurs en disputes ont entassé suffisamment de sottises sur cette question, ce qui prouve, ou qu'elle est mal posée dans ses termes, ou que sa solution dépend de questions préalables, dont les solutions doivent être produites antérieurement. Ainsi donc, qu'il n'y ait qu'une substance douée de différens attributs, ou qu'il y ait deux substances, peu nous importe ici ; nos raisonnemens s'appliqueront également aux deux hypothèses, et, pour nous entendre, nous prendrons le langage de la dernière, nous dirons très-distinctement « Esprit » et « Matière. »

III.

Critique des conceptions cosmogoniques antérieures.

Si vous voulez maintenant suivre avec une logique serrée la conséquence de ce dogme, *que l'Ordre-universel et les élémens qui le constituent sont incréés et absolus*, vous reconnaîtrez immédiatement qu'il a été nié par les principaux dogmes sous la fatalité desquels l'esprit de l'homme est resté courbé jusqu'à nous. — Je m'empresse d'ajouter que cela même est la confirmation postérieure, la confirmation expérimentale et *de facto* de ce dogme, dont la vérité saisit *a priori* l'intelligence placée face à face avec lui ; car ces dogmes antérieurs qui l'ont nié, n'ont su générer que des erreurs, des incertitudes et des contradictions dans l'ordre intellectuel, des conflits et des dévastations dans l'ordre matériel, et des douleurs dans l'ordre moral.

Les manifestations philosophiques et religieuses antérieures à ce dogme que nous venons d'émettre, se réduisent à trois manifestations génériques qui ont donné naissance à bien des variétés ; les voici toutes trois :

La première de ces manifestations génériques, c'est la *négation* ou *l'inféodation du principe mathématique régulateur* : c'est la doctrine du hasard, c'est la souche du scepticisme. Au fond, ce n'est rien, puisque cette doctrine se réduit à dire : Je ne sais pas, je ne reconnais pas de Loi dans les choses, je n'en cherche pas, je donne ma démission entière sur le problème, et renonce à toute solution rationnelle et régulière sur la question.

A cette manifestation idiote qui nie le principe régulateur ou la loi des choses, on doit rapporter encore la doctrine dite *éclectisme*, qui accepte l'Esprit et la Matière, mais refuse la Loi régulatrice de leurs mouvemens, et ne veut pas de *criterium* et de systématisation.

La seconde de ces manifestations génériques, c'est la *négation* ou *l'inféodation de l'Esprit*, la négation, non pas de toute force (car je ne crois pas que, parmi toutes les misérables aberrations philosophiques, celle-là se soit jamais produite, — ce qui prouverait que toutes les absurdités possibles n'auraient pas été encore épuisées par les philosophes, et que le mot de Cicéron, très-largement vrai, n'est pourtant pas, même aujourd'hui, complétement vrai), c'est, dirai-je, la négation, non pas de toute force, mais de la force intelligente, universelle, hiérarchique : c'est la doctrine qui engendre et entretient l'état de l'univers par les attractions brutes de la Matière, et par la combinaison des résultantes mécaniques de ces forces brutes.

Une des variétés de cette négation, c'est la doctrine, qui, depuis l'ère newtonnienne, règne en plein dans le domaine des sciences physiques, la doctrine qui s'est concrétée dans la *Mécanique céleste* de Laplace, et s'asseoit aujourd'hui à l'Institut (*a*) sur un trône sensiblement vieux, il faut le dire.

Enfin, la troisième de ces manifestations génériques, c'est la *négation* ou *l'inféodation de la Matière*, le spiritualisme éthéré et subtil qui est allé dans le point le plus élevé, dans l'apogée de sa course ascentionnelle d'absurdité, jusqu'à soutenir intrépidement que la corporéité n'était qu'une pure apparence, que les corps n'existaient pas. Le dogme auquel on a voulu donner, dans les dix-huit derniers siècles, le nom de Chrétien, — non pas qu'il datât pourtant de l'ère chrétienne, car, malheureusement, l'erreur n'est pas si jeune, — appartient à cette manifestation.

Si nous avions la place pour développer la thèse, nous montrerions que chacun de ces dogmes, négatif ou exclusif, a toujours refusé le droit d'existence, non pas à un seul des trois

principes, actif, passif et régulateur, mais bien, plus ou moins complétement, à deux de ces principes, au profit de celui qu'il favori-
sait, ou, ce qui est très-différent, qu'il prétendait favoriser. Prouvons
seulement cette proposition sur les exemple les plus connus.

D'abord la doctrine matérialiste de l'école actuelle, que nous
appelerons newtonnienne (quoique Newton ait eu des croyances
particulières situées en dehors de l'esprit scientifique de l'école
qu'il a créée), cette doctrine, tout en s'alliant par les principes
de la Mécanique à une face de la Loi mathématique et régulatrice
générale, nie pourtant l'autre face, celle de la convenance mathématique et intelligente des choses ; elle la nie, puisqu'elle n'admet
pas de données intelligentes, de données *de convenance* dans
l'Ordre de l'univers ; elle n'admet que des données purement *fa-*
tales ou *arbitraires*. Elle nie donc totalement le principe intelligent, et partiellement le principe mathématique régulateur.

De même, la doctrine éclectique, qui ne s'occupe pas de la Loi
du système général de l'univers, et ne veut pas que l'on recherche cette Loi, attaque bien aussi le principe actif dans son plus
beau caractère, qui est de régler à cette Loi son action sur la Matière. L'éclectisme nie donc totalement le principe régulateur, et
partiellement le principe actif-intelligent.

Et la doctrine dite « chrétienne, » qui a la prétention d'écraser
la matière dans l'ordre général, d'enchaîner ce qu'elle appelle la
« bête » dans l'ordre de la vie des Etres, dans l'ordre passionnel,
moral ou social, cette doctrine, dis-je, non contente de nier le
principe matériel en le supposant créé, porte aussi une fière atteinte à l'existence du principe régulateur, arbitral et indépendant
par essence même, car elle le met sous la dépendance du principe
spirituel résumé dans son Dieu, qui est un Dieu extérieur à l'u-
nivers, un Dieu qui a créé un certain jour la matière, le monde,
l'Ordre et les lois primordiales qui le régissent. Si bien qu'un
jour, ce Dieu qui a établi ce monde et ces lois, comme il aurait pu
dans cette conception en établir de tout autres, ce Dieu, un jour,
quand ce sera son caprice, — ou, si vous voulez, sa volonté, —
anéantira la matière et l'univers, fera disparaître l'Ordre-universel
par un changement à vue, et recommencera l'existence toute spirituelle et solitaire qu'il menait, alors qu'il ne s'était pas avisé encore de se distraire de sa solitude par le spectacle de sa création.

Ainsi la conception dite chrétienne, insurgée contre la Matière, s'insurge aussi contre le principe régulateur. — Ces exemples prouvent qu'on ne peut fausser sur l'un des principes, sans
fausser sur les autres. Si l'on en admettait franchement deux quel-

conques, on serait obligé d'admettre le troisième, tant est fort le
lien d'Ordre qui les unit.

Nous venons de passer en revue déjà les principales aberrations
qui ont, depuis son berceau jusqu'à notre temps, élu domicile
dans le cerveau faible et peu affermi encore de notre jeune humanité. Pourtant je ne terminerai pas ces préliminaires sans signaler
une des variétés de la manifestation désignée sous le nom de manifestation spiritualiste; cette variété c'est celle qui est appelée
doctrine de la *perfectibilité* ou du *progrès indéfini*.

Il va paraître étonnant, peut-être au premier abord, que je la range
dans la classe spiritualiste, car cette doctrine, qui s'est divisée, de
nos jours surtout, en sectes différentes, a vu sous son principe
des hommes qui ne niaient pourtant pas la Matière : tels étaient
ceux des philosophes du dix-huitième siècle qui avaient adopté
la « perfectibilité indéfinie » pour mot d'ordre; tels encore les hommes qui, de nos jours, se sont ralliés sous la bannière du « progrès indéfini, » et qui pourtant affichaient la prétention de réhabiliter la Matière, — si mal menée par le christianisme.

Mais veuillez faire attention, Messieurs, que je n'ai pas pour but
de prouver que ces hommes, dans leurs différentes déductions sociales et pratiques, étaient conséquens avec leurs principes; au
contraire : et cela n'a rien d'étrange, car quand on part d'une de
ces conceptions *étroites* et *exclusives* que j'ai signalées, et
par conséquent *fausses* en principe, puisqu'elles sont exclusives, il est simple et naturel qu'en entrant dans le domaine des
faits sociaux, dans le domaine de la vie humanitaire, qui ne saurait
être, elle, de principe faux, étroit et exclusif, on soit soumis à
des chances nombreuses et perpétuelles de contradictions. Les
contradictions doivent naturellement abonder dans cette lutte du
principe faux, que l'on a adopté contre des faits qui, eux, n'ont
pas adopté ce faux principe.

Ainsi, et en général, il ne faut pas s'étonner des contradictions,
quelque nombreuses qu'elles puissent être, dans toutes les variétés des sectes qui ont procédé, qui procèdent aujourd'hui ou qui
pourraient procéder demain des trois *négations génériques également fausses* que nous avons décrites.

Je dis donc que la conception de la perfectibilité et du progrès
indéfini, entendue dans son universalité, cela va sans dire, appliquée non pas à un fait transitoire et d'ordre relatif, mais à la
somme de tous les faits, à l'Ordre-universel, est une conception à
excès spiritualiste : elle suppose, en effet, que l'universalité des

choses va toujours se perfectionnant, ce qui implique que l'Ordre universel d'*hier* n'était pas aussi parfait que l'Ordre universel d'*aujourd'hui* : autrement dit, la Loi qui gouvernait hier le monde est inférieure à la Loi qui le gouverne aujourd'hui. Or, cela c'est la négation même de cette Loi, qui n'existe qu'à la condition d'être absolue. Premier point.

Cette conception porte d'ailleurs aussi atteinte au « principe matériel, » puisque le perfectionnement continu des choses impliquerait nécessairement, dans la conception en question, l'envahissement croissant du «principe actif, » intelligent et recteur, sur le « principe passif, » inintelligent et régi.

Ce n'est pas à cette tribune d'ailleurs que je dois être obligé de démontrer l'excès spiritualiste renfermé dans cette conception, puisque cette tribune est assez souvent occupée par les membres d'une école (1) qui, congénère, par l'idée du « progrès indéfini, » avec celle qui se perdait naguère, par contradiction, dans la réhabilitation de la Matière, s'en est détachée pour aller se perdre assez logiquement, — suivant nous, — dans la région de l'Esprit.

Au reste, nous ne pouvons accuser ici toutes les contradictions et incompatibilités qui jaillissent comme de source vive des différentes conceptions que nous avons signalées. Nous nous réservons de le faire dans la discussion, « car sans doute les champions de ces conceptions différentes relèveront le gant que la nôtre leur jette en se produisant (2). »

IV.

Formule du mouvement, déduite de la conception cosmogonique précédente.

Toute conception cosmogonique contient une vue sur Dieu et une vue sur l'homme, une formule théogonique et une formule historique. — Avant de passer à ces formules historiques, corrélatives aux conceptions plus ou moins exclusives que nous avons critiquées, établissons bien la conception cosmogonique OMNIMODE et COMPLÈTE, où prend sa génération la formule historique pleine et régulière que nous aurons à soumettre à votre intelligence.

(1) MM. Roux, Buchez, etc.
(2) Ces derniers mots, quoique écrits au manuscrit, n'ont pas été prononcés à la lecture. — C'était crainte que l'on saisît mal la pensée.

Comme je l'ai dit, Messieurs, nous professons QUE RIEN N'EST CRÉÉ, dans le sens que la théologie chrétienne a attaché à ce mot; sens, au reste, entièrement contradictoire à celui qu'il a dans le Sépher de Moïse, d'où le théisme chrétien a fort illogiquement prétendu procéder. Moïse, en effet, a parfaitement expliqué dans son Sépher le phénomène génésiaque qui se passe dans le domaine de la naturalisation des vies, à la naissance de tout Etre fini, et en particulier à la naissance d'un globe, comme le nôtre. Ce phénomène n'est autre chose qu'une « individualisation de la vie universelle, » une incarnation particulière de l'esprit non créé et préexistant, s'adaptant aux moules corporels qu'il se compose avec une matière non créée comme lui, et préexistant à l'acte génésiaque.

Le mot création signifie donc pour nous, comme pour Moïse, un pur arrangement, une distribution, une simple combinaison originelle déterminée des deux principes incréés, l'Esprit et la Matière; combinaison faite conformément d'ailleurs aux Lois du principe mathématique, neutre, arbitral et éternellement régulateur. Au reste, Messieurs, si nous établissons l'identité de cette donnée cosmogonique avec celle de Moïse, ce n'est pas pour lui fabriquer des titres de noblesse : — la vérité n'a pas besoin d'aïeux.

L'Ordre-universel, c'est le jeu immuable et toujours identique des trois principes incréés, dont les manifestations phénoménales, les individualisations infinies, hiérarchiquement variées, graduées et mesurées depuis le minéral jusqu'à Dieu, composent l'océan des vies, comme les individualités hiérarchiques, graduées depuis le soldat jusqu'au général en chef, composent l'armée.

Et c'est parce que l'Ordre-universel est immuable, c'est parce que la Loi qui préside à la distribution et à l'engrenage des vies dans l'Ordre-universel est une et éternelle, que FOURIER, apportant enfin la solution, tant et si vainement cherchée jusqu'ici, du problème DES DESTINÉES, a commencé son livre en disant :

« Les Destinées sont les résultats présens, passés et futurs des » plans établis par Dieu (le principe actif), conformément aux » Lois mathématiques. »

Et c'est pour cela encore qu'il a écrit cette phrase d'une outrecuidance inouïe jusqu'à lui, et qui révèle l'identité de l'intelligence de l'homme et de l'intelligence de Dieu. :

« On ne peut pas lire partiellement dans le livre des Destinées : » on ne peut pas découvrir la destinée d'un globe sans découvrir » en même temps la destinée de tous les autres globes. »

Rien ne sort du néant, rien n'y rentre : telle est notre donnée.

Il résulte de cette donnée de l'immuabilité absolue du Tout-universel composé de la somme de toutes les individualités partielles dont la puissance vitale varie incessamment dans le temps et dans l'espace, il en résulte nécessairement, dis-je, que dans l'univers la somme des mouvemens ascendans est toujours égale à la somme des mouvemens descendans.

Et pour que puisse subsister cet équilibre universel voulu par la Loi mathématique, cet équilibre qui est la condition même de l'existence des choses, il faut bien que ces mouvemens *ascendans* et *descendans* qui réalisent la variété et le changement perpétuel de toutes les parties du grand Tout, un et immuable, soient assujétis à la *succession insensible et* continue.

La Loi de continuité hiérarchique *ascendante* et *descendante*, telle est donc la formule la plus générale du mouvement dans l'univers, la Loi une d'harmonie. C'est à cette formule que nous donnons le nom de série ou loi sériaire.

Cette formule générale du mouvement, déduite de la conception cosmogonique que nous avons émise ; cette Loi, que nous disons la Loi de l'harmonie universelle, n'est pas une fiction pure et vaine : ce n'est pas une création fantastique de l'esprit, comme toutes les conceptions qui se sont choquées et combattues jusqu'ici ; elle ne réside pas seulement dans une illusion de l'esprit. Cette Loi existe partout dans l'univers, elle est conforme aux choses, ELLE EST !

Quand vous ouvrez les yeux, vous la voyez ; vous la voyez autour de vous, vous la voyez sur la terre, vous la voyez dans le ciel, vous la voyez partout, elle vous gouverne vous-mêmes : nous naissons, nous fournissons notre carrière ascensionnelle, nous atteignons notre apogée, nous déclinons et nous mourons ; et les élémens qui nous composent et que la mort divise, ne font que passer par ce terme extrême de la Série, pour rentrer dans la vie en fournissant substance à de nouvelles existences, dont la loi de mouvement est la même, dont la naissance n'est toujours que le terme d'*origine*, dont la mort n'est toujours que le terme de *renouvellement*.

Le ciel, peuplé d'Êtres plus élevés que nous ne le sommes en ce moment nous-mêmes dans l'échelle hiérarchique des Êtres, d'Êtres dont la durée est infinie, comparée à la nôtre, relativement éphémère, le ciel avait paru soustrait jusqu'à nos jours à cette Loi de renouvellement continu. Mais cette apparente anomalie a cessé, grâce aux découvertes de l'illustre Herschel, grâce, disons-le aussi, à la puissance matérielle de l'industrie humaine, qui, en

5

taillant le métal du télescope d'Herschel, en coulant le verre de
sa lunette, a livré le ciel à l'œil de notre corps, comme le génie de
FOURIER l'a livré à l'œil de notre intelligence.

Nous savons maintenant, pour l'avoir vu, Messieurs, que les
habitans du ciel naissent, vivent, meurent et se renouvellent
comme les habitans de la terre; nous savons, pour l'avoir vu, qu'une
planète, un soleil, un tourbillon, un groupe de tourbillons composant un premier univers partiel, naissent, vivent, meurent et se
renouvellent comme les animalcules microscopiques, dont la puissance de l'industrie encore nous a révélé l'existence dans le
monde de la goutte d'eau.

Nous assistons, nous, l'Être éphémère, l'atome intelligent et
Dieu par l'intelligence, nous, le lien du macrocosme et du micro-
cosme, à ces naissances et à ces morts des grands Êtres qui ma-
nœuvrent dans les espaces et roulent dans la lumière, à ces genè-
ses et à ces convois funèbres perpétuels des mondes et des tourbillons; nous voyons les soleils s'allumer et s'éteindre; nous
voyons leur substance matérielle se dissoudre en matières vagues
et nébuleuses jetées çà et là dans les plans immenses des cieux, et
les embrions solaires germer, et les jeunes soleils se nourrir et se
développer au sein de ces matières vagues et nébuleuses.

Maintenant donc que la goutte d'eau, la terre, le ciel et l'intelligence le disent, il faut bien le croire, Messieurs, « la LOI SÉRIAIRE des
» variations continues ascendantes et descendantes, est la Loi qui
» préside aux transformations des Êtres, à l'équilibre des vies, à l'har-
» monie éternelle des choses, — c'est la formule mathématique du
» mouvement. »

Ainsi, « en considérant l'univers comme un grand Tout, vous
» concevrez que la somme des accroissemens des Êtres qui vont
» en augmentant de puissance vitale, doit balancer la somme des
» décroissemens de ceux qui sont en mouvement de diminution.
» Rien ne sort du néant, rien n'y rentre : le grand Tout, fini ou
» infini, n'augmente ni diminue; la somme de la force universelle,
» comme la somme de la matière universelle, reste constante. Cette
» force, individualisée dans les myriades d'Êtres différens, croît
» chez les uns, décroît chez les autres. La jeunesse prend, la vieil-
» lesse rend; la naissance balance la mort, la mort permet la nais-
» sance; la naissance et la mort ne sont que les transitions extrêmes
» d'une existence à une autre existence. Chaque Être vivant change
» incessamment de forme et d'état; il suit, à partir de la naissance,
» un mouvement d'ascendance qui se ralentit aux approches de
» l'apogée ou plénitude ; là, après un temps d'équilibre qui cor-

» respond au *maximum* de vie et de facultés de l'Être, commence
» le *déclin*, opposé symétriquement au mouvement d'ascendance;
» le déclin amène la *caducité* et enfin la *mort*. Ainsi la plus
» grande somme de forces se trouve au milieu de la carrière; elle
» diminue de chaque côté insensiblement, jusqu'à ce qu'elle de-
» vienne nulle aux points extrêmes de naissance et de mort.

» Or, tout ce qui change et se transforme, tout ce qui a vie et
» mouvement, c'est-à-dire tout dans la nature, est soumis à cette
» Loi générale. La Loi régulière et normale de tous les dévelop-
» pemens peut donc se formuler ainsi (1) : »

Formule générale du mouvement.

Transition ascendante	ou	*Naissance.*
Première phase	ou	ENFANCE.
Deuxième phase.	ou	JEUNESSE.
Apogée ou plénitude.	ou	**MATURITÉ.**
Troisième phase.	ou	DÉCLIN.
Quatrième phase.	ou	DÉCRÉPITUDE.
Transition descendante	ou	*Mort.*

Cette formule générale du mouvement étant établie et assise
sur sa base, vous apercevez sans doute, Messieurs, dès maintenant,
le parti que nous en tirerons pour exposer la formule particulière de l'histoire, ou, en d'autres termes, la formule du développement de l'humanité sur le globe, à la vie duquel la vie terrestre
de l'humanité est attachée. Dès maintenant encore vous comprenez que la vie de l'humanité n'étant qu'une des vies partielles de
l'univers, la logique m'imposait de procéder à l'établissement de
la Loi cosmogonique, de produire la formule générale du développement des vies, avant de donner la formule du développement de la vie humanitaire, qui n'est qu'un cas particulier de
la Loi générale.

Mais avant d'entrer dans cette application, qui n'est autre chose
que la constitution de la science historique, laquelle, aussi largement entendue, se confond avec la science sociale, il est nécessaire que j'établisse d'abord ce que nous entendons par le mot
« Science, » et ce que les hommes de Science entendent par ce
mot. Cette définition n'est point ici un hors d'œuvre : nous ne

(1) *Destinée sociale*, tome 1, page 137.

pourrions faire un pas dans notre discussion sans l'avoir nettement établie. — Cette définition d'ailleurs, Messieurs, est d'autant
plus nécessaire à cette tribune, qu'à cette tribune même, où le mot
« Science » avait été prononcé par plusieurs orateurs, vous en avez
vu monter un autre (1), dont l'objet était de reprocher aux premiers
d'avoir souvent prononcé ce mot, sans s'être avisés de le définir.
L'orateur dont je parle, invoquant alors la nécessité de cette définition, prit de là occasion d'en donner une, « faite au point de
vue de la doctrine qu'il professe. » Or, cette définition, faite au
point de vue de cette doctrine (2), a été, si je ne m'abuse, singulièrement étroite, et peut-être même insignifiante, ou *non définis-
sante*.

Cet orateur, en effet, nous a dit « que le mot Science signifiait
» la connaissance d'un but et la connaissance d'un moyen. »

Or, Messieurs, d'abord, et de toute évidence, cette définition
est étroite, puisqu'elle ne s'appliquerait qu'à telle science particulière qui se proposerait l'accomplissement d'une action, et qui in-
voquerait la connaissance du *but* de cette action et de ses
moyens, — dernière chose qui est en soi sensée et légitime; car
quand on se propose de faire, il est bon de savoir ce que l'on veut
faire, et comment on le veut faire.

Ensuite, Messieurs, cette définition, qui aurait ainsi le premier
tort d'être étroite, est, de plus, insignifiante et ne définit rien:
car si, dans le domaine même de l'acte que l'on se propose, du but
et du moyen que l'on cherche, on vient vous dire « que le mot
Science signifie la connaissance de ce but et de ce moyen, » on ne
vous dit pas autre chose, sinon que la science c'est la connaissance, ou que la connaissance c'est la science, ou que la
science c'est la science : ce qui est un jeu de mots synonymes, ou
une identité; et, par conséquent, — une futilité, car un jeu de mots
est une futilité, — ou rien du tout, car une identité n'est rien du
tout.

Ainsi, Messieurs, pour ne pas m'exposer à reproduire devant
vous le même phénomène, je vais essayer une définition régulière de ce que l'on doit entendre par le mot Science. Cette
définition n'a pas encore été, que je sache, produite sous la formule que je vais vous soumettre : permettez-moi donc, Messieurs,
de réclamer ici toute votre attention :

(1) M. Bouland.
(2) Doctrine de MM. *Roux, Buchez*, etc.

V.

Définition de la Science.

Nous définirons d'abord ce que les hommes de sciences dites aujourd'hui *positives* entendent par le mot Science, après quoi nous élargirons cette définition en la complétant. — Pour rendre notre définition claire et bien saisissable, prenons un exemple, l'exemple d'une science faite et constituée. Prenons l'Astronomie.

«Les mouvemens des corps célestes sont l'affaire de l'Astronomie. Avant qu'on eût trouvé la vraie raison de ces mouvemens, on avait sur eux mille systèmes faux, qui contrariaient plus ou moins les faits, rendaient compte des uns et non des autres : c'était les temps de l'astrologie. La science astronomique n'était pas constituée ; il y avait alors anarchie dans les opinions, qui différaient beaucoup et disputaient entre elles. Cette anarchie ne cessa que lorsque l'on eut trouvé la formule conforme à la vérité ; et l'on reconnut qu'elle y était conforme, parce que, *comprenant tous les faits astronomiques, elle satisfait à tous également*. Ce fut de ce jour-là seulement que la science astronomique fut constituée.

» Ainsi une Science est constituée quand on a découvert la formule qui comprend et lie tous les faits qui la concernent, et satisfait à tous à la fois. »

La définition que nous venons de donner est la définition qui convient aux savans actuels, c'est la Science telle que l'entend l'école expérimentale moderne. Cette définition correspond spécialement à l'esprit de cette école, qui est essentiellement analytique et fragmentaire, et qui n'accepte que la voie analytique des observations fragmentaires dans l'œuvre de la constitution d'une Science. Cette disposition trop étroite de l'école moderne, qui a horreur de la vue synthétique, comme la nature avant Galilée avait horreur du vide ; qui ne veut pas entendre parler de vue *a priori*, d'esprit d'unité et de système, n'est que le produit d'une réaction légitime à sa naissance, dirigée contre les erreurs où les écoles systématiques antérieures se sont engouffrées pour avoir exclusivement donné dans la méthode synthétique, sans tenir compte des observations, des faits, de l'analyse.

L'esprit systématique, méprisant l'analyse, l'observation, les faits, a été le caractère des écoles à excès spiritualiste.

L'esprit analytique, fragmentaire et exclusivement expérimental, a été le caractère des écoles à excès matérialiste.

Or, si les deux conceptions, exclusivement spiritualiste ou exclusivement matérialiste, sont erronnées parce qu'elles sont trop étroites, les deux méthodes, exclusivement systématique et exclusivement expérimentale, étant chacune aussi trop étroite isolément, sont aussi, isolément, erronnées chacune.

Et si la conception qui reconnaît à la fois les droits de l'Esprit et de la Matière, est seule complète, et par conséquent vraie, il devient irrévocable que la méthode scientifique vraie est celle-ci seule qui allie et unit l'analyse et la synthèse.

C'est là, pour le dire en passant, Messieurs, le caractère qui distingue, entre toutes les autres, la méthode scientifique de KÉPLER et celle de FOURIER, méthodes identiques chez l'un et chez l'autre, bien que KÉPLER n'ait fait application qu'à des ordres spéciaux de phénomènes, tandis que FOURIER a embrassé l'universalité des phénomènes, et surtout les phénomènes de la vie sociale.

Ainsi, les choses étant d'ordre *composé* et non *simple*, la méthode doit être composée et non simple. C'est ce qui légitime la qualification de *simplisme*, appliquée, dans la terminologie de l'école sociétaire, à toute conception ou à toute méthode qui n'embrasse qu'une partie des choses ou qu'une face de leurs manifestations phénoménales, repoussant et niant les autres.

D'où il résulte que les écoles *simplistes*, légitimes dans l'affirmation d'une des parties constitutives de l'objet de la science, illégitimes dans la négation de l'autre partie, sont nécessairement réduites à se jeter réciproquement face à face leurs erreurs spéciales. Dès lors il est clair qu'elles seraient condamnées à un combat éternel, si elles restaient éternellement sur leur terrain étroit ou simpliste. Aussi ne pourront-elles se donner la main qu'en se rencontrant ensemble sur le terrain où seule a droit de les appeler, l'une et l'autre, une idée supérieure à toutes les deux, une conception complète et composée, acceptant toutes les faces des choses et des phénomènes.

C'est pour cela, Messieurs, que nous ne vous dirons pas, nous, comme il vous a été dit à cette tribune : « Il y a aujourd'hui deux clas- » ses de savans, ceux qui ont embrassé la cause de l'Esprit et ceux » qui ont embrassé la cause de la Matière. Ces deux classes sont » ennemies irréconciliables : entre elles, c'est un combat à mort, » et il faut voir à qui restera la victoire!!! (1) » —Nous ne dirons pas ainsi, Messieurs, nous dirons : « Il y a aujourd'hui deux classes » d'ignorans; l'une réunit ceux qui nient la Matière, l'autre ceux

(1) M. Buchez.

» qui nient l'Esprit. Ces deux classes ne sont pas seulement d'au-
» jourd'hui, elles sont du jour où a commencé l'erreur. Leur lutte
» impérissable prouverait (à défaut de la logique et de l'intelli-
» gence) l'erreur de leurs conceptions réciproques. Et comme ces
» deux manifestations *sont*, elles ont des raisons d'*être*; puis-
» qu'elles durent, c'est qu'elles ont chacune quelque chose de
» vrai, de légitime, d'humain ; et, par conséquent, au lieu de lais-
» ser la question dans des régions obscures et inférieures, et de
» poser entre elles une nécessité de combat, une alternative de vic-
» toire ou de mort, — ce qui n'est de chaque côté qu'une vaine et
» orgueilleuse formule de guerre, — il faut leur proposer l'ACCORD,
» dans la région supérieure d'une conception composée, complète,
» universelle. »

Cette conclusion nous ramène à achever la définition de ce
qu'on doit entendre par le mot Science, et nous compléterons cette
définition en disant :

Que si, d'un côté, le procédé analytique de constitution d'une
Science est exprimé par l'idée de la liaison sous une même formule de tous les faits connus dans le domaine de cette Science,
d'un autre côté, la condition correspondant à la voie synthétique
exige que le principe énoncé dans cette formule soit une vérité
complète, évidente, limpide, adéquate à l'intelligence de l'homme,
car l'intelligence de l'homme est destinée à voir intuitivement la
vérité.

Comme ceci, Messieurs, la définition de la Science est achevée,
et toute Science constituée de telle sorte qu'elle satisfait à cette définition double et composée, est réellement et seulement alors
une « Science faite et constituée. »

Et je dis que c'est seulement quand elle satisfait à cette définition composée, embrassant l'analyse et la synthèse, qu'une Science
peut être dite faite et constituée ; car, d'une part, toute Science
dont la formule satisfait seulement à l'exigence de la méthode
analytique, peut bien rendre raison des faits *connus jusqu'alors*
dans le domaine de cette Science, mais elle est hors d'état de rien
affirmer sur les faits encore inconnus et non observés. Ce n'est
plus qu'une théorie, sa formule principiante n'est plus qu'une
hypothèse ; et dans le champ des conquêtes scientifiques de l'esprit humain, nous avons déjà vu nombre de ces théories, de ces
hypothèses, renversées à l'avénement d'un seul fait nouveau. Pour
ne citer que le plus récent renversement de ce genre, nous rap-
pellerons que la théorie de la lumière de Newton, connue sous

le nom de théorie de « l'émission, » est venue se briser dans ces derniers-temps sur le phénomène, inobservé jusque-là, des interférences.

D'autre part, une Science qui procède seulement d'une conception synthétique, et qui n'a pas encore expliqué, groupé et lié les faits sous sa formule, ne peut pas être dite une Science faite : car si l'esprit humain, pour être assis carrément dans la certitude, a besoin de la conception claire et translucide, de la vue *a priori*, il veut aussi la vérification sévère de l'*a priori*, la vérification tirée de l'observation et des faits. Et certes, si nous avons vu par centaines des théories à base simplement expérimentale, crouler au simple aspect de faits nouveaux, combien n'avons-nous pas vu, par contre, de systèmes uniquement basés sur une conception synthétique, sur une vue *a priori*, pâlir et s'anéantir devant la réalité, comme une illusion de la nuit s'anéantit devant le jour.

Ainsi donc, sans réplique, pour qu'une Science soit constituée et assise, il faut que sa formule satisfasse à la fois aux exigences de l'analyse et de la synthèse ; il faut que cette formule embrasse tous les faits d'une part, et que, de l'autre, son principe soit lucide, ou, en termes différens, adéquat à l'intelligence, qui est la lumière même.

De cette façon seulement, une Science peut se dire en mesure d'expliquer les faits observés et de prévoir les faits encore inconnus ; alors seulement elle gouverne le passé et l'avenir : ce qui est le caractère essentiel de la Science et la preuve de son identité avec la Loi mathématique, une, incréée, éternelle.

Pour en finir clairement de cette définition par un exemple, comme nous avons commencé, reprenons l'Astronomie, Science constituée en tant que « Mécanique céleste » ou science des mouvemens des corps qui peuplent le ciel (mais non en tant « qu'Organique céleste » (a) ou science des formations, des développemens, des distributions régulières et des fonctions de ces corps).

Quoi qu'il en soit, et en tant que Mécanique céleste, disons-le à la gloire de l'esprit humain, l'Astronomie est une Science constituée, parce que sa formule satisfait à la double exigence analytique et synthétique à la fois. C'est facile à voir :

Elle satisfait, d'une part, comme nous l'avons vu, au caractère analytique procédant des faits *observés*, puisque sa formule principiante, *la loi des attractions directement proportionnelles aux masses et inversement proportionnelles aux quarrés des distan-*

— 73 —

ces, embrasse tous les faits de mouvemens et donne leur raison d'être.

D'autre part, |elle satisfait au caractère synthétique, procédant *a priori* de l'intelligence; car cette formule est évidente *a priori,* ou adéquate à l'intelligence. — En effet, la molécule matérielle étant douée de la force attractive, il est clair que l'attraction exercée par un système matériel, doit être *proportionnelle à la masse* des molécules de ce système. Il est également clair que la puissance attractive divergeant d'un centre, doit aller dans toutes les sphères concentriques, s'affaiblissant successivement en proportion des surfaces de ces sphères, c'est-à-dire *proportionnellement au quarré* de leurs rayons, ou *au quarré des distances.*

Ainsi l'Astronomie, en tant que science des mouvemens, est bien une science faite et constituée, une science qui embrasse dans ses calculs tous les faits connus de son domaine, par explication, et tous les faits inconnus, par prévision. C'est une science qui se lie avec le passé des choses, et qui ne redoute rien de l'avenir. C'est une science fixe qui a droit de siéger sous ce nom à l'Institut, et qui badine, avec quelque raison, d'une voisine qu'elle s'y trouve : — je veux parler de cette cinquième classe de l'Institut (b), qui s'appelle, avec une innocente témérité, « classe des *Sciences* morales et politiques : » vous savez, cette classe que Napoléon avait eu la logique brutale et cavalière de chasser du temple où siégent les sciences fixes; et que, dans son éclectisme anodin, le libéralisme plus poli qui règne depuis Juillet, y a réintégré quelque peu niaisement, suivant nous. — On a voulu faire, je le sais, une restauration, mais c'est bien connu que les restaurations ne sont choses, en général, ni solides, ni heureuses (1).

Nous voici maintenant, Messieurs, après ce qui précède, et puisque le double caractère de la science est de dériver d'un principe unitaire, capable de tous les faits d'une part, et en même temps translucide ou adéquat à l'intelligence, maintenant nous voici bien forcés de conclure, et vous concluerez malgré nous, vous-mêmes :

« Qu'il n'y a pas eu encore, jusqu'à nos jours, de science cos-
» mogonique, et par conséquent de science philosophique sociale
» et religieuse; que nous n'avons eu encore que *l'astrologie* de
» ces différentes branches ; que l'erreur est prouvée dans ces diffé-
» rentes branches, *a priori,* par l'exclusivisme ou le simplisme des
» conceptions diverses dans lesquelles ces théories ont raciné; et

(1) Ceci est un principe général, et non une allusion. On ne refait pas le passé.

» *a posteriori*, par les luttes qu'elles se sont livrées et se livrent en-
» core sans relâche. »

La Vérité, Messieurs, n'était pas dans ce lourd bagage de guerres
et de haines politiques et religieuses que l'esprit humain traîne
péniblement à sa suite depuis plusieurs mille ans ; elle n'est pas
dans tous ces misérables haillons philosophiques et dogmatiques
qu'on jette sur les épaules des peuples qui meurent à la peine. La
Vérité ne s'embarrasse pas de toutes ces nippes. Elle se présente
toujours aux hommes nue, parce qu'elle est chaste et belle comme
la Vénus antique : et quand elle s'est montrée aux hommes, vous
le savez, après les premiers éblouissemens produits par la gloire
qui émane d'elle sur les yeux habitués aux longues obscurités,
après les premières clameurs des faux prêtres qui avaient usurpé
chez les peuples le service de ses autels, vous le savez, les peuples l'encensent et l'adorent! C'est le bonheur et la paix qu'elle
apporte au monde, — non la guerre et les fanatismes intolérans
des sectaires.... elle n'est pas *intolérante*, parce qu'elle est lumière, et qu'elle sait que l'intelligence étant lumière, l'homme
viendra à elle par l'intelligence; elle n'est pas intolérante encore,
parce qu'elle est amour et bonheur, et qu'elle sait que l'homme
n'étant pas né pour souffrir, il faudra bien que tantôt il se rende
aux séductions vives, aux attractions irrésistibles de sa puissance!

La Vérité est une pour tous les hommes, et les vérités algébriques,
les vérités astronomiques ne sauraient varier avec les latitudes;
elles sont susceptibles d'être comprises en toutes régions où
vivent des hommes; elles sont unitairement acceptables par l'intelligence humaine, parce que l'intelligence humaine est identique
par essence chez toutes les races humaines, quelque différens que
puissent être chez ces races les degrés relatifs de son développement.

Or, vous ne pensez pas que les vérités d'ordre cosmogonique et
social, dont la possession est bien plus intimement importante
encore à l'esprit humain que la conquête des vérités d'ordre
physique ou géométrique, — vous ne pensez pas que ces vérités
puissent se soustraire au caractère *d'unité et d'acceptabilité universelle*, qui est le signe même de la vérité.

Dès lors, nous sommes en droit de conclure, comme nous le
faisions, que tous les dogmes qui ont été présentés à l'humanité,
qui se sont dressés face à face devant l'intelligence de l'homme, et
qui n'ont pas envahi irrévocablement l'intelligence de l'humanité,
sont des dogmes étroits, simplistes, faux. Tous les systèmes qui,
après s'être manifestés au grand jour, et avoir été vus et connus,

se disputent et se combattent, ne sont que de pures erreurs de l'esprit.

La lutte, renfermant les négations, est un signe subversif, le signe de l'erreur.

L'envahissement, renfermant l'affirmation, est un signe harmonique, le signe de la vérité, — à moins que l'homme ne soit pas fait pour la vérité, et alors ils serait absurde de la chercher.

Ainsi, Messieurs, tout ce qui engendre les hérésies et les intolérances n'est pas encore la vérité, car la vérité est translucide, saisissante : son caractère suprême est d'opérer le ralliement, d'engendrer l'accord.

Et puis, il ne faudrait pas admirer que, dans l'ordre des choses cosmogoniques et sociales, l'esprit humain n'eût fait encore jusqu'ici que vaguer dans les régions des incertitudes, des contradictions et des erreurs. Jusqu'ici toujours, et dans tous les ordres de connaissances, le tâtonnement a précédé la certitude, l'obscurité a précédé la lumière; mais le règne des ténèbres a été assez long, trop long sans doute; et il est temps que l'homme procède enfin, par la voie rigoureuse et féconde de la méthode scientifique, à la découverte des choses de son bonheur, à la solution du problème de sa Destinée.

Or, Messieurs, si je vous ai nettement démontré que les erreurs de l'esprit humain en cet ordre, racinant dans des conceptions premières *étroites, exclusives, simplistes* , se sont développées sous des méthodes d'investigation scientifique *étroites, exclusives, simplistes*, force m'est bien, maintenant encore, de conclure devant vous que la vérité, dans ces questions, peut seulement procéder :

En premier lieu, de la conception large, entière, complète, que nous vous avons soumise : — « l'Ordre universel, incréé, immuable, reposant sur le jeu des trois principes incréés; »

Et en second lieu, de l'emploi du procédé « analytico-synthétique, » du procédé scientifique composé, complet, omnimode, qui est le *criterium*, l'instrument de vérité que nous vous proposons, — et qui correspond au *principe matériel* par la face analytique, au *principe intelligent* par la face synthétique, au *principe régulateur*, enfin, par l'emploi harmonique et composé de toutes les deux.

De telle sorte, Messieurs, que si nous nous trompions, nous, dans les applications que nous aurons à faire de ces principes, si notre logique faisait défaut à la conception et à la méthode, si nous faisions fausse route, enfin, il n'en resterait pas moins avéré que nous avons montré la seule voie qui puisse conduire à solution, — et ce serait déjà sans doute un grand point.

Il m'était indispensable d'établir ces prémisses pour marcher en avant et pour obtenir de vous, Messieurs, la bienveillance dont j'ai besoin dans le développement de la *formule historique générale*, à la constitution de laquelle nous sommes en mesure de procéder maintenant; car, maintenant, nous vous avons soumis une conception et une méthode, — ce qui était l'objet de la première partie de ce discours.

DEUXIÈME PARTIE.

I.

Examen de la conception historique des Anciens.

Nous avons maintenant, disais-je, une conception et une méthode. Cette double condition est nécessaire pour aborder la constitution de la science et la formule générale historique:

En effet, — si l'histoire est le développement de l'humanité, — comme l'humanité est une des parties constitutives et intégrantes de l'univers, son développement n'est bien certainement qu'une fonction de l'Ordre universel et cosmogonique : et comme, d'ailleurs, ce développement se manifeste par des faits, il faut bien, pour grouper et lier ces faits sous la formule dont la Loi les engendre, procéder à leur égard avec une méthode scientifique.

Cela est si vrai, Messieurs, que le plus grand nombre de ceux qui ont tenté l'abordage de la science historique, ont établi une cosmogonie génératrice de leur déduction, ou au moins ont adhéré à une cosmogonie antérieurement établie, tandis que ceux qui ne se sont point mis patemment, ou trouvés sciemment dans ces conditions, n'en ont pas moins fait de la cosmogonie sans le savoir, comme M. Jourdain faisait de la prose. — Le nombre de ces derniers est grand.

D'ailleurs, il est certain que l'on n'a pu faire ou penser faire de la science historique, sans avoir une méthode quelconque, bonne ou mauvaise.

Au reste, ceci va recevoir confirmation, soit dans le développement de notre formule historique générale, soit dans la critique des diverses conceptions historiques qui ont été fournies jusqu'ici, — critique, on le sent déjà sans doute, parallèle à celle que nous avons émise sur les différentes conceptions cosmogoniques qui se sont vainement disputé le monde.

Les Anciens (je parle des Grecs et des Romains) vivaient sous l'empire d'un panthéisme vague, confus et sans Loi. Ils admettaient bien l'Esprit et la Matière, mais ils étaient presque exclusivement absorbés, les Grecs, par la *poésie* des manifestations matérielles de l'Esprit, et les Romains, par l'expression de la *force* qui réside en ces manifestations. Quant au BUT des choses et à leur LOI GÉNÉRALE, c'était peu leur souci : ils n'avaient pas l'esprit éveillé sur cette idée. Ils acceptaient les faits de la nature, ils les admiraient et les adoraient. Les uns cherchaient à les reproduire par l'imitation de la beauté des formes pures et typiques. De là, l'art grec et les merveilleuses créations du génie de la Grèce. — Les autres cherchaient à reproduire ces faits dans ce qu'ils ont de puissant, de fort, de durable; de là, la colossale industrie romaine, et les imposantes créations du génie romain.

D'un côté, Minerve, Amphion, Orphée; de l'autre, Romulus, sa louve et les louveteaux romains; d'un côté, la Vénus; de l'autre, l'Hercule; le Parthénon et le Panthéon; les bas-reliefs de Phydias, les platanes et les portiques de l'Académie, et les gigantesques aqueducs, les ponts sur le Danube, les cirques immenses et les voies romaines.....

Cela, certes, était beau, cela était force et poésie, et prouve glorieusement la puissance de l'homme sur le monde livré à sa domination et à ses œuvres. Mais vous chercheriez en vain dans tout cela un concept supérieur, la pensée d'une raison finale, d'un but cosmogonique. — Les Anciens contemplaient les faits de l'univers, sans se douter que ces faits fussent et dussent être liés et coordonnés dans un Ordre universel. Si quelques-uns de leurs philosophes en ont émis l'idée, cette idée était purement une inspiration de sentiment, une vue du désir; nulle part, chez eux, cette idée n'a été produite dans sa valeur pivotale; nulle part elle ne s'est approchée de l'ordre scientifique, — si ce n'est peut-être dans cette mystérieuse école pythagoricienne, qui semble avoir effleuré, il y a deux mille ans, tous les problèmes dont les solutions aujourd'hui sont épanouies ou près d'éclore, — beau germe des temps passés, fécondé par un beau génie, que le vent de la subversion, pour le malheur de l'humanité, a desséché dans son origine...

Les Anciens vivant au sein de cette confuse cosmogonie panthéistique, les choses leur paraissaient donc flotter vagues, poétiques et majestueuses, il est vrai, mais sans dérivation d'un principe un et générateur, d'un principe d'ordre, causal et final à la fois; dans l'ordre des choses du monde, ils voyaient, admiraient, imitaient, mais ils ne comprenaient pas, ils ne *finalisaient* pas, ils n'*unitarisaient* pas. (C'est un malheur, Messieurs, qu'il ait fallu venir jusqu'à nos jours pour que ces deux mots devinssent nécessaires et pussent être compris.)

Or, pareillement et comme conséquence, les Anciens, dans l'ordre des faits historiques, voyaient les faits, les admiraient, les écrivaient, les corporisaient sous de belles formes poétiques, séduisantes ou majestueuses; mais ils ne finalisaient pas. Le but humanitaire et final des faits historiques, ainsi que le but cosmogonique et final des faits de l'Ordre-universel, restaient l'un et l'autre au-dessus d'eux, dans des régions supérieures et inconnues, comme les Dieux relégués d'Epicure.

La notion de l'unité humanitaire était peut-être plus éloignée encore de leur pensée, que la notion de l'unité cosmogonique. Aucun de leurs philosophes ne l'a émise: trois génies, seuls peut-être chez eux, ont rêvé l'unité du monde social et l'agrégation de toutes les nations du globe en un seul empire, — et ce n'étaient pas trois philosophes, mais trois conquérans : Alexandre, César et le peuple romain.

Et il est fatal que ce rêve n'ait pu se résoudre dans une réalité forte et complète, car l'humanité eût été mieux servie par le sabre, qu'elle ne l'a été par la philosophie et par l'autel. Du jour, en effet, où, agrégées par la force, les nations n'eussent plus eu à s'armer les unes contre les autres, il aurait bien fallu que l'activité humaine se dirigeât sur un nouveau but; et ce but ne pouvant être autre que l'exploitation et le gouvernement de son globe, l'humanité fut bientôt dès lors entrée en Destinée.

L'absence de la notion du principe mathématique et unitaire, et, par suite, du but historique humanitaire, réduisait donc les Anciens à ne voir que des faits partiels et purement nationaux. L'humanité, qui n'existait pas plus alors qu'elle n'existe aujourd'hui

(car l'humanité n'existe pas, tant qu'il n'y a que des fractions éparses, séparées hostiles entre elles d'humanité, et non l'humanité
des peuples luttant sur le monde, et non un grand peuple gouvernant le monde,) l'humanité, dis-je, n'avait pas été prévue,
pressentie par les historiens anciens, comme elle l'est par les esprits avancés aujourd'hui.

Et voilà déjà par où nous différons aujourd'hui des Anciens. Ici,
Messieurs, vous prêtez attention au développement d'une formule
historique générale embrassant dans sa conception l'humanité
toute entière : vous croyez donc à un avenir de l'humanité, votre
esprit est accessible à l'idée d'une constitution unitaire de l'humanité, fondée sur la combinaison harmonique de toutes les nations,
sur une fusion générale de tous les intérêts dans un intérêt commun, sur un développement de toutes les individualités, encore
divergentes, qui doivent un jour fonctionner dans le même concert; en un mot, vous croyez à l'union organique des membres
encore fragmentaires et disjoints du grand corps.

Il est vrai que ce n'est pas tout d'avoir l'idée plus ou moins
nette de ce but ultérieur, d'y croire et de le vouloir, il faut
encore en avoir et en savoir *les moyens*. Mais les Anciens n'en
étaient pas là. Aussi, au lieu de chercher comme nous la formule
historique de la vie de l'humanité, ils se contentaient de donner
la formule historique de la vie des nations, de la vie de ces frag-
mens d'humanité qu'ils avaient sous leurs yeux. Ils disaient :

Une nation naît, quand elle n'est point étouffée dans ses développemens par la compression des nations voisines, par la guerre,
par les mouvemens violens et les chocs du milieu extérieur : — ils
acceptaient ces chocs comme une donnée nécessaire ; — si cette
nation, disaient-ils, possède un bon germe de vie, si elle rallie les
activités individuelles sur un but national ou patriotique, elle s'étend,
se développe, atteint le degré supérieur de vie qu'elle comporte ;
elle jouit de la plénitude de sa vie relative ; puis elle entre en dé-
cadence et marche à la mort, au profit des jeunes nations qui l'en-
vironnent, et qui absorbent sa vie, s'approprient ses élémens, pom-
pent sa substance, et hâtent même toujours la mort pour envahir
l'héritage. — C'est la jeune plante qui germe, grandit, épanouit
sa fleur, donne sa graine, et meurt ensuite en abandonnant ses
dépouilles à la terre, qui poussera de nouvelles plantes au nouveau printemps.

« Lorsque Athènes florissait, » dit Phèdre, simplement, froidement, sans regrets et sans commentaires, en commençant une fa-

ble sur des grenouilles, «*quum Athenæ florerent...*» Toute la conception historique des Anciens est là.

Vous le voyez, Messieurs, c'était bien la bonne formule, la formule vraie, la formule générale du mouvement, la formule qui préside au développement de toute vie, de tout être organisé, de tout
être collectif composé de parties synthétisant dans un tout. Mais,
vous le voyez en même temps, c'était une application étroite et
fausse de cette formule.... L'Être humanitaire, en effet, ce n'est
pas une nation, un peuple, une race; ce n'est pas plus une seule
nation, un seul peuple, une seule race, que ce n'est un seul individu : c'est l'ensemble des nations, des peuples, des races, des
individus, c'est l'humanité. — C'est l'humanité, une dans son
principe et son but, et variée à l'infini dans ses manifestations de
tout ordre, depuis les caractères, les physionomies, les types par-
ticuliers des individus, jusqu'aux caractères, aux physionomies,
aux types généraux des peuples et des races.

Ainsi les historiens anciens arrivaient au faux, par application
d'une loi juste à un milieu faux et trop rétréci. Ils appliquaient
à une partie destinée à fonctionner dans un tout organique, la loi
qui doit régir ce tout organique; ils appliquaient à une vie inférieure, — au détriment des vies du même ordre, — la loi qui
doit gouverner la vie supérieure et suprême, formée, — au plus
grand avantage des vies inférieures, — du développement harmonique et convergent de toutes ces vies inférieures. Ils comprenaient la coordination, plus ou moins violente, des individus dans
la nation, non la coordination harmonique et volontaire des individus dans la nation, et des nations dans l'humanité; ils apparte-
naient à une race, à une patrie, — non au genre humain.

Ainsi l'homme, organisateur et créateur dans l'Ordre social,
comme Dieu est organisateur et créateur dans l'Ordre universel,
l'homme, dis-je, placé au sein du chaos des élémens sociaux, ne
voyait que l'élément particulier dont il était une molécule; il
travaillait au développement d'une seule puisance élémentaire, dirigée contre les puissances ambiantes, au lieu de songer que sa tâche était la combinaison unitaire de toutes ces puissances dans un
Tout organique; il perpétuait un chaos, au lieu de créer un monde.

Les membres du grand corps humanitaire s'agitaient disjoints,
— çà et là les pieds, les mains, les bras, la tête et le cœur dispersés sur le monde; — et l'homme ne savait pas encore que tous
ces membres dispersés du grand corps demandaient à se réunir, et
que si Dieu, — les puissances supérieures, — avait créé le monde
avec les principes élémentaires du monde, il avait, lui, l'homme,

à créer l'humanité, avec les principes élémentaires de l'humanité.

Voyez aussi comme cette erreur dans l'ordre de l'Esprit se traduisait en un fait subversif dans l'ordre matériel ; ce fait, c'était la dévastation, la guerre. Pour nous, qui avons la notion de l'humanité, la guerre n'est plus qu'une fatale nécessité temporaire. Chez les Anciens, la guerre était sacro-sainte ; la guerre avait ses Dieux; ces Dieux avaient des autels.

Ainsi il n'y avait point pour l'humanité de but général et rallié à l'Ordre-universel ; les peuples naissaient, se développaient en guerroyant les uns contre les autres ; l'esclavage et la destruction étaient d'ordre naturel : gloire aux plus forts et malheur aux vaincus! Et la raison de l'homme acceptait fatalement cela, pour avoir, ainsi que nous l'avons démontré, méconnu l'existence du *principe régulateur*, — l'un des trois grands principes cosmogoniques, — et méconnu, par suite, le but final de l'humanité.

II.

Examen de la conception historique chrétienne.

Après cela (en nous renfermant toujours dans notre petit coin européen, car c'est là, et seulement là que l'on a aujourd'hui l'habitude de voir l'humanité), après cela, dis-je, vinrent les chrétiens, — et ce fut bien pis. Le dogme païen ne tenait pas compte du *principe régulateur*, parce qu'il l'ignorait. Le dogme chrétien (je parle du dogme chrétien orthodoxe, du dogme tel qu'il a été formulé aux peuples, tel qu'il a été compris par eux; je parle du joug tel que les masses l'ont porté, et non des idées philosophiques de quelques baptisés des premiers temps ou des temps modernes). Je dis donc que le dogme chrétien ne se contentait pas d'ignorer le principe régulateur, — il le niait formellement, faisant dépendre l'univers et les Lois des choses de la seule volonté de son Dieu. Son Dieu avait fait le monde, on ne sait pourquoi ; il tenait ce monde dans sa main, il n'avait qu'à la fermer pour l'anéantir. La fin du monde planait sur le monde, comme le Dieu de ce monde et sa volonté. Ce Dieu était le vautour aux grandes ailes étendues sur le monde. — On ne peut, sans abjurer la bonne foi et l'histoire, nier que telle ne fut en effet la *conception fondamentale* du dogme chrétien.

Dans ce dogme, certes il y avait de la grandeur et de la poésie. Ce n'était plus la grandeur et la poésie du dogme païen, qui avait accepté et divinisé à la fois le bien et le mal, qui avait donné accès dans son large et vague panthéisme à tous les phénomènes ambians, à toutes les manifestations harmoniques ou subversives de la nature: c'était la cruelle et sombre poésie d'un dogme enfanté par la lâcheté de l'homme désespérant de la victoire dans sa guerre sociale contre le mal, de l'homme réduit et dompté par ce mal qu'il était dans sa Destinée de chasser du monde, en prenant à deux mains ce monde et le gouvernant; de l'homme qui, abjurant honteusement sa force et sa puissance, s'était mis à trembler misérablement, s'était jeté sur le ventre, s'était prosterné sur la terre qu'il devait régir, et qui, dans sa détresse, imaginant un despote terrible dans le ciel qu'il n'osait plus regarder en face, pensait, comme tous les lâches, adoucir le despote en le grandissant de sa propre humiliation...

Ce dogme, c'était le dogme du faible qui demande grâce et rampe devant son ennemi fort et armé.... comme si Dieu était ennemi et armé! C'était un retour maladif et fébrile de l'humanité aux premières et vaines peurs de son enfance. Le Dieu chrétien, c'était le tonnerre divinisé.

Il est vrai cependant, car l'espoir du bonheur est invinciblement rivé au cœur de l'homme, que ce bonheur dont il désespérait lâchement ici-bas, il espérait le mériter ailleurs, à force d'humilier ici-bas sa nature. Dieu a mis dans nos cœurs la soif inextinguible du bonheur; le Chrétien pensait plaire au Dieu qu'il s'était fait, en lui donnant le cruel spectacle de ses douleurs, en mortifiant sa chair, en souffrant dans son cœur.

Le Païen allait naïvement sur la terre, jouissant quand il trouvait la joie, souffrant quand le mal lui venait, regardant le ciel et la terre, adorant la nature, rendant grâce de ses bienfaits aux Dieux du ciel, apaisant par des sacrifices les Dieux infernaux. — Pour lui, le Mal et le Bien *étaient*. Ses Dieux de l'Olympe et ses Dieux infernaux étaient tous Dieux et immortels; et le DESTIN, la Fatalité, la force aveugle, — ce *Fatum*, qui, dans la théogonie païenne, marque le *principe régulateur* absent, ignoré du païen, — ce Destin, QUI N'ÉTAIT PAS DIEU, était le maître des Dieux et des hommes! Jupiter subissait les décrets du Destin aveugle....

Les Dieux récompensaient dans l'autre vie l'homme qui avait été bon pour les autres hommes, et punissaient celui qui avait été mauvais pour eux; mais le païen ne songeait pas à se rendre les Dieux propices en se rendant malheureux, en se méprisant et s'immolant.... Jupiter ne se plaisait pas aux tourmens des hommes.

Le Païen, je l'ai dit, adorait la nature, sa mère, sans l'accuser du mal quand il souffrait. Le Chrétien, lui, pour s'excuser devant son despote, accusait lâchement la nature, sa mère, et la damnait... Le Chrétien baissait sa face pâle vers la terre, craignait son Dieu, s'humiliait et lui criait à genoux, croyant lui faire honneur : « Mon » Dieu, je ne suis que ta vile créature, et je ne puis trop m'humi- » lier et me mépriser devant toi. Je ne serai jamais assez bas devant » ta gloire. »

On voit bien que cette religion était une religion d'esclaves, faite par des esclaves ; car elle s'attacha surtout à formuler ce dogme qui déclare la nature humaine impuissante et infâme, bien que cette idée perverse, antérieure au christianisme, eût peu préoccupé le Christ, qui l'avait acceptée telle quelle, et qui s'était occupé principalement de pratique morale et politique, comme il est évident par le *pater*, la seule prière qu'il ait voulu que l'homme adressât à Dieu. Si cette prière contient une erreur sur la nature humaine, du moins elle ne l'érige pas formellement en dogme, elle ne la consacre pas expressément en la sanctifiant, ainsi que firent les esclaves qui, après le Christ, continuèrent le christianisme à leur image. L'erreur s'était glissée, c'est le mot qu'il faut dire, dans la doctrine du Christ ; il disait à Dieu : « Père, donne-nous » notre pain quotidien, et délivre-nous du mal, *da nobis panem* » *nostrum quotidianum, libera nos a malo ;* » tandis qu'il fallait dire aux hommes : « Frères, réunissons-nous pour créer notre » pain quotidien et écraser le mal ; c'est ainsi que nous accompli- » rons la volonté de Dieu manifestée par les attractions de notre » nature. » Le Christ s'était trouvé victime de l'erreur d'un dogme antérieur, et l'avait subie. Les esclaves divinisèrent l'erreur, sanctifièrent l'humiliation et la souffrance ; et, comme pour se venger de leur humiliation et de leur souffrance, ils prétendirent l'imposer de par Dieu au monde entier. C'était une réaction, légitime en son principe, de ceux qui souffraient contre ceux qui jouissaient ; mais cette réaction, au lieu d'aboutir à l'idée de l'universalisation harmonique de la jouissance et de la puissance, n'aboutit qu'au dogme odieux de l'universalisation de la douleur et de l'abjection.

Ils voulaient que tous les humains fussent frères en faiblesse et en misère, non en richesse et en royauté!.. Ils réservaient dans un autre monde la gloire et la lumière pour ceux qui auraient pleuré dans celui-ci et amaigri leur corps. C'était bien, comme je l'ai dit, le retour maladif de l'humanité aux premières terreurs de son enfance, avec la différence que cette terreur, plus fatale et plus profonde, n'offrait plus naïvement en holocauste à Dieu la victime antique, le bouc émissaire; elle lui offrait en holocauste la nature de l'homme elle-même. C'était le sacrifice dans sa plus large expression sacrificatrice, dans tout ce que le sacrifice a de cruel, d'inhumain, d'impie.... Oh! que c'est bien là le dogme cruel et terrible d'une religion nourrie à sa naissance, non pas avec le lait de l'*alma* Vénus et les épis de la blonde Cérès, mais avec du sang, le sang de ses martyrs! d'une religion qui eut pour berceau, non la voûte chaude et colorée des cieux, mais les voûtes froides et ténébreuses des catacombes! et qui célébrait originairement ses lugubres mystères sur des autels dressés avec des crânes desséchés et des débris mortuaires! Aujourd'hui encore, dans nos magnifiques cathédrales, où le dogme est vaincu par l'envahissement et le luxe des ornemens sensuels, aujourd'hui encore l'autel repose sur le tombeau, le tabernacle qui renferme l'hostie se dresse sur le charnier qui renferme le squelette, et le signe qui symbolise cette religion est un gibet!... Ah! certes, il est permis de le croire! Jésus mourant sur la croix et priant pour les hommes, ne se doutait pas que les hommes prendraient bientôt cette croix fatale pour l'objet de leur aspiration, pour le but final de leur Destinée terrestre....

Il est vrai que l'homme ayant dans le cœur un sentiment inné de justice, force lui fut bien de tenter une justification, de légitimer l'atrocité du Dieu qu'il s'était créé. Aussi le dogme chrétien chercha-t-il à s'asseoir sur cette théorie bizarre de la chute du premier homme; il en déguisa la flagrante absurdité en la nommant *mystère!*

Ne pouvant rendre raison de cette punition terrible, infligée à des Etres qui n'avaient pas péché, qui vivaient pour la première fois (1), ne pouvant appliquer la punition à un acte, là où il n'y avait pas d'acte, il appliqua la punition à la nature; comme si, absurdité pour absurdité, il n'eût pas autant valu punir les hommes d'un acte qu'ils n'avaient pas fait, que d'une nature qui n'était pas non plus leur œuvre.

De là cette invention du *péché originel*, qui pouvait seule générer le dogme de la douleur; invention si révoltante pour la raison, qu'il fallait bien abîmer la raison devant elle. Il fallait en outre en

(1) Quelques partisans du *péché originel* ont supposé que nous expions dans cette vie des fautes commises dans des vies antérieures. Mais si ces fautes et ces vies antérieures sont effacées du souvenir, où donc est la moralité et la justice de l'expiation (encore qu'il pourrait y avoir justice dans une expiation)? Et puis que signifie alors la chute d'Adam? Si le péché originel remonte à des fautes antérieures, il ne vient donc pas du péché d'Adam? — Que diront les orthodoxes?

placer la croyance sous la sauve-garde d'une invention plus odieuse encore, celle des supplices éternels réservés par Dieu, — le père des hommes!—à tous ceux de ses enfans qui n'y pourraient croire!

J'ai démontré que le dogme cosmogonique dit chrétien, niait formellement le *principe régulateur* indépendant, éternel, incréé, en faisant dépendre les Lois de l'univers de la volonté de son Dieu, seul Être existant par lui-même. J'ai démontré ensuite qu'il niait la Matière, ou, ce qui est pis, la déclarait infâme, en la personnifiant Satan, et qu'il déclarait la nature humaine corrompue et vile, en tant que l'Esprit était en elle combiné avec la Matière et souillé par ce contact. J'ai dit, enfin, que ne pouvant abjurer le désir de bonheur, il transportait à un autre monde l'objet de ce désir, et nommait sa terre « la vallée d'expiations, la vallée des larmes et des douleurs. »

Or, Messieurs, c'est en ceci surtout que ce dogme fut fatal et perfide à l'homme, car s'il eût nié formellement et absolument le bonheur, il se fût brisé contre ce désir de bonheur, désir éternellement adéquat à l'ame humaine. Mais, ajournant le bonheur à d'autres vies, ce dogme, qui érige le malheur en roi de la terre, pouvait dès-lors subsister, car il exploitait le bonheur; sa négation du bonheur sur cette terre, il l'asséyait sur notre impérissable désir de bonheur même.....

Voilà le change donné à l'homme sur sa Destinée! voilà l'illusion fatale; voilà la grande déception; voilà l'homme, dont l'ame gravite incessamment sur le bonheur, qui se courbe sous le joug honteux de la résignation au mal sur la terre, sur la terre, où il avait à vaincre le mal! Voilà l'homme déplaçant l'ordre des Destinées et croyant se ménager le bonheur dans une Destinée ultérieure, en cultivant précieusement dans celle-ci l'arbre de la douleur et se nourrissant de ses fruits amers !.... Illusion fatale, qui mesurait à l'homme ici-bas les souffrances, en proportion directe de la mesure même des capacités qui lui avaient été données pour recevoir les joies !.....

Ainsi, Messieurs, — tant il est vrai que le désir du bonheur est identique à la vie même de l'homme, — c'était par ce désir qu'on lui faisait aimer la douleur, en déplaçant l'objet de ce désir immédiat et rejettant cet objet au-dessus de la Destinée présente. Si bien que, chose incroyable! la science des souffrances ici-bas, était appelée par les Chrétiens la science du vrai bonheur; si bien encore, qu'en prêchant à l'homme l'amour de la pauvreté, de l'humilité et des souffrances, en lui apprenant à élargir les plaies de son cœur pour que de plus fortes doses de douleur y pussent tenir, le Chrétien disait perfectionner la « science de la vie heureuse... »

Remarquez-le bien, Messieurs, car ceci est capital : la foi au christianisme, qu'on a prétendu prouver surnaturelle et divine en disant qu'elle s'était établie contrairement à toutes les passions de l'homme, cette foi n'a eu qu'une seule base, les passions de l'homme... et leur expression suprême et dernière, le désir du bonheur! Cette foi chrétienne n'était, pour ceux qui l'ont adoptée d'abord, qu'une protestation d'esclaves qui souffraient contre des maîtres qui jouissaient ; c'était le malheureux qui désespérant du bonheur ici-bas, voulait prendre sa revanche plus haut, réserver dans l'autre monde les joies éternelles à qui aurait souffert dans ce monde, et les éternelles douleurs à qui aurait joui dans ce monde. C'est par la passion que cette foi a envahi les masses ; c'est sur cette unique aspiration de bonheur, immuable loi des vies, que le christianisme a planté sa croix, qu'il a assis ses sacrifices cruels et ses absurdes mystères ! Il n'a trouvé dans l'homme qu'une double sanction, la terreur de l'enfer et des douleurs infinies, l'amour du paradis et des joies infinies...

Cette atroce logique n'était-elle pas le comble de la subversion possible dans l'ordre des Destinées? n'était-ce pas l'extrême déception que le génie du mal personnifié dans Satan par la mythologie chrétienne, pouvait suggérer à l'homme pour le maintenir dans le mal, son domaine? Transporter ainsi le bonheur dans le ciel, n'était-ce pas décréter l'enfer sur la terre? Exiler le bonheur de ce monde, n'était-ce pas en chasser Dieu et y appeler les anges des ténèbres? Aussi le chrétien se révoltait-il chaque jour contre son dogme; et quand, après une lutte acharnée des aspirations divines de l'humanité aux prises dans son cœur avec l'erreur infernale de son esprit, il retombait épuisé, haletant, écrasé sous la puissance du dogme terrible, son ame alors exhalait, en gémissant, de douloureux et touchans regrets; et, baigné de larmes, il s'écriait avec Thomas l'ascète : « Ah! que nous serions heureux s'il nous était » donné de nous aimer sur la terre comme nous aimerons » Dieu dans le ciel! »

Ainsi, Messieurs, cette conception cosmogonique que nous combattons de toute la force qui est en nous, cette conception qui anéantissait l'univers devant son Dieu, anéantissait sur la terre tout but humanitaire et social. L'homme n'était plus le Roi de la terre, comme au premier jour de la création; c'était un Roi déchu sans retour... Cette terre paradisiaque des premiers jours, n'était plus qu'une terre maudite, qu'il devait tremper des larmes de sa douleur,

c'était la vallée de l'expiation des fautes NON COMMISES!! les premières harmonies ne pouvaient plus renaître; les ronces avaient
poussé sur cette terre après la faute d'Adam, et l'homme ne pouvait pas détruire ces ronces qui devaient à jamais déchirer sa chair;
car l'heure de la rédemption promise avait sonné, et il s'était trouvé
que cette rédemption promise n'était pas pour ce monde... Adam,
l'homme heureux sur la terre, était mort à jamais et ne pouvait plus
revivre; il ne restait plus pour chaque homme qu'à subir son
épreuve, à ceindre le cilice, à secouer la cendre sur sa tête, à faire
son salut éternel en immolant impitoyablement tous ses désirs ici
bas!

Il fallait désormais rompre tous les liens par lesquels l'homme
tient à la terre, aux créatures, aux siens même, tous les liens de la
nature et de la chair, pour éviter l'enfer et gagner le ciel; il n'y avait
plus qu'un but pour chaque homme, son salut; et le chrétien, celui qui revêtait le nom de ce Christ qui avait voulu que les hommes
s'aimassent sur la terre, le chrétien acceptait qu'il devait renoncer à
tout pour se sauver, renoncer son père, sa mère, sa femme, ses enfans,
ses frères, — si son père, sa mère, sa femme, ses enfans, ses frères,
étaient un obstacle à son salut: il priait son Dieu pour eux; mais
il acceptait que son père, sa mère, sa femme, ses enfans et ses
frères pourraient être damnés, souffrir pendant l'éternité sous les
griffes de Satan, et lui, infamie! lui, pendant cette éternité, lui seul,
jouir dans son Dieu et sur son Dieu!!

Il fallait s'abîmer dans cette renonciation absolue qui n'avait pu
combattre le *moi terrestre* qu'en lui ouvrant dans le ciel un
égoïsme immense, infini comme son Dieu, dans le sein duquel
l'égoïsme de ce moi devait un jour se résoudre. Le dogme faisait
plus encore; le dogme! il portait anathème sur l'amour de la chair
et de la créature, anathème sur tout amour qui était une jouissance
dans l'ordre naturel et social. On ne devait aimer les hommes qu'en
vue de Dieu, et d'un amour de l'autre monde : non en tant
qu'hommes, pour « l'amour d'eux, » mais en tant que prochain, pour
« l'amour de Dieu. »

Ce Dieu jaloux avait tout envahi.

Tout ce qui tenait à la terre et au monde était péché; il fallait
abjurer le monde, ses pompes et ses œuvres, et n'aspirer qu'à ce
Dieu! il n'y avait plus de but humanitaire et social, car ce Dieu,
but unique, était un but *supra-humanitaire* dépassant la terre,
dépassant le monde...

Aussi les seuls chrétiens conséquens au dogme furent-ils ces hé-
roïques et puissans égoïstes qui allèrent immoler leur chair et leur

humanité dans les déserts et les Thébaïdes. Le dogme cosmogonique chrétien n'enfanta donc pour dogme historique social, que l'histoire de la déchéance imprescriptible de l'homme ici-bas. — Il eut, il est vrai, aussi un autre dogme historique, non pas social mais spirituel, le dogme historique de l'universalisation future de sa triste croyance ; et c'était encore ici une illusion bien fatale, puisqu'elle offrait à l'activité de l'homme et à sa passion une nourriture décevante et vaine.

D'une part donc, le chrétien absorbé dans la contemplation de son Dieu, n'émit pas de formule sur les développemens successifs des choses du monde. Ce monde était maudit, dévoué au mal, il devait brusquement s'abimer dans une effroyable catastrophe, la fin de la terre, du ciel, de l'univers, de tout, même du temps. — Cela lui suffisait. Voilà l'idée émanée directement du dogme.

D'autre part, le Chrétien, qui était homme, obéissant à la passion humaine, au besoin d'expansion, d'envahissement, d'unité, prêcha aux nations sa foi toute spirituelle, et se vanta que son Idée, désireuse de l'envahissement comme toute Idée passionnée, règnerait un jour sur toutes les nations du globe.

C'était encore ici, toujours sous l'influence du dogme, le change donné par une nourriture purement spirituelle à la plus belle aspiration passionnelle, sociale et religieuse de l'homme, à cet amour de l'Unité dans l'ordre social et universel, qui révèle que la Destinée de l'homme est de fonctionner dans l'Ordre-Universel, — aspiration suprême de notre belle nature, qu'il a appartenu à Fourier de baptiser du nom d'UNITÉISME.

Les deux pôles extrêmes de l'organisme passionnel de l'homme sont l'amour du moi, l'amour des autres et du monde, — l'Individualisme, l'Unitéisme collectif et religieux.

L'Individualisme, le dogme chrétien le développait monstrueusement en lui donnant dans l'autre monde un but immense, éternel, infini, Dieu, — et Dieu était tout.

L'Unitéisme, il le développait en lui donnant pour aliment dans ce monde l'universalisation de son dogme, l'extension du joug spirituel à toutes les nations.

Ces deux pôles passionnels ont été les deux moyens de sa puissance ; c'est sur l'Égoïsme infini pour l'autre monde, que l'Église catholique a fondé son œuvre, et c'est par l'Unitéisme conquérant dans ce monde, qu'elle a bâti cette œuvre. L'Égoïsme était la pierre et le levier pour la base; l'Unitéisme, la pierre et le levier pour le sommet.

Et ceci est conforme à la loi immuable de l'organisation passionnelle de l'homme, car quelque Unité, — pacifique ou guerrière, harmonique ou subversive, — que l'homme veuille fonder sur la terre, il ne pourra jamais la constituer qu'avec les passions de l'homme, et il ne pourra rien constituer que dans cet ordre-ci, en fondant d'abord sur le pôle passionnel inférieur, l'Individualisme, qui est la base, et en s'élevant ensuite de bas en haut vers le pôle passionnel supérieur, l'Unitéisme collectif ou religieux, qui est le sommet : car ce sont les deux conditions extrêmes de l'Etre humain, — celle qui fait sa vie individuelle, et celle qui rallie sa vie individuelle à l'ensemble des vies.

Ce grand principe déduit *a priori* de la Science de l'homme, est vérifié historiquement, sans exception, par la marche de toutes les conquêtes, soit dans l'ordre temporel, soit dans l'ordre spirituel; et, pour le dire en passant, c'est ce principe qui fournit la loi pratique de la réalisation de l'Harmonie sociale à laquelle nous sommes appelés sur ce globe.

Ayant démontré que les deux puissances passionnelles extrêmes de l'homme ont été les deux pivots, inférieur et supérieur, sur lesquels s'est posé le catholicisme, il va sans dire que toutes les passions intermédiaires ont travaillé ensemble à sa constitution, comme à la constitution de toute œuvre humaine analogue. — C'est ce que nous sommes en mesure de prouver avec les plus grands détails et quand on le voudra (1).

Ainsi, Messieurs, nous l'avons irréfragablement démontré, le christianisme, qui recélait dans son sein comme un ver ce dogme immonde de la déchéance originelle imprescriptible de l'homme ici bas, le christianisme, qu'on dit avoir conquis « malgré les passions, » n'a conquis « qu'avec les passions, » en déplaçant leur objet humanitaire et faussant leur but.

Quoiqu'il en soit, et pour revenir à notre thèse historique, la conversion universelle des peuples au dogme chrétien, tel fut ici bas l'unique but historique de ce dogme, et vous savez la formule déduite de ce but : c'est la formule de Bossuet, c'est l'histoire égyptienne, persique, grecque, romaine, confisquée au profit de cette fin de l'universalité de la doctrine chrétienne. Toutes les manifestations historiques de l'humanité sur le globe, dès le commencement des temps, et de la Chine à l'Amérique inconnue, on les faisait entrer

(1) Voyez dans le premier discours de ce recueil, page 20.

de vive force dans le cercle étroit et douloureux de l'Idée chrétienne. Tout ce qui s'était fait par les hommes en tous les pays de
la terre, avait été fait par ordre de Dieu, et pour préparer à l'Idée
chrétienne son avénement universel. C'était la Providence qui avait
remué, agité, bouleversé les peuples, pour les conduire à travers
des flots de sang, et par des voies mystérieuses, à fléchir tous, un
jour, devant la croix, à confesser la corruption de la chair déchue. Ici
encore c'était Dieu, Dieu seul, toujours Dieu, Dieu écrasant l'humanité... tous les actes des hommes et des peuples avaient été commandés
par les décrets de Dieu. Et toujours cette absurdité immense de
Dieu, principe unique et force souveraine, punissant les instrumens
de ses œuvres pour les œuvres qu'il réalisait par ces instrumens!
A force d'avoir voulu tout absorber dans la Providence, — on vous
l'a dit éloqnemment à cette tribune, Messieurs, — on lui avait
mis, à cette Providence, la tête dans les cieux et les pieds dans le
sang.....

Ainsi le Païen, ignorant l'un des trois principes de l'Ordre-universel, n'avait pas compris que l'humanité eût un but social sur la
terre; et le chrétien, écrasant deux de ces principes sous la monstrueuse exagération du troisième, avait nié le but de l'humanité
sur la terre; il avait damné le monde, il l'avait laissé aux Anges de
Satan; il se réduisait à offrir, non à l'humanité entière, mais à un
petit nombre d'élus seulement, un but *supra-humain*. Heureusement, la nature humaine était forte, vivace et puissante : et il fallait
bien qu'elle fût ainsi pour s'être développée malgré la compression
exercée sur elle par ce dogme de fer.

III.

Tous les progrès ont été accomplis en négation du dogme chrétien.

Tous les progrès qui se sont accomplis dans l'ordre de l'industrie,
de la science, des choses temporelles et sociales, du monde enfin,
pour parler le langage du prêtre vêtu de deuil, tous ces progrès ont
été faits en négation du dogme. C'était la révolte incessante de
l'humanité contre le chrétien dans le cœur du chrétien.

Cette lutte envahissante du génie de l'humanité contre le dogme
anti-humanitaire sur lequel pivotait le christianisme, vous la re-
trouvez dans tout le cours du développement que l'humanité a pris
sous ce dogme et révolutionnairement contre ce dogme, même

dans le clergé, surtout dans le clergé. Suivez cette lutte dans le mouvement d'ascendance, voyez dans ce mouvement la contradiction continuelle et la conquête toujours progressive de l'humanité.

A l'origine, il n'y a pas de contradiction, le dogme est pur; le culte est terrible et sombre comme lui. L'autel, je l'ai déjà dit, c'est un cube maçonné avec des têtes de mort et des débris mortuaires. Le temple, c'est la catacombe.

Bientôt le christianisme sort de terre. Chaque pierre qui tombait de l'Empire romain sur une catacombe, retentissait dans la catacombe, et les malheureux esclaves qui priaient dans la catacombe, revenaient à la lumière du soleil. Les anciens maîtres perdaient peu à peu les richesses, la force, la puissance; les esclaves saisissaient peu à peu les richesses, la force, la puissance. Bientôt les esclaves devinrent les maîtres, et il fallut bien, suivant la loi des choses humaines, que les maîtres subissent le culte des esclaves. Mais qui profita de la victoire? La masse des esclaves? Non pas, hélas! Car la subversion chrétienne ne pouvait engendrer que subversion pratique : ce qui profita, ce ne fut pas la totalité, ce fut le petit nombre : ce fut l'aristocratie qui s'éleva dès les premiers jours au sein des esclaves ; ce furent les élus des esclaves, le petit nombre des élus encore; — et cela devait être dans ce dogme *du grand nombre des appelés pour peu d'élus.*

La puissance catholique grandissait, grandissait par l'effet d'une réaction logique dans l'ordre passionnel. Cette religion, qui avait souffert, pleuré, courbé la tête, avait besoin de domination. Ceux qui avaient jeûné si long-temps avaient faim alors, et se précipitaient sur la nourriture. Autant ils s'étaient courbés bas, autant il fallait qu'ils se dressassent hauts et fiers. Ce n'était plus le partage des biens, de la puissance, qu'il fallait aux esclaves qui avaient renoncé naguère aux biens et à la puissance, parce qu'ils en avaient désespéré. Maintenant que l'Empire romain se mourait de mort naturelle, il fallait à leurs chefs la conquête du monde. Rome avait eu son Empereur *méditerranéen,* il fallait au christianisme un Pape *omniterranéen.* A lui maintenant les Romains et les Barbares, l'Orient et l'Occident! Il acceptait tout, il voulait tout..... Tous les moyens spirituels ou temporels, odieux ou sublimes, toutes les passions étaient bonnes qui servaient à l'envahissement. Sicambres, baissez la tête et adorez! Plébéiens, baissez la tête et adorez! Patriciens, Rois, Empereurs, baissez la tête et adorez. Ah! nous ne sommes plus au temps où nous damnions, pour tous, les biens et le Monde, à ce temps où nous jetions loin de nous l'or de la tentation..... Les biens, les richesses, nous les damnons encore, mais seulement dans les mains qui ne sont pas les nôtres. A nous les biens, les richesses, la force et la puissance! A nous maintenant toutes les choses périssables, qui ne damnent plus que les païens et les hommes du monde; mais qui sont saintes et sacrées quand elles sont dans nos mains, parce que nos mains sont saintes et sacrées, et qu'elles baptisent, lavent et purifient tout, — même les biens du monde.

Nous voici loin des premiers temps où le christianisme ne voulait pas même se désaltérer dans l'eau de l'humble fontaine. Aujourd'hui, il faut au clergé romain, — car il trône à Rome maintenant, et s'appelle *Romain*, — aujourd'hui, il lui faut l'Océan à boire.

Voyez-vous maintenant ce qu'est devenu le dogme de l'humilité, de la pauvreté, de la mortification et des souffrances! Voyez-vous cette faim dévorante, immense, qui s'est développée à la suite du jeûne! La faim catholique menaçait l'univers, et ce clergé eût dévoré l'univers, si le laïque, — roi, noble et bourgeois, — n'y eût mis bon ordre. Ce qu'elle avait conquis sur le monde, ce qu'elle avait extorqué au monde, l'armée papale et chrétienne du dogme de l'humilité et du jeûne, vous le savez tous, Messieurs; et vous savez ce que dans le mouvement subversif où l'humanité était engagée alors, il a fallu de cadavres, de coups de sabres et de coups de canon pour lui faire rendre gorge.

Pendant que les tendances imprescriptibles de la nature se développaient ainsi subversivement dans la tête du christianisme, voyez comme elles se développaient plus harmoniquement dans les membres et le corps. Suivez le mouvement dans le Culte, dans l'Art, dans l'Humanité. Voyez comme ce merveilleux génie de l'Humanité se dirige toujours vers son bel avenir de joie et de puissance, à travers toutes les difficultés, tous les obstacles, ainsi que la plante toujours contrariée, et qui toujours cependant aspire au soleil.

Quand après la nuit vint peu à peu l'aurore, le culte sorti des catacombes envahit peu à peu le prétoire romain, la basilique, les temples païens; il les accommoda de jour en jour à ses convenances. Pour les moins barbares, qui ne savaient pas encore créer, mais qui ne voulaient pas briser avant d'avoir créé, le Jupiter Olympien de Rome devint Dieu-le-Père de la théogonie chrétienne: des autres Dieux on fit des Saints. Il y eut des Vénus qui restèrent et furent baptisées Vierges ou Magdeleines. Le peuple, qui souffrait encore, brisait encore, que les Papes et les évêques, qui jouissaient déjà, conservaient déjà le luxe ancien ou créaient le luxe nouveau (1).

On avait jeté au vent, dans les premiers temps, la littérature romaine ; les moines barbares avaient écrit des légendes grossières sur les parchemins de Tacite, d'Ovide, de Tibule, de Cicéron : plus tard, des moines lettrés restauraient Tacite, Ovide, Tibule, Cicéron, Virgile, Horace, retrouvaient la littérature, la poésie, la théogonie païenne, et écrivaient des poèmes latins, des poèmes païens, des poèmes chrétiens, des poèmes à la fois païens et chrétiens !

Les dépouilles du paganisme ne suffisaient plus au nouveau culte : il lui fallut bientôt construire et créer pour son propre compte ; les premiers temples sentaient encore quelque peu la catacombe ; c'étaient les larges colonnes et les voûtes massives du cintre roman et byzantin.

Mais déjà les colonnettes élancées et légères s'appliquaient aux colonnes massives, partaient des chapiteaux, s'élançaient à la voûte et s'allaient rejoindre en haut comme des ames dans le ciel. Il y avait toujours de la terreur sous ces voûtes profondes ; mais l'Art embellissait de jour en jour le temple du Dieu terrible ; l'Art, sous prétexte de spiritualiser la Matière, venait chaque jour corporiser l'Esprit : sous prétexte de rendre sensibles aux yeux du corps la croix, la couronne d'épines et les instrumens de la passion, il introduisait le luxe dans le temple, qui, effrayant et sombre d'abord, n'avait plus été que sombre et austère ensuite, qui déjà n'était plus qu'imposant, gracieux et sublime.

Le dogme était toujours là, dans les tombeaux creusés sous les dalles des grandes nefs, dans le plan, dans l'immensité de l'édifice solitaire qui écrasait les maisons des hommes, et ne se ralliait à rien (sinon à l'habitation du prêtre), comme le Dieu de ce dogme qui écrasait l'humanité et le monde, et dont le prêtre se disait seul l'interprète auprès des hommes ici bas. Le dogme était encore là, dis-je, mais il était couvert d'un manteau de luxe, chargé de décorations, masqué sous les ornemens.

L'Art alliait avec une puissance et une flexibilité merveilleuse l'obéissance et la révolte. Il avait transformé la catacombe en cathédrale, et la catacombe respire encore sous la cathédrale : puissant et merveilleux assemblage de masse et de légereté ; à la fois imposante et gracieuse, aérienne et sévère, cette cathédrale qui jette ses ogives aiguës et brillantes dans les grandes ombres des

(1) Il y a de farouches personnages qui se sont scandalisés de ces faits et de l'éloge mérité par ces chrétiens policés.

nefs, où vont se croiser capricieusement leurs merveilleux con-
tours. — Ce sont là mille colonnettes qui se groupent et s'élancent
au ciel comme de hardies fusées de pierres ; mille sculptures saintes et sataniques ; mille figures angéliques et grotesques, des vierges et des monstres, des chérubins et des animaux immondes,
des choses bizarres.... tout cela hérissant l'immense édifice den-
telé, découpé, brodé, percé à jour, fragile, sonore et tremblant au
vent, et lourd dans sa masse et carrément assis dans sa base. Et
au-dessus de ces choses, des tours miraculeusement posées dans
les airs, au-delà de l'atmosphère des hommes, et planant dans la
sphère supérieure d'où sortent, comme les voix du ciel, les voix
des cloches mélancoliques, étendues et vibrantes, qui commandent au loin sur la terre et appellent les fidèles au culte du Sei-
gneur.

Oh ! c'est bien là l'alliance inouïe du dogme anti-humain et du
génie humain; et cette alliance était déjà la victoire du génie humain sur le dogme, — victoire que l'Art remportait en manifes-
tant sa puissance ; car il fallait une puissance inouïe pour réaliser
cette étrange alliance.

Cette cathédrale, c'était la théocratie chrétienne, riche et puissante, qui avait pris sa forme et revêtu sa chappe de granit.

Or, pour exécuter ces choses religieuses, contraires au dogme
religieux principiant; pour tailler à l'orgueilleuse théocratie du
dogme de l'humilité, ses somptueux habits pontificaux, et allier
hypocritement à ce luxe impérial le sombre caractère du dogme
principiant, qu'il fallait bien conserver, l'Art avait à résoudre des
problèmes incroyables, à créer des inventions prodigieuses, des
procédés scientifiques inconnus jusque-là. Et chaque jour ainsi le
génie humain créait, augmentait sa force et ses conquêtes, meu-
blait l'arsenal de la science et de l'industrie.

Ces conquêtes, une fois faites pour l'Église, se répandaient au
dehors, en provoquaient de nouvelles, tendaient à s'universaliser,
éveillaient partout, autant que les choses pouvaient le permettre,
l'esprit d'investigation et d'invention. L'Industrie, l'Art, la Science,
grandissaient, et c'est ainsi que le christianisme, dont le dogme
avait consacré l'impuissance de la nature humaine, aidait lui-même
par ses exigences temporelles au développement de la puissance
humaine.

La cathédrale chrétienne était devenue plus resplendissante que
les palais des Césars.

En trois siècles, de l'an 1000 à 1300, le sol de la chrétienté se
hérissa de monastères, d'églises, de palais épiscopaux et surtout

de cathédrales innombrables, dont les vitraux, les arceaux, les colonnes, les murs peints à l'intérieur et à l'extérieur, relevés par les couleurs les plus vives, vermillon, or et azur, le disputaient en splendeur au maître-autel et à l'étole du prêtre officiant. Les Saints des premiers temps, qui étaient allés nu-pieds sur la terre, brillaient dans leurs niches et leurs chapelles sous des vêtemens de velours et de pourpre, plus éclatans que ceux des seigneurs éperonnés et des nobles dames qui venaient s'agenouiller et prier devant eux.

Ce qui a développé l'Art, ce n'est pas le dogme de la croix, c'est la richesse du clergé de ce dogme, richesse envahie, en l'an mille, par ce clergé, contrairement à ce dogme, par ce clergé, que la terreur de la fin du monde annoncée pour l'an mille enrichit, à cette époque, de la moitié des richesses du monde.

Sans remonter d'ailleurs à ces temps de puissance où le christianisme mentait si somptueusement à son dogme, de nos jours, on le sait et nous le voyons, la crosse de l'archevêque (1) à Notre-Dame est une crosse d'or et non une crosse de bois; il n'use pas ses genoux sur la pierre humide l'archevêque à Notre-Dame. La Quêteuse que le Suisse empanaché précède sous la nef, quand elle promène dans l'église sa bourse de velours aux sons de l'orgue qui exécute un chant de Mozart, n'est pas une femme pauvre et voilée, marchant nu-pieds; c'est une femme élégante et belle, qui ne cache pas entièrement aux yeux sa gorge païenne. Oui, oui! l'hostie dans le tabernacle d'or a été prise d'assaut par le luxe; oui! l'Art a pris possession de l'immense cathédrale qui dominait en les écrasant les humbles maisons des hommes; il en a pris possession au nom de l'Humanité, il en a pris possession depuis la base jusqu'à la croix qui se dressait orgueilleuse au sommet, d'où elle voulait gouverner la terre; de la base au sommet, il a empreint chaque pierre du sceau de l'humanité, il l'a taillé et ciselé, ce sceau, dans le dur métal de cette croix elle-même..

Cette croix qui voulait prendre possession du monde terrestre au nom du sacrifice et de la douleur, le chrétien en a fait un ornement pour son temple, le prêtre un ornement pour son salon, et nos femmes une parure de fête!

Le dogme chrétien a mis dans le culte le *Dies iræ*, la semaine des morts, la passion, le mercredi des cendres; l'homme a introduit dans le culte la Fête-Dieu, cette fête païenne où les enfans

_____

(1) Il y a des gens de force à prendre ceci pour une personnalité dirigée contre le digne et honorable Prélat qui gouverne le diocèse de Paris. D'autres sont capables de faire semblant de le penser, afin de pouvoir le dire: sottise et calomnie.

jettent des parfums dans l'air et couvrent de fleurs le Dieu des peines éternelles.

Ainsi le dogme a été vaincu par l'homme.

Le chrétien Keppler reniait le dogme du Dieu seul principe principiant quand il découvrait les trois lois de la mécanique céleste, en se fondant sur les lois de l'Harmonie universelle, et déclarant le *Principe mathématique* indépendant de Dieu et coexistant éternellement à Dieu. Newton était homme en découvrant l'Attraction universelle, que les hommes d'aujourd'hui connaissent; il n'était que chrétien en écrivant ses commentaires sur l'Apocalypse, que les chrétiens d'aujourd'hui ne connaissent pas. Et le Christ lui-même enfin, Messieurs, le Christ, cette nature que nous disons sublime en tant que type unitéiste humain, et que nous mettons à sa place en tant que Dieu, — le Christ était homme en s'asséyant aux tables des festins (1), en recevant sur ses longs cheveux l'huile parfumée de la Magdeleine, et en aimant ses frères. Aussi le dogme de la mortification s'est-il révolté contre le Christ lui-même, et vous connaissez tous cette réponse du prêtre chrétien, qui pour être plaisante n'en est pas moins profonde et révélatrice : — «Le Christ, lui disait-on, a changé l'eau en vin aux noces de Cana ».— «Aussi, répondit brusquement le puritain, n'est-ce pas ce qu'il a fait de mieux dans sa vie ».

De cette discussion,—dans laquelle nous n'avons pas combattu l'homme, la victime immolée au mal et le Christ son symbole, mais le mal et le génie du mal; de cette discussion résulte :

Que les progrès accomplis sous la domination du dogme chrétien, se sont faits en dehors de ce dogme, en négation de ce dogme, et malgré ce dogme; que ces progrès sont dus aux puissances physiques, animiques, intellectuelles et religieuses de la nature de l'homme, c'est-à-dire au jeu des passions constitutives de son organisme.

L'homme ne s'était pas révolté contre le dogme païen: ce dogme inoffensif à l'homme se mourait de mort naturelle, comme meurent les choses incomplètes et vieilles, quand il fut envahi par une religion ardente et jeune. Il n'en fut pas ainsi du dogme chrétien : le

---

(1) Les pharisiens et les scribes du lieu murmuraient et disaient à ses disciples : D'où vient que vous mangez et buvez avec des publicains et des pécheurs?

. . . . . D'où vient que les disciples de Jean et ceux des pharisiens jeûnent souvent et font des prières, et que les vôtres mangent et boivent? LUC., V. 30-33.

chrétien lui-même se dressa contre lui avec colère, et le foula aux pieds. Ce dogme ne succomba pas sous une religion nouvelle, il succomba sous une négation pure et simple. L'homme protesta contre lui. La philosophie du XVIIIe siècle, fière des progrès accomplis par l'homme depuis le XVe dans les sciences fixes, renversa le dogme et accepta la morale du Christ, ne sachant rien de mieux, et répéta ainsi les philosophies anciennes de l'Orient et de l'Occident. Seulement elle fit, des principes de cette morale dont l'application n'avait été que partielle dans quelques sociétés anciennes, une application générale; elle l'étendit à toutes les races en lui donnant le nom anodin de Philantropie universelle. Mais, encore une fois, elle ne proposa pas une religion nouvelle; elle ne proposa pas un but nouveau, positif, humain, à l'activité de l'humanité; et ce fut en cela qu'elle en méconnut les besoins.

Elle énonça vaguement, niaisement même, que les hommes étaient frères, que la nature avait ses droits; et elle ne se contenta pas, il est vrai, de n'être que vague et niaise en restant dans la sphère d'une négation pure, elle ajouta à cela l'affirmation d'une absurdité. Le dogme ancien, en effet, laissant au-dessous de lui, comme vil et méprisable, le domaine temporel, avait ouvert un libre champ à la force brutale pour l'envahir. Cette force brutale avait organisé la société à sa guise, elle avait hiérarchisé et rangé les hommes avec le sabre; elle s'était constituée puissance unique.

De là (1) cet ordre féodal dans lequel le petit nombre marchait sur les têtes du grand nombre, comme sur un pavé; de là ce carcan de fer qui serrait tout homme du peuple à la gorge. Cette distribution despotique des choses se transmettait de génération en génération par les naissances.

Eh bien! en haine de ce despotisme transmis par la naissance, de cet élément qui, régnant seul, écrasait tous les autres, il arriva que la philosophie philantropique s'en prit à l'inégalité dans l'ordre des naissances en particulier, et au fait de l'inégalité en général. Elle décréta l'égalité des hommes.

Elle joignit la fraternité à l'égalité, et tout fut dit.

Proscrire le despotisme, qui ne peut être aimé que par ceux qui l'exploitent, voilà qui était bien! Mais vouloir l'égalité, parce que l'inégalité de la naissance avait été un moyen de despotisme, ceci c'était trop fort; ceci c'était dépasser le but et tomber dans l'absurde, — attendu que les conditions qui font l'inégalité des hommes en général, sont des conditions de nature qu'il n'appar-

(1) On ne veut pas dire ici que ce dogme a fait l'oppression ; mais que ce dogme et l'oppression allaient bien ensemble et se prêtaient un mutuel secours.

tient à aucun homme de changer, encore que cet homme soit philosophe; car les races ne sont pas égales, les hommes ne sont pas égaux, l'enfant n'est pas égal à l'homme fait, ni l'homme fait au vieillard: l'inégalité est dans les races, dans les types, dans les caractères, dans les facultés, dans les passions, dans les sexes, dans les âges; et les philosophes auraient beau décréter l'égalité pendant dix mille ans, qu'ils ne feraient rien à cela. Voilà d'abord pourquoi les doctrines égalitaires sont absurdes, — parce que l'inégalité est de nature, et que les inégalités naturelles emportent les inégalités sociales.

Ces doctrines sont absurdes, en second lieu, parce que si l'inégalité n'existait pas, il faudrait l'inventer, attendu qu'on ne pourrait pas plus composer une harmonie sociale avec une somme des termes égaux, qu'une harmonie musicale avec une somme de sons égaux, et que le jeu harmonique des inégalités combinées peut seul produire la justice et la liberté (1).

Aussi la réaction, légitime en son principe, de celui qui avait souffert de l'inégalité de naissance contre celui qui en avait joui, au lieu d'amener les roturiers et les bourgeois qui étaient supérieurs aux féodaux dans mille ordres autres que celui de la naissance à accepter les inégalités de naissance et à demander pour tous la constation sociale de toutes les supériorités et l'extension à toutes ces supériorités des priviléges qu'elles méritaient chacune sur les infériorités du même ordre, cette réaction, dis-je, vint se résoudre dans l'absurdité égalitaire; et l'absurdité égalitaire n'étant qu'une négation idiote de tout ordre, vint se résoudre, elle, dans l'anarchie, la révolution, le ça ira, les aristocrates à la lanterne.

La philosophie eut donc tort dans l'ordre social de décréter le niveau égalitaire, ce qui ne lui appartient pas, ce qui d'ailleurs serait absurde et souverainement injuste, encore que ce niveau égalitaire fût socialement réalisable. Cette philosophie cependant eut raison, dans l'ordre religieux, de protester contre la compression du dogme chrétien.

Quoi qu'il en soit, on sent bien maintenant que cette position de la philosophie dut se reproduire parfaitement dans son système historique. Inutile est de dire qu'elle fit justice du système qui

(1) La richesse générale, la vérité, la justice, la liberté et le bonheur de tous, ne peuvent naître que du CONCERT DES INÉGALITÉS NATURELLES ET SOCIALES. C'est un théorème de science sociale rigoureusement démontré par Fourier. Voir les ouvrages de l'École sociétaire.

s'était concrété sous la plume de Bossuet au profit du christianisme. Cela renversé, il n'y avait plus que la conception historique ancienne. Vico et Valknaer la retrouvèrent et la restaurèrent. Mais ceci n'était point l'affaire du XVIIIe siècle. — Le XVIIIe siècle haïssait le christianisme, la royauté, la féodalité; il arrangea l'histoire pour servir convenablement ces trois haines : — il voulait une égalité contraire à la nature, et qui n'était qu'une vaine spéculation idéologique; il méprisa les faits de nature qui expliquent les raisons des faits historiques, et ne vit dans l'histoire que des textes à déclamations idéologiques.

Enfin, professant une croyance vague, flasque, indécise au progrès et à la perfectibilité, produite par l'effet des nouvelles lumières, il mit en honneur tout ce qui dans le passé lui paraissait avoir aidé au développement des lumières; il recueillit toutes les connaissances dans l'Encyclopédie, ce vaste et beau monument qui fait honte aux travaux vides de ces 25 petits littérateurs (1) d'aujourd'hui, qui, dans leur zèle pour la restauration des choses mortes, voudraient mettre à la mode un mépris absolu pour le XVIIIe siècle. Il ne leur appartient pas de traiter Voltaire par-dessous cuisse.

Le tort du XVIIIe siècle, c'est qu'il n'eut rien de tranché, pas même une négation formelle des termes du dogme; quant à l'avenir de l'humanité, rien d'arrêté, rien qui eût une valeur et un caractère; aussi ce XVIIIe siècle sans conception a-t-il eu des historiens, mais non une formule historique.

Toutefois, et nous voici amenés à notre époque, cette vague idée de perfectibilité que la philosophie du XVIIIe siècle avait mise en avant, Condorcet la prit vers la fin de ce siècle, et la poussa audacieusement dans l'avenir. Mais ce n'était toujours qu'une simple idée, un calcul de chances et de probabilités appliqué à l'avenir de l'homme; ce n'était pas encore une conception cosmogonique et humanitaire; ce n'était pas encore un dogme.

En Allemagne, dans une atmosphère panthéistique, Herder, Lessing et d'autres philosophes élargissaient cette idée du développement successif de l'humanité. Enfin, elle passa à l'état de dogme dans le sein d'une école qui jeta naguère un vif éclat, en lui donnant le baptême sous le nom de « Dogme du Progrès. »

Vingt-cinq ans avant cette époque, un homme obscur et inconnu s'était aussi mis à l'œuvre.

---

(1) Il est ici question des 25 ou 30 jeunes gens qui, depuis quelque temps, *restaurent le christianisme* dans les revues, les feuilletons et quelques romans.

Cette croyance au Progrès indéfini, méconnaissant la Loi de l'équilibre universel des vies (ainsi que je l'ai établi déjà), admit à priori et contrairement à l'analogie fournie par l'existence de tous les Etres, que le progrès était un fait universel, indéfini et sans cesse croissant. Elle admit la naissance et non la mort, l'ascendance et non la descendance ; si bien que la conséquence logique, c'était que l'univers, que tout ce qui est, « est sorti de rien et marche à l'infini : » — absurdité flagrante à priori.

La fausseté de la conception dogmatique se manifesta de suite dans le développement de la conception historique, qui précéda même la première et l'entraîna ; admettant la loi du progrès continu et indéfini, il fallait bien admettre historiquement, d'une part, que jamais l'humanité ne s'était arrêtée et n'avait rétrogradé, ce qui était historiquement faux : — et, d'autre part, que tout ce qui avait été, ayant été conforme au progrès, avait été bon, juste, convenable. Le mal et le bien, le bien et le mal servaient également au progrès, se légitimaient aussi bien l'un que l'autre par le progrès ; la notion du Bien et du Mal se perdait, s'absorbait toute entière dans une pareille notion du progrès indéfini, ou plutôt du progrès — non défini.

Aussi fallait-il laisser l'un et l'autre, le mal et le bien, dans l'avenir de l'humanité et du monde ; aussi était-on réduit à dire : Tout progrès est un enfantement, tout enfantement une douleur !

D'où il est clair que l'avenir du progrès continu était un avenir de douleur continue, et dès-lors, que signifie ce mot progrès ? et pourquoi l'homme aimerait-il le progrès ? — La fausseté de la conception est flagrante à posteriori aussi bien qu'à priori.

Arrivés ici, Messieurs, jetons un coup d'œil en arrière pour nous résumer.

V.

Résumé sur les fausses conceptions théogoniques et historiques précédentes.— Principe sur lequel repose la conception de la vraie Destinée humaine.

Nous avons dit que l'humanité étant une des vies de l'univers, une des manifestations partielles de la vie totale, la loi du développement humain n'était qu'un fait cosmogonique particulier ; qu'en conséquence, une formule historique quelconque, fausse ou vraie, correspondait toujours à une conception cosmogonique parallèle, fausse ou vraie.

La vérité de ce principe est d'ailleurs ressortie de l'examen critique auquel nous nous sommes livrés sur les principales conceptions historique connues ; si bien que nous pouvons nommer du même nom soit le dogme, soit la conception historique correspondante.

Or, ces conceptions connues se réduisent à trois :

Celle de la déchéance de l'homme, qui nie la Destinée terrestre de l'homme et l'Ordre-universel depuis la chute, et plante sur la terre jusqu'à la fin du monde le drapeau du mal. — Nous la laissons de côté.

Puis, la conception panthéistique ancienne, qui applique à des fractions disjointes de l'humanité la loi qui préside au développement de tout Etre complet.

Et enfin, la conception moderne du progrès indéfini, qui applique à l'humanité entière une fausse Loi.

Or, Messieurs, vous le voyez, dans la conception ancienne, c'es bien la loi de la vie universelle ; la loi est vraie, mais cette conception pèche par application d'une loi vraie à un objet incomplet. — Le résultat est faux.

Et dans la conception moderne l'objet de l'application de la loi est complet, c'est l'humanité tout entière ; mais la loi étant fausse, le résultat encore est faux. Voilà où nous en sommes, et nous voici obligés à le reconnaître avec Charron, qui l'a dit il y a trois siècles : « La plupart de nos opinions, voire les plus saintes et » mieux accréditées, sont fausses et erronées, et, qui pis est, la » plupart incommodes à la société humaine. »

Ainsi, Messieurs, voilà que nous avons déblayé le champ de l'histoire, nous l'avons nétoyé de tous les débris des édifices d'igno rance que le temps a renversés, car le temps est le grand justicier des erreurs. La place est nette maintenant, et c'est avec le génie de l'humanité qu'il faut aujourd'hui construire.

On l'a dit de nos jours, Messieurs, et nous en acceptons avec joie et religiosité l'augure, l'âge d'or est devant nous ! C'est avec cette foi que nous abordons la tâche, nous de la jeune génération

qui tourne avec confiance, courage et certitude, sa face vers l'avenir ; c'est sur l'étoile brillante de la Destinée humaine que nous
orientons nos pas et notre intelligence. A l'œuvre donc avec nous,
tous nos frères, car nous travaillons au bonheur commun ! A
l'œuvre comme nous, car le Dieu que nous adorons, c'est le Dieu
bon et propice qui a mis aux flancs de la terre les trésors enfouis,
qui verse les flots de lumière sur nos plaines fécondes, qui épanouit au soleil les corolles parfumées des fleurs. Notre Dieu, ce n'est
plus le Dieu cruel qui punit, ce Dieu acolyte du bourreau, qui a
marché jusqu'ici sur la terre à deux pas derrière le bourreau ;
c'est le Dieu qui gouverne par la magie du bonheur, l'éternelle
harmonie des mondes ! c'est le Dieu qui n'attend que le signal
de l'homme pour bénir son vaste domaine et lui rendre sur
la terre son paradis des premiers jours. — Car l'ange préposé à la
garde du paradis des premiers jours n'est pas, comme l'ont dit les
dogmes menteurs, un ange terrible armé contre l'homme, c'est un
ange qui tend la main à l'homme et lui sourit, — c'est un ange
du ciel, un frère de l'homme....

Nous ne voulons plus des erreurs passées et malfaisantes, nous
ne voulons plus des misères et des souffrances.

Nous ne voulons pas, avec la philosophie passée, faire des ruines et ne rien bâtir ; nous ne voulons pas, avec elle, cette égalité
monstrueuse et contre nature, qui est la négation même de l'ordre,
des harmonies hiérarchiques et des concerts , qui veut forcer l'enfant à marcher au pas du géant, ou imposer au géant le pas de
l'enfant ; nous ne voulons pas ce stupide niveau égalitaire sur la
tête de tous les hommes, parce que nous ne voulons de joug
sur la tête d'aucun homme, parce que nous voulons la justice et
la liberté, et que la justice exige les mesures proportionnelles aux
facultés différentes, et que la liberté exige le plein développement,
utile à tous , des facultés les plus différentes.

Nous ne voulons pas, avec la conception ancienne, cette triste
et fatale doctrine qui jonche à chaque génération la terre des dépouilles des peuples et éternise au sein de l'humanité la guerre
des nations, qui sont sœurs.

Et loin, bien loin de nous, enfin, le dogme inhumain du Dieu des
peines éternelles, ce dogme qui, pour masquer la cruauté du Dieu
qu'il avait inventé, s'est trouvé réduit à inventer la dégradation
humaine.

Ce que nous voulons, nous, c'est que l'humanité, ralliant en
un faisceau convergent ses puissances éparses et divisées, éteigne
enfin le flambeau des guerres, en se *posant Reine* sur son globe, et

le gouvernant en Reine. — Nous voulons, pour moyen, le travail, les sciences, les arts et la grande industrie; et, pour résultat, les immenses richesses et le bonheur à grands flots sur la terre. Nous voulons, pour avenir, le développement de toutes les facultés natives, de toutes les passions ralliées et convergentes au grand foyer d'activité humanitaire, la justice, l'ordre, et — sans bornes — la liberté.....

Ah! loin de la terre aujourd'hui la résignation de l'homme lâche et vaincu sous le mal! Plus de SACRIFICE sur la terre riante de l'avenir! — Nous avons trop souffert, les bras misérablement étendus sur l'arbre de la croix! l'homme a bu trop long-temps le vinaigre et le fiel à l'amère éponge de la dérision..... Le sang de l'humanité a trop long-temps coulé des plaies de son flanc percé par la lance! Le fils de l'homme ne doit plus être crucifié par l'homme.....

Le voilà donc enfin éclairci le mystère cruel de la passion! Qui ne voit pas maintenant Dieu crucifié dans l'homme crucifié? Qui ne comprend maintenant le sens de la triste et amère dérision de ce mot *ecce homo? Ecce homo! Voilà l'homme, voilà le roi!* Eh bien! voici le jour, pour l'homme, de jeter le roseau de la passion pour saisir enfin le sceptre du monde! Voici le jour du glorieux *ecce homo;* car ce n'est plus la sanglante couronne d'épines, c'est le diadème d'or qu'il faut au front du Roi.

Cette éternelle flamme de bonheur qui brûle en nos cœurs sans jamais s'éteindre, cette impérissable aspiration de l'humanité vers un sort heureux, digne d'elle et du Dieu qui l'a créée, c'est la boussole sur la mer, c'est l'étoile au ciel, c'est la révélation, la seule révélation qui ne soit pas menteuse et ne puisse faillir! car c'est la parole que Dieu parle à tous les Etres, le Verbe saint de la création! Plaçons donc notre œuvre sous l'invocation de cette puissance, nous tous qui voulons entrer dans la terre promise où ne coulera plus le sang des sacrifices et des immolations! Marchons, la face au ciel, dans cette voie du bel avenir! marchons l'espoir au cœur, cet avenir est à trois pas de nous; car c'est l'homme qui fait l'avenir.

Frères! Bénédiction! Eternelle bénédiction sur les cheveux blancs du vieillard trente ans crucifié qui nous en a montré la voie!....

Programme de la solution complète de la question entamée dans le discours précédent.

Quand ce discours fut prononcé à la tribune du Congrès historique, plusieurs personnes pensèrent que l'orateur avait passé tout son temps hors de la question. Ces personnes n'avaient pas bien compris la discussion établie dans la première partie de ce discours. On se convaincra que l'orateur est resté dans sa question, en jetant un coup d'œil sur le cadre dans lequel devait être disposé le travail dont le commencement seulement a été produit. Voici ce cadre.

QUESTION. --- *Déterminer par l'histoire si les diversités physiologiques des peuples ont influé sur les diversités des systèmes sociaux auxquels ces peuples appartiennent.*

PREMIÈRE PARTIE. *Prodrome.* -- Détermination d'une conception cosmogonique et d'une méthode scientifique.

DEUXIÈME PARTIE. *Première prémisse.* --- Détermination de la formule historique du développement de l'humanité, déduite de la conception établie en prodrome, et vérifiée par la méthode scientifique.

TROISIÈME PARTIE. *Seconde prémisse.* --- Détermination de la formule de distribution naturalogique des races humaines, déduite de la conception établie au prodrome, et vérifiée par la méthode scientifique.

QUATRIÈME PARTIE. *Conclusion.* --- Examen des corrélations historiques entre les diversités des races et les diversités des systèmes sociaux et réponse positive ou négative à la question. --- (Cette dernière partie, pour être complète, exigerait cinquante volumes ; car il ne s'agirait de rien moins que de refaire l'*histoire universelle* et de suivre les races à travers toutes leurs fluctuations sur le globe. Toutefois on donnerait à la question une solution suffisamment rigoureuse en limitant le travail à l'histoire spéciale d'une seule nation européenne, de la nôtre par exemple. On pourrait même se contenter d'une simple solution *à priori* appuyée seulement *à posteriori* sur quelques-uns des faits les plus saillans et les plus vulgaires de cette histoire. --- C'est le parti auquel on s'arrêtera lors de la continuation du travail commencé ici.)

La SECONDE PARTIE, *détermination de la formule du développement de l'humanité,* était le principal objet que j'eusse en vue en prenant une question dans le programme du Congrès. J'aurais même parlé sous ce titre s'il ne m'eût pas été répondu par la commission du Congrès, lorsque je lui en adressai la demande, qu'il était trop tard pour que de nouvelles questions fussent ajoutées à celles du programme, mais que je pouvais prendre — *pour la forme* — une question quelconque dans le programme, et traiter le sujet qui me conviendrait sous le titre de la question quelconque.

Je pris donc pour thème la question des races, qui contient, comme je l'ai prouvé, celle que je voulais traiter, et qui exigerait un long travail pour être convenablement développée. En me mettant à l'œuvre, j'espérais remplir la première et la deuxième partie de mon cadre, et donner sur la troisième et la quatrième des aperçus suffisans pour les dessiner. Je n'eus que quelques jours à ma disposition; je vis le sujet s'étendre sous ma plume sans avoir le temps de le resserrer, et la séance de lecture arrivant, je me présentai à la tribune avec le travail incomplet que l'on vient de voir. C'était d'ailleurs bien assez long déjà pour un discours (1).

Toutefois, si ce discours n'est pas achevé quant à la thèse particulière que je viens de signaler, il n'en a pas moins un sens arrêté, déterminé et fini comme discours philosophique. C'est un plaidoyer contre la croyance à la permanence fatale du mal. Il s'agissait ici d'établir le théorème de l'excellence de la nature humaine et de sa glorieuse Destinée sur la terre *que l'homme doit régir*.

Je vais maintenant indiquer sommairement comment aurait été rempli le cadre présenté tout à l'heure.

SOMMAIRE DES 2ᵉ, 3ᵉ et 4ₑ PARTIES.

La DEUXIÈME PARTIE, — *Détermination de la formule du développement de l'humanité*, — se divise en deux sections : 1° Examen critique des principales formules émises sur ce sujet ; — 2° Exposition de la formule véritable. La première section a été fournie. Quant à la seconde, voici comment elle devra être traitée.

Nous considérons comme vérités démontrées dans la PREMIÈRE PARTIE et la première section de la SECONDE PARTIE :

1° Que la vie humanitaire est liée à la vie universelle, et que la loi du développement de l'humanité est la même que celle qui préside au développement de toutes les vies dans l'univers.

2° Que l'humanité, — indépendamment des Destinées antérieures et ultérieures des vies passées et futures de ses membres —, a une DESTINÉE SUR CETTE TERRE, et que sa fonction terrestre est l'exploitation, l'embellissement, en un mot la GESTION DE SON GLOBE.

3° Enfin que cette Destinée de l'humanité doit être pour elle une Destinée de bonheur, de gloire et de royauté.

Il résulte de là que le cours du développement de l'humanité sur un

(1) Les inconvéniens de ce genre seraient évités si les Organisateurs du Congrès faisaient connaître long-temps à l'avance les questions qu'ils proposent. Comme cela on apporterait des travaux complets, non des improvisations incomplètes.

globe présente généralement deux ordres d'états entièrement différens, tranchés et dont tous les caractères sont diamétralement opposés, à savoir :

L'état vrai, normal, l'état de Destinée : — c'est l'état dans lequel l'humanité ayant réuni tous ses membres, concentré toutes ses forces sur l'œuvre de l'exploitation et de la gestion de son globe, gouverne son globe d'un pôle à l'autre, le régit *comme domaine d'un seul homme*, et développe par son intelligence et sa force tous les élémens de richesse et de joie versés à pleines mains par Dieu, — les puissances supérieures,— dans le vaste champ de la création.

L'autre état, c'est l'état faux, anormal, hors de Destinée ; l'état dans lequel les hommes, au lieu de travailler unitairement d'un pôle à l'autre au développement du bonheur commun, à la gestion de leur globe, ravagent et dévastent ce globe, se battent, se dévorent entre eux, et vivent au sein des guerres et de toutes les misères, au lieu de vivre au sein de l'harmonie et de nager dans l'océan des richesses et des joies.

Il faudra donc distinguer dans l'étude du développement de l'humanité :

Les temps *harmoniques*; pendant lesquels la marche du mouvement humanitaire est régulière et continue ;

Les temps *subversifs*, pendant lesquels le mouvement humanitaire fractionné n'est assujéti à aucune loi régulière et se fait toujours au sein des agitations désordonnées et des chocs des élémens hostiles.

Je montrerai comment la conception cosmogonique établie au prodrome fournit la preuve *à priori* de la validité de cette division en époques *harmoniques* et époques *subversives*. La discussion de ce sujet éclaircira complétement le haut problème connu sous le nom de l'*origine du mal*, problème resté jusqu'ici sans aucune solution sensée, et sur lequel on divague encore étrangement chaque jour.

Une fois ces données générales établies, on procéderait à l'étude du *développement de l'humanité*.

Cette question est fonction de deux termes : la nature de l'homme, la nature du milieu dans lequel l'homme est placé. On conçoit en effet qu'en faisant varier l'un et l'autre de ces termes, on ferait nécessairement varier les formes du développement de l'humanité.

La question scientifique du développement doit donc être ainsi posée : *étant donné l'homme et connue sa nature ; étant connue également la nature du milieu dans lequel il est placé, trouver les lois de son développement dans son milieu.*

Ainsi il faudrait établir ce que l'on doit entendre par la nature de l'homme, faire connaître cette nature, et montrer comment cette nature doit agir au sein des circonstances successives qu'elle rencontre sur un globe comme le nôtre.

On montrerait que, — contrairement à l'esprit de la plupart des philosophies qui ont régné jusqu'à nos jours, — c'est le SYSTÈME PASSIONNEL de l'homme qui constitue principalement et fondamentalement sa nature. *L'homme n'est actif que parce qu'il a des* PASSIONS. Les philosophes ont défini l'homme une intelligence servie par des organes ; rien n'est plus pitoyable que cette définition ; c'est oublier le roi dans la définition d'un royaume : l'intelligence et les organes ne serviraient de rien, ne bouge-raient pas, resteraient dans l'immobilité absolue sans la Passion, force motrice qui les met en jeu. Notre intelligence, nos forces physiques, sont les instrumens que nous mettons en mouvement pour travailler dans le sens de *nos désirs*, pour faire ce que veulent nos Passions. Tout acte, utile ou nuisible, bon ou mauvais, ignoble ou sublime, est toujours un résultat de désir, autrement dit de Passion.

Ainsi, la Passion, — dans l'acception la plus large du mot, — est l'essence même de l'activité humaine. C'est donc l'étude du système pas-sionnel de l'homme qui doit donner la raison et la loi des effets de l'acti-vité humaine, c'est-à-dire du développement social de l'humanité sur un globe.

La solution scientifique et générale de la question exige donc que l'on fasse connaître le système passionnel de l'homme, ou, tout simplement, l'homme — ignoré complétement, pis qu'ignoré, falsifié, si je puis dire ainsi, par tous les docteurs qui ont jusqu'ici prétendu le révéler.

Or, nous verrions que le clavier passionnel de l'homme est composé de douze touches, dont cinq appartiennent plus spécialement à l'ordre maté-riel, quatre à l'ordre animique, les trois dernières correspondant au prin-cipe régulateur.

— Ces douze Passions primitives, ressorts de l'activité de l'homme, sont faites pour l'unité, et aspirent au bonheur, dont elles sont les élé-mens.

— Les temps *subversifs* sont caractérisés par le jeu incomplet, faux et anarchique de ces passions.

— Les temps *harmoniques* sont caractérisés par le jeu complet, libre et unitaire de ces mêmes Passions.

— Notions positives du progrès dérivant des conditions du milieu dans lequel l'homme est placé et du jeu de ses passions successivement déve-loppées dans les différentes périodes sociales qui constituent l'enfance de l'humanité.

— Dominance proportionnelle de chaque passion dans ses périodes successives.

— Périodes harmoniques ; — plein développement des Passions au sein de l'unité sociale.

— Causes du déclin social ; — vieillesse de l'humanité ; chute en sub-version postérieure, et fin de la vibration descendante.

On démontrera que, conformément à la loi générale de la vie, les époques *harmoniques*, fortes et heureuses sont de très-longue durée, comparativement aux époques *subversives*, faibles et douloureuses, dont on donnera d'ailleurs la raison d'être.

Preuves historiques ou *à posteriori* de la formule du développement présentée.

TROISIÈME PARTIE. — *Détermination de la loi de distribution natura-logique des races.*

— Preuves *à priori* et *à posteriori* de la diversité native et mesurée des races humaines. — Formule de distribution.

QUATRIÈME PARTIE. — Preuves *à priori* et *à posteriori* de l'influence des diversités physiologiques des peuples sur les systèmes sociaux auxquels ces peuples ont appartenu.

Le court programme que nous venons de donner prouve que nous avons envisagé le problème dans toute sa largeur. D'ailleurs, nous traiterons par la suite la série des grandes questions que sa solution exige et dont nous venons de présenter les énoncés. Ces hautes matières occuperont une notable place dans les publications de l'École sociétaire; aussi espérons-nous être suivis dans nos discussions par toutes les intelligences qui s'intéressent vivement à la dignité et au bonheur de l'humanité.

V. C.

LOI DE CORRÉLATION

DE LA

FORME SOCIALE ET DE LA FORME ESTHÉTIQUE.

𝕯𝖎𝖘𝖈𝖔𝖚𝖗𝖘

PAR

EUGÈNE DIZALGUIER.

LOI DE CORRÉLATION

DE LA

FORME SOCIALE ET DE LA FORME ESTHÉTIQUE (1),

Par M. Eugène D'IZALGUIER.

PREMIÈRE PARTIE.

I.

Messieurs,

Cette belle parole de saint Augustin, — *Nulla est homini causa philosophandi nisi ut beatus sit,* — ne devrait-elle pas être la devise de toutes les sciences? et la négation du principe qu'elle renferme n'est-elle pas au contraire, aujourd'hui, le vice radical et délétère de presque toutes? — Que si vous cherchez un lien qui les rallie à un même centre, une tendance hiérarchique qui les coordonne et les fasse converger vers un même but, LE BONHEUR

(1) Ce mot, trop peu usité en France, exprime, en racine, les impressions que nous recevons par les sentimens et par les sensations. Il caractérise donc très bien les arts littéraires et les beaux-arts, qui agissent sur nous par ces deux moyens, et que, par conséquent, nous pouvons nommer collectivement *arts esthétiques.* La *science esthétique* est la science qui préside à ces arts. Ce mot fut créé vers le milieu du dix-huitième siècle par *Baumgarten,* qui, le premier en Allemagne, tenta de fonder cette science.

DE L'HUMANITÉ, vous chercherez en vain. Au lieu de cette double loi de collectisme et d'individualité qui préside à tout ensemble harmonique, vous ne trouverez que divergence entre toutes, haine réciproque, ou du moins ignorance et insouciance de l'une aux affaires de l'autre : car chacune s'abstrait du *tout* social, se fait un cercle individuel, se pose des problèmes indépendans de toute considération extérieure, et, dédaigneuse d'autrui, se replie sur elle-même et se mure chez soi.

Divergence partout, dans toute œuvre et toute pensée. Divergence ! c'est l'égoïsme dans toutes ses variétés, présidant à toutes les sphères de l'activité humaine ; c'est la plaie hideuse que l'on trouve au fond de toute chose, le cancer qui ronge l'humanité au cœur. C'est aujourd'hui le mot sacré, le mot inscrit au drapeau de toute école intellectuelle; et naguères vous l'avez vu sur l'oriflamme de la secte artistique : L'ART POUR L'ART. Jamais immoralité ne s'afficha avec plus d'impudeur.

Or, que cela soit immoral, en vérité il importe peu à grand nombre de ceux qui s'ingèrent au travail artistique, et il n'y a nul profit à le leur dire. Peu soucieux qu'ils sont des convenances, il n'est guère possible de les attentionner aux questions esthétiques qu'en traitant ces questions dans un but d'exploitation plastique. Loin de leur dire que la divergence est anti-morale, anti-religieuse, anti-sociale, mieux vaut leur faire voir qu'elle leur est nuisible, qu'à elle seule il faut demander compte de leur stérilité actuelle, de la paralysie de leur génie, de la stagnation de leur travail; et que la loi contraire qu'ils méconnaissent, la loi de convergence, de coopération au bonheur humanitaire, est désormais la seule qu'il faille suivre, la seule qui puisse renouveler leur pensée morte et donner un emploi à leur forme oisive. Après avoir démontré que là est une riche mine à exploiter pour celui qui veut en faire métier, on pourra ajouter, pour les quelques-uns qui n'ont pas fait abnégation de toute dignité, que là aussi et là seulement est la moralité de l'Artiste, la sanction de son œuvre, l'accomplissement de la mission qui lui a été confiée, mission encore si peu comprise et pourtant si généreusement exaltée par la reconnaissance des peuples et si haut placée dans leur vénération.

Cette considération du but social est en effet la seule source de vie et de renaissance pour l'Art. Le critique qui, armé de ce flambeau, parcourrait le champ de l'Esthétique, jetterait infailliblement sur beaucoup de points obscurs de son domaine des clartés inattendues, porterait en tout sens des solutions inespérées, et sans courir le risque de se fourvoyer, pourrait explorer en entier le labyrinthe où s'égarèrent toutes les poétiques. — Celui-là serait le bien-venu, le messie de l'Art, le sauveur de bien des individualités jeunes et pleines de force, ayant en soi une féconde puissance d'expression plastique, qui se perdent aujourd'hui en de vaines recherches de pensée, s'usent à cette fiévreuse déception du génie formulateur qui ne trouve où attacher sa formule, et, enfin, suivant que la conscience les retient ou que la misère les pousse, se vouent à l'inertie ou s'acharnent à l'œuvre de niaiserie et d'immoralité qui procure de l'or.

Sans nous engager plus avant dans l'examen des moyens de rénovation qu'offre à l'Esthétique LA CONVERGENCE, examinons seulement, pour en venir à légitimer notre but ultérieur, quel est le principe général où conduirait cette manière de spéculer.

Le premier effet de la divergence, l'effet le plus nuisible, a été la scission entre l'*Utile* et le *Beau*. D'un côté, se sont élevés les utilitaires; de l'autre, les artistes, s'ignorant les uns les autres et retranchés dans deux camps hostiles. Or, voilà une haine maladroite qui prive deux corps, divisés de but et d'intérêt, de tous les avantages et de toutes les forces qu'ils auraient mutuellement trouvés dans leur union; qui ne laisse à l'un que l'aridité d'une arithmétique étroite, à l'autre que le vague d'un poétisme incompris; qui les condamne tous deux à l'impuissance. Et c'est en vérité une malencontreuse scission; car de ces deux choses, l'UTILE et le BEAU, chacune est, de création divine, la condition vivifiante de l'autre, condition inéluctable et *sine quâ* NON; car entre elles il y a une corrélation aussi intime qu'entre les notes élémentaires d'un accord musical dont l'existence dépend de la fonction simultanée et proportionnelle de chacune; car leur isolement produit leur faiblesse, et de la non participation à l'activité d'ensemble résulte nécessairement leur dépérissement et leur mort.

Celui qui nierait cette loi n'aurait jamais vu d'œuvre de Dieu, car elle est inhérente à toutes. Partout, dans la création, le beau est la formule, la manifestation du bon ou du vrai; le laid, la formule, la manifestation du mauvais ou du faux: partout coexistence, accord harmonique du mode mathématique ou rationnel et du mode formulateur ou esthétique. Voilà la loi dans son immutabilité. — Et si vous la considérez par rapport à la variabilité des choses humaines, vous allez voir que son mouvement est rigoureusement gradué; vous allez voir que plus une chose est près de son utilité radicale, de sa vérité mathématique, plus aussi elle est près de sa forme parfaite; que sa modalité utilitaire et sa modalité esthétique progressent simultanément vers leur archétype; et

8

qu'enfin, lorsque toutes deux elles ont atteint leur maximum, la *Chose* est aussi arrivée à son point culminant de perfectionnement et de fonction.

Assimilez-vous ce premier principe. Approfondissez d'abord ce qu'il contient de belle analogie avec l'ordre universel des choses; excitez-vous ensuite à sentir ce qu'il y a d'éminemment poétique en lui, non de cette poésie vague, nébuleuse, mal colorée, mais de haute et puissante poésie, de poésie radieuse, mesurée, unitélique, de cette poésie qui consiste dans la convenance des hautes hiérarchies, dans la concordance de tout élément avec l'ensemble, de toute fonction individuelle avec la destinée générale. Examinez et sentez; et lorsque vous aurez bien compris ce principe, lorsque vous l'aurez approprié à chaque sphère artistique, lorsque vous l'aurez fait onduler autour de chaque création de poète, lorsque par votre imagination vous aurez empreint de son caractère et illuminé de ses clartés toute œuvre possible dans le domaine de l'Art, — voyez s'il n'est pas fécond, s'il ne porte pas en lui une ère nouvelle pour l'Esthétique, une ère large, grandiose, sociale et religieuse.

La première conséquence à tirer de ceci, c'est la nécessité de rapprocher les deux sectes qui se sont divisées, d'inscrire sur un même drapeau les deux mots *art, utilité*, qu'elles ont pris pour cri de guerre; d'appeler autour de la réunion de ces deux devises tous les hommes et toutes les idées qui se sont réfugiés sous chacune d'elles; de les combiner, de les hiérarchiser, de les coordonner à l'œuvre sociale.

Et, tout d'abord, pour donner une direction aux arts esthétiques ainsi ralliés au travail humanitaire, il est nécessaire de connaître *le but et les conditions de leur activité* dans le milieu social où ils doivent fonctionner; et cela, non pas seulement pour la société d'aujourd'hui, mais encore pour celle d'hier, pour celle de demain, pour toute société possible dans le mouvement historique de l'humanité. Il faut, en un mot, et proposons-nous de résoudre ce problème : — DÉTERMINER LA LOI DE CORRÉLATION DE LA FORME SOCIALE ET DE LA FORME ESTHÉTIQUE.

II.

Ainsi énoncé, le problème contient dans sa généralité une foule de questions individuelles que tous les jours les esthétistes localisent dans telle ou telle partie de leur domaine, et que par cela même ils explorent avec des procédés exclusivement analytiques. Il est dans toute science un certain ordre de problèmes que l'on aborderait en vain isolés les uns des autres, et que l'on ne parvient à résoudre qu'à la condition de les réunir d'abord en faisceau pour en saisir la loi collective, de laquelle on déduit ensuite la solution de chacun d'eux. Or, toutes ces questions, que l'on sépare d'ordinaire, appartiennent dans la science esthétique à cet ordre de problèmes ; il est donc nécessaire de les rallier, ainsi que nous l'avons fait, autour d'un même centre, et d'employer à la recherche de leurs solutions le procédé synthétique.

Mais en devenant plus complexe, le problème est aussi devenu plus difficile : si le plus souvent l'on peut saisir, comme de prime abord et sans échafaudage logique apparent, les solutions fractionnaires d'ART, il n'en est pas de même pour les solutions générales. Pour celles-là on se contente volontiers de l'expression qui indique ; mais pour celles-ci, où plusieurs élémens viennent se compliquer, la formule doit être précise et rigoureuse, sous peine de ne représenter à l'esprit qu'une vague généralité.

Pour édifier la formule de solution de notre problème, aidons-nous donc de précautions logiques. Et d'abord, afin de fixer notre méthode, demandons-nous où et comment il faut chercher cette loi de corrélation que nous voulons déterminer.

Si nous en croyions quelques-uns qui ont fait école dans ces derniers temps, nous la chercherions directement dans les faits historiques. L'observation des faits sociaux d'une part, et d'autre part celle des faits esthétiques correspondans, nous conduiraient, disent-ils, à saisir les rapports qui les tiennent en mutuelle dépendance. Ceux-là ont abordé l'histoire avec le raisonnement que voici : — « Les choses historiques ont été jusqu'ici mal comprises, parce que ceux qui les ont interprétées étaient soumis à l'influence de l'esprit de système. Nous voyons que dans les sciences exactes, dans les sciences physiques, par exemple, c'est en observant d'abord attentivement et sans préventions les objets et les phénomènes qu'ils produisent que l'on parvient à en découvrir la loi. Agissons comme les physiciens, et comme eux nous découvrirons la loi des phénomènes soumis à notre observation. » — Cela paraît logique; mais comment est-il advenu que, d'accord sur la méthode, cette méthode ait produit dans leurs mains des résultats aussi différens, aussi contraires que l'étaient entre eux ceux où arrivaient les systématiques? N'y aurait-il pas quelque méprise?

Les faits historiques ont sans doute des propriétés aussi rigoureuses, aussi caractéristiques que les faits physiques. — Or, pour observer ceux-ci, les physiciens ont des organes, des procédés scientifiques qui les mettent en rapport certain avec eux : et de même je veux bien que, se plaçant avec impartialité devant les faits historiques, l'historien puisse avec son intelligence voir exactement leurs propriétés caractéristiques. — Mais encore, lorsque les physiciens ont ainsi déterminé l'individualité de chaque objet, leur procédé d'observation ne leur suffit plus à coordonner ces individualités, à en saisir la loi d'ensemble; pour cela faire, ils ont recours à des formules, à une langue mathématiq. L'historien n'est-il pas soumis à la même nécessité? Lorsque, avec le regard de son intelligence, il a constaté les individualités historiques, n'a-t-il pas besoin, pour en exprimer les rapports et l'ensemble, d'une langue mathématique? Et s'il en a besoin, où la trouvera-t-il?

Or, Messieurs, nous ne cherchons pas seulement des individualités, nous ne cherchons même pas seulement quelques rapports, mais une loi générale de corrélation : l'observation seule des faits ne saurait nous la faire découvrir; pour féconder cette observation, il nous faut une ALGÈBRE HISTORIQUE.

Lorsque vous voulez contempler un tableau, il n'est pas indifférent que vous vous placiez à tel ou tel point de vue : de même quand vous voulez contempler l'histoire, car l'histoire est un tableau. Que celui-là soit écrit avec des lignes et des couleurs, et celui-ci avec les passions et les puissances de l'humanité; que celui-là soit seulement spontané, et celui-ci à la fois spontané et successif; que celui-là soit simple, et celui-ci composé, peu importe : ils sont liés par une rigoureuse analogie. En face de l'œuvre picturale, de quelque endroit que vous regardiez, vous verrez des lignes, des couleurs et des ombres; en face de l'œuvre humanitaire, de quelque point que vous examiniez, vous verrez des faits, des noms et des dates : mais de même que, pour la première, un seul point existe d'où vous deviez la regarder pour la comprendre, de même pour la seconde.

Une fois placé là, — ces lignes et ces couleurs, ces dates et ces faits, tout à l'heure incohérens et vides de sens, vous apparaissent maintenant revêtus de leur expression, se groupent et se *en* ordonnent sous votre regard, et leur harmonie vient se ref *pensée.* votre âme, l'émouvoir et déposer en elle une saisissa *et disper-* Vous n'aviez aperçu que des élémens matériels, a *sous sa brillante* sés : l'animation s'est maintenant révélée à vo corporiété.

Ce point harmonique d'où tout est pa *sous la main du peintre* qui a créé, où tout vient se refléter *celui qui contemple ; ce* point que, devant le tableau artis *l'œil du spectateur cherche* et trouve comme par une inspi *son native, comment le trouver* devant le tableau humanitai *— Ce qui a produit toute activité* humaine et où toute acti *humaine a sa loi écrite, ce qui a dé-* terminé toute forme s *ale et où toute forme sociale doit cher-* cher sa sanction, c *a suscité toute manifestation esthétique* et où toute man *ation esthétique doit retrouver son titre et* son nom oubli *ou méconnus, ce qui enfin a généré l'histoire et* où vient se *oudre l'harmonie des choses passées, — est-ce au-* tre chose *ue l'*ORGANISME ANIMIQUE *ou passionnel et intellectuel* de l'h *me?*

Mais si l'organisme passionnel et intellectuel de l'homme est, comme nous venons de l'établir, le point de vue duquel il faut regarder les choses historiques pour en saisir la loi d'ensemble, n'est-ce pas encore évidemment avec cet organisme qu'il faut, ou même que l'on peut seulement les regarder? Et dès-lors, puisque l'œil et le point de vue sont identiques, chacun, lorsqu'il examine naïvement l'histoire, ne se trouve-t-il pas par cela même placé au point de vue convenable? Et dès-lors encore pourquoi s'inquiéter d'une méthode, et qu'est-il besoin *a priori* d'une algèbre historique?

Ceci, Messieurs, va nous conduire à une distinction sur laquelle il importe de s'entendre avant de passer outre.

Afin que nos idées se suivent bien dans un même ton, maintenons-les dans le milieu analogique où nous les avons placées, et continuons à mettre face à face, pour induire de l'un à l'autre, le tableau artistique et le tableau humanitaire.

L'œil du peintre, avons-nous dit, a généré son tableau : c'est en quelque sorte le mécanisme actif qui l'a produit; et par conséquent le tableau est adéquate à l'œil. Si votre œil était identique à celui du peintre, vous spectateur, placé devant son œuvre, vous la sentiez et la comprendriez aussi profondément que lui, car son œuv... ...erait adéquate à votre œil comme au sien. Mais tout autre peintre ... un œil différent de celui-là, et par conséquent vous ne comprendre... ...mplétement nul autre tableau, car nul autre ne sera adéquate à ... ...e organe. A la vérité, si par l'exellence de votre organisme, votre œ... ...t plus ou moins homologue à celui d'autres artistes, vous entrerez ... ...s ou moins avant dans la compréhension de leurs œuvres; mais co... ...ien encore y aura-t-il d'individualités artistiques tellement éloigné... ...de la vôtre, qu'il vous sera impossible de vous assimiler ce qu'e... ...auront produit! — Dès-lors si vous aspirez à comprendre tou... ...œuvre picturale, vous voilà obligé de chercher un moyen pour ... ...dre à volonté votre œil le plus semblable que possible à tout au...

— Vous observez d'abord que tous se ... ...emblent, en ce sens que tous ont dans leur mécanisme le mê... ...nombre de ressorts, et que ces ressorts sont de même natu... ...vous observez encore que la diversité de leurs individualités ... ...vient de la diversité de perfection de ces ressorts et de la diver... ...e de leurs modes de combinaison : vous êtes donc amenés à con... ...re que toutes ces individualités ne sont que des variétés d'un ... ...me type, type qui n'est autre chose, en dernière analyse, que la ... mathématique des formes et des couleurs. Vous déduisez d... là que si vous allez directement à cette loi mathématique qui contient dans sa généralité tous les organismes divers de l'œil humain, si vous la pénétrez, si vous en apprenez tous les détails, si vous venez enfin à en concevoir parfaitement le mécanisme, vous aurez acquis à votre œil la puissance de se généraliser : et dès-lors il vous sera possible de le rendre momentanément identique à tel œil voulu, dont vous connaîtrez *à priori* la loi de spécialité; et dès-lors, en face de quelque œuvre picturale que vous vous placiez, il vous sera facile de vous l'assimiler et de la comprendre.

— Appliquons au tableau humanitaire ce que nous venons de dire pour le tableau artistique.

Lorsque l'historien se trouvera dans des conditions d'organisme passionnel et intellectuel analogues aux conditions passionnelles et intellectuelles qui ont produit le phénomène historique qu'il examinera, il concevra ce phénomène, en saisira la raison d'être. Mais pour comprendre l'histoire dans sa généralité, il faut qu'il puisse comprendre tour-à-tour tous les phénomènes individuels qui la constituent, en rendant successivement son organisme animique *identique* à l'organisme animique qui a produit chacun d'eux. Or, comme nous l'avons vu pour l'œil physique, son individualité passionnelle et intellectuelle n'acquerra cette puissance de mobilisation et de généralité que par la connaissance complète du mécanisme humain typique, qui renferme en lui les causes variées à l'infini de toute chose historique. — Avant donc de regarder l'histoire, et pour en voir les rapports et l'ensemble, il aura dû étudier et comprendre intimement la loi de l'organisme passionnel et intellectuel de l'homme.

L'homme! voilà le livre où il faut étudier la raison d'être des choses, le prisme magique qui donne l'image et l'intelligence de l'univers, le sanctuaire éternel où sont déposées les lois de toutes les harmonies. — C'est dans ce sanctuaire, Messieurs, qu'il faut aller chercher notre loi de corrélation historique.

Si parmi ceux dont les noms sont vénérés, nous nous enquérons de quelqu'un assez instruit dans les mystères pour nous initier, ce sera en vain. Beaucoup, Psycologues et Idéologues, se sont dit préposés à la garde du temple, qui seraient fort en peine de nous en indiquer l'entrée. Beaucoup ont long-temps erré sous ses voûtes, long-temps cherché parmi ses statues et ses tombeaux, qui ne sauraient nous conduire au saint lieu de la révélation. C'est qu'il ne suffit point d'avoir jeté un coup d'œil orgueilleux sur le livre sacré, de s'être revêtu de la robe sacerdotale, et de venir proclamer à haute voix une menteuse consécration; il ne suffit point que les crédules aient applaudi de fausses paroles et nommé savans ceux qui les ont dites; car parmi ceux-là, vous n'en trouverez aucun qui sache la parole sacrée, aucun à qui il soit prudent de demander l'initiation.

Aussi de tous les hommes qui ont habité ce temple de la science, un seul a pu en percer le mystère. Ignoré de ses frères, parce qu'il cherchait la vérité en des lieux impénétrables à leur regard, assez puissant pour douter lui seul de ce que croyait le genre humain, assez audacieux pour croire ce que tous avaient nié, animé par de saints désirs, guidé par une religieuse attraction, il pénétra dans le sanctuaire. Et lorsque, après de longues veilles consacrées à lire le livre de vie, à étudier la loi de Dieu, à comprendre les symboles inconnus, à calculer les destinées, — il apparut au milieu des chercheurs du temple ; le rameau d'or à la main et enseignant l'harmonie universelle, — Eux, qui n'avaient pu trouver, ne voulurent pas l'entendre et se mirent à railler. — Et lorsque la foule, qui toujours espère en ses prophètes, vint au portique s'enquérir de cet homme, dont le nom était arrivé par hasard à son oreille, les prêtres de la science lui répondirent : « C'est un fou qui n'est pas des nôtres, et qui s'est introduit parmi nous ; nous ne l'écouterons pas, car nous avons hâte de vous chercher le bonheur. » — Et la foule les crut, et fit rentrer l'espérance dans son cœur ; car la foule aime à s'engourdir dans l'erreur, comme ces plantes maladives qui craignent toute chaleur excitante et cachent lâchement la tête dans l'ombre pour ne pas voir le soleil.

Nous, Messieurs, qui sommes venus en cette enceinte au nom de la vérité, nous ne flattons pas la vanité de certaines gens qui mettent leur gloire à entraver toute marche, à susciter par leurs railleries d'insidieuses préventions. Dédaigneux des sottes clameurs et des sots rires, élevons-nous hardiment aux régions supérieures, et contemplons le puissant génie qui nous a révélé la loi universelle. — Le nom de Charles Fourier a été déjà invoqué devant vous par deux orateurs de l'école sociétaire, qui se sont imposé, comme moi, la tâche de venir appliquer aux questions historiques la science lumineuse avec laquelle celui qui l'a découverte a construit l'harmonie sociale et calculé les destinées humanitaires.

C'est en m'aidant de ses travaux que je vais essayer de vous tracer une esquisse de l'organisme animique de l'homme, esquisse légère dans laquelle je n'accuserai avec précision que ce qui pourra nous aider à résoudre le problème qui nous occupe.

III.

§ 1er.

Toutes les fois que l'homme est mis en relation avec des choses, soit physiques, soit animiques, suivant que ces choses l'affectent, il jouit ou souffre. Par sa nature il craint la souffrance et fuit par conséquent ce qui peut l'occasioner; au contraire, il désire la jouissance et recherche ardemment ce qui peut la causer. Ce désir, cette tendance naturelle et primordiale vers la jouissance, cette faculté de l'éprouver, est ce que l'on nomme PASSION.

Donc, d'après la définition même, lorsque l'homme est mis en rapport avec une chose (physique ou animique), — s'il jouit, c'est que cette chose remplit les conditions désirées par sa passion; — si, au contraire, il souffre, c'est que cette chose ne remplit pas ces conditions.

Donc, en d'autres termes, et posons ceci en principe : — Puisque la jouissance résulte de la satisfaction d'une passion, elle est la manifestation directe ou positive de cette passion; puisque la souffrance résulte de la non-satisfaction d'une passion, elle est la manifestation inverse ou négative de cette passion. — Voilà les deux signes auxquels on peut reconnaître l'existence de telle passion dans l'ame humaine.

Cela posé, l'homme étant susceptible d'éprouver une infinité de jouissances diverses, il semblerait au premier abord qu'il a une infinité de passions : et dès-lors comment parvenir à connaître intégralement l'organisme passionnel, puisqu'il est composé d'une infinité d'élémens? — Supposez un homme grossier, nullement initié à la science musicale; supposez-le entendant pour la première fois une symphonie. — « Voilà, vous dira-t-il sans doute, une prodigieuse quantité de sons divers. » — Essayez de lui répondre que tout cela a été fait avec douze sons élémentaires soumis à certaines lois de combinaison, il ne vous croira pas. Pour le convaincre, vous lui ferez d'abord entendre ces douze sons primaires, et le prierez ensuite d'examiner un à un tous les sons de la symphonie, vous faisant fort de lui montrer dans chacun une combinaison de quelques notes de votre gamme.

Permettez-moi (sans toutefois vous comparer à l'homme grossier de mon hypothèse, dont vous voudrez bien excuser la maladresse), permettez-moi de faire pour les passions de l'homme
comme pour les sons de la symphonie, et de vous démontrer par
la même méthode que, — de même que tout son de celle-ci est
une combinaison des notes de la gamme musicale, de même aussi
tout phénomène passionnel chez l'homme est une combinaison
des notes primaires d'une GAMME PASSIONNELLE qui constitue son
organisme. Cette GAMME PASSIONNELLE, si vous voulez bien que
nous lui conservions ce nom analogique qui rend exactement ma
pensée, cette gamme passionnelle va être le premier objet de notre examen.

Au premier regard que nous jetons sur l'homme, nous voyons
en lui cinq sens, qui le mettent en relation avec le monde physique. Suivant que ces sens sont affectés, il jouit ou souffre ; à chacun d'eux correspond donc une passion dont il est l'organe. Ces
cinq passions, que l'on caractérise par le nom de *Sensitives*, constituent le premier ordre passionnel.

Si les passions de ce premier ordre nous mettent en relation
avec le monde physique, il en est d'autres qui nous mettent en
relation avec le monde animique. Celles-ci se nomment *Affectives*,
et se rangent sous quatre types : amitié, ambition, amour et af-
fection de famille. Les quatre affectives constituent le second ordre passionnel.

Ces neuf passions ne sont satisfaites qu'à certaines conditions.

1º A chacune d'elles correspond un ordre d'objets, avec lesquels
seulement elle peut se mettre en rapport : ainsi, l'ouïe perçoit les
sons ; la vue, les couleurs ; le goût, les saveurs ; l'amour perçoit l'a-
mour ; l'amitié perçoit l'amitié, etc. ; chacune enfin exige dans
l'objet de sa satisfaction une nature spéciale. Ces exigences constituent l'individualité de ces passions et sont définies par les mêmes noms qu'elles.

2º Les sons, les couleurs, les saveurs, etc., pour satisfaire les passions auxquelles ils sont perceptibles, doivent se présenter à elles,
— non-seulement en tant que sons, en tant que couleurs, en
tant que saveurs, etc, — mais encore suivant un certain mode
voulu.

La faculté de percevoir, d'une part la nature *essentielle* des objets
qui se mettent en rapport avec elle, d'autre part la *phénoménalité* de
ces objets, est-elle inhérente à chacune de ces passions ? ou bien
réside-t-elle ailleurs ? C'est ce dont nous nous assurerons bientôt.

—Quoi qu'il en soit, ces deux sortes d'exigences, les unes déterminant la nature essentielle des objets de la satisfaction passionnelle, les autres déterminant leur phénoménalité, constituent la loi de satisfaction et par conséquent d'activité des neuf passions nommées. Les premières étant définies par les noms mêmes de ces passions, nous devrons nous occuper surtout des secondes : c'est en les examinant que nous arriverons à connaître la loi de l'organisme passionnel. Examinons.

Pour mieux préciser notre observation, appliquons-la d'abord aux exigences de la passion de l'ouïe.

Si vous répétez long-temps à mon oreille le même son, cette monotonie me fatigue : je désire entendre un son différent, après celui-ci un autre, puis encore un autre, ainsi de suite ; je ne serai satisfait que lorsque vous ferez se succéder des sons divers et bien variés. Il y a donc en moi une passion que nous pouvons nommer passion de la *Variété*.

Dans cette succession de sons divers, les uns sont sympathiques entre eux et s'attirent, les autres antipathiques et se repoussent. Je suis également satisfait de ces deux sortes de rapports contraires. En effet :

Si vous facilitez ou réalisez le rapprochement de deux sons sympathiques, en les faisant vibrer simultanément, l'accord qui résulte de leur simultanéité me fait éprouver une jouissance supérieure à celle que j'éprouvais en les entendant séparément. Il y a donc en moi une passion qui désirait ce rapprochement, et que nous pouvons nommer passion de l'*Accord*.

Si, d'un autre côté, ayant deux sons antipathiques, qui par leur nature tendent à s'isoler l'un de l'autre, vous agissez contre cette tendance, en les superposant l'un à l'autre et les faisant vibrer simultanément, ce rapprochement contraire à leur antipathie, cette tentative de les mettre en accord me fait souffrir (1). Vous avez donc blessé en moi une passion qui aime le discord naturel, que vous vouliez détruire, et que par conséquent nous pouvons nommer passion du *Discord*.

La continuité de l'accord ou du discord serait monotone et dé-

_____

(1). On le voit, je considère ici la dissonance en dehors de toute combinaison musicale. L'emploi que l'on en fait, en la coordonnant de diverses manières à un ensemble, n'infirme en rien la conclusion que je tire du désagrément éprouvé par l'oreille quand elle la perçoit isolément. Et c'est ce désagrément même, c'est cette souffrance ressentie par la passion de l'ouïe, que l'on utilise, en plaçant *par un artifice de contraste* la dissonance dans des conditions telles qu'elle puisseaucialise la jouissance RÉSULTANTE causée par la combinaison musicale dans laquelle elle fonctionne.

sagréable à l'oreille, et la passion de la variété exige l'alternance de l'un à l'autre, comme elle a exigé la diversité des sons.

En examinant attentivement les autres conditions de la satisfaction de l'ouïe, nous trouverions qu'elles sont toutes, — ou des modifications des trois conditions nommées, variété, accord et discord, — ou des résultats de leur combinaison ; ainsi, la périodicité, les diverses espèces d'accord et de discord, etc., etc....

Donc la *Variété*, l'*Accord* et le *Discord* sont les exigences ou les vœux de trois passions : et puisque ces trois choses (variété, accord, discord) sont les conditions essentielles et primaires de la satisfaction de la passion de l'ouïe, nous pouvons dire que cette satisfaction est réglée par ces trois passions.

Or, Messieurs, si nous analysons une à une les autres passions de l'ordre sensitif et de l'ordre affectif, comme nous venons d'analyser celle-ci, nous verrons que — « la satisfaction de chacune d'elles est soumise de même aux conditions prescrites par ces trois mêmes passions que, pour cela, nous nommerons les trois passions RÉGULATRICES. »

Ainsi, pour toute jouissance, de quelque ordre qu'elle soit, besoin de changement plus ou moins fréquent, de variété, de retour périodique. — Ainsi, pour le besoin d'accord, de simultanéité, de superposition. En musique, accord de la partie haute et de la partie basse, du chant et de l'instrumentation. En amour, désir de satisfaire combinément l'ame et les sens. En ambition, désir de la gloire à la fois et de la fortune ; de même pour toutes choses. — Ainsi encore, pour le discord, amour du contraste, de l'antithèse, de l'intrigue, de l'antagonisme, de la dissidence, de la rivalité. — Partout enfin, besoin de satisfaire à la fois et successivement les trois régulatrices, d'aller de l'accord au discord, et de les équilibrer par la variété en alternant de l'un à l'autre.

Les trois régulatrices constituent le troisième ordre passionnel.

Fourier, que l'on a accusé, je ne sais pourquoi, de parler une langue inintelligible, a donné à ces trois passions les noms les plus poétiques à la fois et les plus vulgarisateurs.

Ce que nous avons nommé passion de l'accord, ce besoin de sympathie, cette exigence de la simultanéité de plusieurs jouissances qui par leur nature tendent à se rapprocher, à s'apposer l'une à l'autre, *componere*, Fourier la nomme COMPOSITE, passion qui aime le mode composé et se trouve blessée au contraire par le mode simpliste.

Ce que nous avons nommé passion du discord, ce besoin d'antipathie, cet amour des choses qui s'isolent, se retirent en elles-mêmes comme avec méfiance, cette passion qui préside à tous les actes de l'intrigant, cette verve de Figaro qui anime les calculs secrets du *cabaleur*, il la nomme CABALISTE.

Enfin, surprenant le gracieux symbole de ce que nous avons nommé passion de la variété, dans le vol agile, varié, saccadé du *papillon* amoureux au possible d'inconstance et de mouvement, il donne à cette passion le nom de PAPILLONNE.

Savez-vous, Messieurs, trois noms plus expressifs, plus clairs ou plus pittoresques ?

Résumons : Cinq passions sensitives nous mettant en relation avec le monde physique ; — quatre passions affectives nous mettant en relation avec le monde animique ; — et trois passions régulatrices, qui règlent le jeu et la satisfaction des autres, déterminent leurs modes de combinaison, leurs accords et leurs discords, qui, en un mot, les harmonisent.

En tout, douze notes typiques dans la gamme passionnelle. Voyez l'analogie : douze notes musicales, douze couleurs, *Douze*, le nombre souple, décomposable, mobile par excellence.

Puisque nous faisons une analogie, faut-il du moins que nous la fassions complète. Les douze couleurs élémentaires combinées dans les proportions de la gamme produisent une couleur, le blanc, qui les contient par conséquent toutes, et qui a pourtant une individualité bien caractérisée. — De même, de la combinaison naturelle des douze passions élémentaires résulte une passion synthétique, qui n'est satisfaite que lorsque toutes celles de la gamme sont satisfaites combinément et fonctionnent d'après leur loi. Suivant les différentes sphères où elle agit, elle pousse l'homme à l'ordre, à la pondération, à la mesure ; elle influence ses autres passions, comme le blanc influence les autres couleurs, leur donne des tendances plus générales, des exigences plus larges ; elle exige enfin la coordination convergente de toutes les *Unités* individuelles se ralliant à un centre et formant ainsi cet ensemble que Fourier nomme *Unitéique*. Et c'est pour cela qu'il nomme UNITÉISME la passion dont nous parlons. C'est elle surtout qui nous met en rapport avec Dieu, et l'on pourrait encore la nommer *Religiosité*, comme l'ont fait les phrénologues (1).

(1) Le mot *religiosité* est moins compréhensif que le mot UNITÉISME. Dans sa plus large acception, *religiosité* signifie ralliement convergent des hommes à Dieu ; mais n'exprime

Si le blanc est la coordination des couleurs primaires en une synthèse régulière, il est une autre couleur, le noir, qui est la négation permanente de cette coordination, et lutte sans cesse contre le blanc.— Il est aussi dans l'organisme passionnel une passion qui, niant la coordination mathématique ou juste des individualités voulue par l'UNITÉISME, s'éprend capricieusement de telle ou telle individualité et la supériorise à toute autre; qui, se mutinant contre l'ordre et la convergence, veut une indépendance folle et réalise la divergence. C'est à elle que nous devons cette singulière bizarrerie de la mode , ce caprice qui caractérise surtout notre nation , cet amour subit qui s'empare de nous pour je ne sais quelle gracieuseté, pour une monstruosité originale, pour un croquis, pour une féerie, pour une gentillesse, pour un rien : c'est elle enfin qui anime toutes ces choses qui, l'on ne sait pourquoi, obtiennent la *faveur*. Cette passion se nomme FAVORITISME dans la belle langue de Fourier.

Si l'UNITÉISME et le FAVORITISME sont, par leur caractère et leur dissidence, analogues au blanc et au noir, ils remplissent aussi, dans l'ordre passionnel, le même rôle que le blanc et le noir dans l'ordre des couleurs. Ces deux passions, comme ces deux couleurs, sont appelées en effet à toujours équilibrer leurs exigences contraires, à s'HARMONISER MUTUELLEMENT; et si l'une des deux agissait à l'exclusion de l'autre, toute harmonie serait détruite.

De même que chaque type de la gamme des couleurs se nuance et se gradue à l'infini, suivant qu'il se laisse plus ou moins attirer vers l'un ou l'autre des deux pôles, vers le blanc ou vers le noir; de même aussi chaque passion de la gamme passionnelle s'individualise diversement, suivant qu'elle se laisse colorer par le FAVORITISME ou par l'UNITÉISME.

Et encore, de même que la combinaison du blanc et du noir, dans une œuvre picturale, en détermine le caractère fondamental, de même aussi le caractère fondamental, la *teinte* de tout phéno-

pas généralement tout ralliement d'unités individuelles à un centre commun. Pourtant, le sentiment religieux et le sentiment général de toute hiérarchie résident dans une même faculté et se formulent par conséquent dans un même organe cérébral. Ceci du reste a été vaguement senti par les phrénologues; car les uns nomment cet organe, organe de la religiosité, les autres, organe de la vénération; or, on ne peut avoir de la vénération pour une individualité, qu'autant que l'on a conscience du rang qu'occupe cette individualité dans l'ensemble et de sa valeur par rapport aux autres individualités de la hiérarchie.

En thèse, nous pensons que la classification psycologique de Fourier, loin d'être infirmée ou même réellement contredite par celle des phrénologues, peut au contraire la généraliser, la préciser et la régulariser. C'est ce que nous essaierons de démontrer dans un mémoire spécial.

mène passionnel est déterminée par la proportion de FAVORI-
TISME et d'UNITÉISME qui a présidé à ce phénomène.

Si nous explorions complétement cette analogie, elle nous révé-
lerait la cause et la raison d'être de tout acte passionnel; et vous
savez combien la psycologie a erré dans ses interprétations de
l'activité humaine. Mais n'oublions pas notre but, et ne cherchons
dans l'organisme passionnel de l'homme que ce qui nous est nécessaire pour la solution que nous nous sommes proposée. Après
l'examen superficiel que nous venons d'en faire d'après Fourier,
qui en a minutieusement analysé tous les ressorts et savamment
déterminé le mécanisme, nous pressentons déjà quel jour nouveau la THÉORIE PASSIONNELLE découverte par lui peut jeter, non-
seulement sur la question qui nous occupe, mais sur toute question d'art.

Si, en effet, connaissant à fond les exigences de la nature
humaine, il a pu calculer avec précision les conditions *sociales*
les mieux appropriées à cette nature, les plus favorables à la satisfaction de ces exigences, — il sera possible aussi, profitant de
ses travaux sur les passions de l'homme, de calculer les conditions d'*art* les mieux en harmonie avec ces passions et les plus
capables de les satisfaire ou de les diriger selon le but de l'artiste.
Dès-lors toute combinaison esthétique aura sa loi et sa raison,
comme toute combinaison musicale, comme toute combinaison
picturale, comme toute combinaison de nombres, et la science sera
fondée: et nous n'oscillerons plus, comme le pendule, d'une ex-
trémité à l'autre, de l'étroite mesure d'Aristote à l'ignorante et folle
indépendance des poétiques contraires.

Après vous avoir fait entendre la GAMME PASSIONNELLE, il faudrait,
selon l'hypothèse musicale qui a précédé cette exposition, analyser
un à un tous les phénomènes de l'activité passionnelle de l'homme,
pour vérifier l'assertion que j'ai émise, à savoir — que tous sont et
ne sont autre chose que des combinaisons diverses des notes que
je vous ai dites. C'est à vous, Messieurs, à faire cette vérification:
toutefois, pour vous la rendre plus facile, il est nécessaire
d'ajouter à ce qui précède des observations d'un ordre plus
général, au moyen desquelles vous pourrez, au premier regard,
vous rendre compte de tous les effets passionnels qui se pré-
senteront à vous.

Et dès-lors vous pourrez aussi voir la raison de la ténébreuse
et stérile complexité de toutes les psycologies passées, qui ont obs-

tinément considéré comme causes élémentaires ce qui n'était que
des propriétés ou des effets de ces causes, agissant en cela comme
un musicien qui non-seulement confondrait les sons de la gamme
avec leurs diverses combinaisons, mais encore ne saurait pas reconnaître l'identité d'un même son qui se présenterait à lui avec
des intensités diverses.

Mais, alors même que vous serez convaincus que toute l'activité
passionnelle de l'homme se résout dans la GAMME que je vous ai
dite, que le mécanisme passionnel résulte du jeu des *douze*
ressorts nommés se coordonnant autour de deux pivots, l'UNI-
TÉISME et le FAVORITISME, — ne serons-nous pas encore bien
éloignés de notre but? L'esquisse que j'ai entrepris de vous faire
de l'organisme animique de l'homme ne sera-t-elle pas encore bien
incomplète? Car nous avons dit — organisme ANIMIQUE ou *Passionnel* ET *Intellectuel*, et jusqu'ici nous n'avons paru préoccupé
que de passions.

Pour vous faire prendre en patience, s'il est possible, la longueur de cette exposition métaphysique faite à propos d'une question d'art, je m'assure qu'il est bon de vous avertir que les observations auxquelles nous nous livrons pour arriver à la connaissance de l'activité passionnelle de l'homme, nous aideront aussi à
déterminer rapidement ensuite le mode de son activité intellectuelle.

§ 2e.

Puisque Dieu a déposé dans l'ame humaine douze passions, et a
assigné à trois d'entre elles la fonction de RÉGULATRICES pour
l'activité et la satisfaction de toutes, il faut conclure — que lorsque
l'homme satisfera ses passions selon les exigences de ces trois régulatrices, il résultera de son activité passionnelle, non-seulement
la jouissance et le bonheur pour lui, mais encore le BIEN selon la
volonté divine. Toute assertion contradictoire serait absurde ou
impie.

Or, toute activité, toute satisfaction, impliquent un rapport:
pour l'ordre sensitif, rapport avec le monde physique; pour l'ordre
affectif, rapport avec le monde animique. Donc, logique avec lui-
même, Dieu a dû — non-seulement créer dans ces deux mondes des
objets propres à se mettre en rapport avec ces deux ordres de pas-

ııons,—mais encore créer ces objets dans les conditions de *Variété*, d'*Accord* et de *Discord*, exigées par les trois RÉGULATRICES pour la satisfaction de chacune des autres. Ainsi, il a dû varier les couleurs et les sons de telle sorte que ces variétés pussent former toutes les combinaisons voulues d'accord et de discord, et il l'a fait : ainsi pour toutes choses qui sont perceptibles aux cinq passions sensitives, et il l'a fait : ainsi encore pour les individualités animiques avec lesquelles l'homme est appelé à se mettre en rapport d'amitié, d'amour, d'ambition, de famille, en un mot, en rapport affectif, et il l'a fait encore:— les savans calculs de Fourier l'ont constaté.

D'autre part, les sons étant gradués et nuancés selon les exigences de la passion de l'ouïe et des Régulatrices, nous voyons que l'homme a puissance de combiner ces sons en *Harmonie*, de telle sorte qu'ils donnent satisfaction à sa passion. Analogiquement, Dieu ayant gradué, nuancé, individualisé les choses physiques selon les convenances des passions sensitives et des régulatrices; gradué, nuancé, individualisé les caractères des hommes selon les convenances des passions affectives et des Régulatrices; l'homme n'a-t-il pas aussi puissance de combiner et de coordonner ces individualités physiques et animiques en une HARMONIE SOCIALE, de sorte à donner satisfaction *permanente* à *toutes* ses passions et se procurer ainsi le BONHEUR ? — Et s'il en a puissance, pourquoi ne le fait-il pas ? car, personne ne le nie, la société est partout DÉSHARMONIQUE, et l'humanité souffre.

Le plus beau privilége de l'homme, celui qui le supériorise aux autres êtres de son globe et le fait image de Dieu, c'est d'avoir puissance de création dans la sphère de son activité, et de ne recevoir créé de la main de Dieu que ce qui est en dehors de cette sphère. Ainsi, Dieu en lui transmettant les sons individualisés et nuancés dans la gamme, lui laisse le soin — et de découvrir la loi de combinaison de ces sons, ce qui constitue la science musicale, — et de créer les moyens physiques propres à réaliser pour lui cette combinaison, ce qui constitue l'industrie de l'instrument. Ainsi encore, il ne le fait pas naître homme complet, quoique le douant dès l'origine des germes physiologiques que par son activité il développe, à travers la faiblesse de l'enfance, la maladie et toutes les douleurs de l'expérimentation.

De même pour la sociabilité. Dieu ayant donné à l'homme tous les élémens de bonheur qui étaient en dehors de sa puissance de création, lui a laissé le soin—et de découvrir la loi de combinaison et d'harmonisation de ces élémens,—et de se créer tous les moyens pratiques nécessaires pour réaliser cette harmonisation. Or, ces moyens constituent la grande industrie de l'humanité, qu'elle a successivement conquise, à travers la faiblesse et les douleurs de son enfance, à travers la subversion sociale du passé ; — et la recherche de cette loi constitue le problème de la science sociale, problème qui, selon notre conviction, a été résolu par Fourier.

A ce point de vue, Messieurs, vous voyez sanctionnée la haute vénération dont nous aimons à entourer son génie.

Mais tant que cette HARMONIE SOCIALE n'est pas fondée, l'exertion passionnelle, au lieu de produire le BIEN, produit le MAL; car la passion est une force incompressible qui tend sans cesse à se développer dans le sens de sa nature, c'est-à-dire de sa loi. Et, si vous voulez me permettre cette comparaison banale, de même que la vapeur agissant dans une machine convenable à son activité, produit d'admirables résultats, et, au contraire, cause les plus effrayans ravages si elle agit dans de mauvaises conditions mécaniques; de même aussi la passion de l'homme fonctionnant dans le milieu social HARMONIEN, le seul convenable à son activité, produit le BIEN et le BONHEUR, — et, au contraire, le MALHEUR et le MAL, comme dans tout le passé, lorsqu'elle s'agite dans un milieu insuffisant ou contraire aux exigences de sa nature.

Donc, en résumé, dualité de la vie sociale de l'humanité, en âges SUBVERSIFS et en âges HARMONIQUES ; — dualité corrélative de l'activité passionnelle, en essor *Subversif* produisant le MAL, et en essor *Harmonique* produisant le BIEN.

Messieurs, vous devrez tenir compte de ces dualisations dans l'examen que vous ferez des phénomènes en vue de vérifier la gamme et la loi passionnelles que je vous ai sommairement exposées.

§ 3e.

Nous avons dit que Dieu ayant soumis la satisfaction passionnelle de l'homme aux exigences combinées des Régulatrices se coordonnant à l'UNITÉISME et au FAVORITISME, a dû distribuer, et en effet a distribué les objets de cette satisfaction d'après les conditions voulues par ces exigences. Notre expression a été vicieuse : Dieu ne fait pas ceci pour cela, mais ces deux choses l'une pour l'autre ; son regard voit simultanément, et dans sa pensée des convenances corrélatives des choses sont contemporaines.

D'autre part, les régulatrices fonctionnant de la même manière pour la satisfaction de toutes les passions, les conditions de *variété, accord* et *discord* sont les mêmes dans le domaine de chacune ; et par conséquent tous les objets qui doivent satisfaire à ces exigences doivent être variés, individualisés, nuancés, distribués, en un mot, suivant les mêmes conditions, ou, pour mieux dire, suivant le même type de distribution.

Or, Messieurs, cela est ainsi. Examinez les sons, les couleurs, les lignes, les odeurs, les saveurs, les impressions tactiles, etc., pour l'ordre sensitif; examinez encore les caractères des hommes, pour l'ordre affectif : vous trouverez toujours et partout une base de distribution analogue à celle que vous avez vue pour les sons, c'est-à-dire la *Gamme*. Dans tous ces ordres d'objets, lorsque les individualités ont été *déterminées* par la gamme, elles sont aptes, ainsi qu'en musique, à se mobiliser, à se combiner en une infinité de manières, de façon à satisfaire les Régulatrices, c'est-à-dire à produire l'HARMONIE. L'harmonie était donc latente dans la gamme.

Donc, premier type de détermination et de distribution des individualités, la *Gamme* : — ensuite mobilisation et combinaison à l'infini de ces individualités, toujours selon les exigences des passions régulatrices. Or, ces exigences étant rigoureusement déterminées, les modes de mouvement et de combinaison de ces individualités doivent l'être aussi. Ces modes, en effet, qu'ils soient exprimés par des sons, des couleurs ou des nombres, sont toujours analogues, et viennent se typer dans des formules mathématiques que Fourier nomme SÉRIES. — La SÉRIE *est donc la formule de satisfaction des Régulatrices*, c'est-à-dire *l'expression abstraite de* LA LOI D'HARMONIE PASSIONNELLE.

La *Gamme*, — base de détermination des individualités, — satisfaisant aussi aux exigences des régulatrices, appartient aux formules que nous venons de désigner par le nom générique de SÉRIES. Mais elle se spécialise en ce sens que, déterminant les individualités de manière à les rendre susceptibles de former entre elles des accords et des discords, elle ne réalise pas ces accords et ces discords ; dans l'harmonisation générale des choses, elle remplit la même fonction que le clavier dans l'harmonisation musicale; elle est en puissance d'harmonie, et je l'ai nommée *Gamme* pour la distinguer des formules sériaires au moyen desquelles l'harmonie est réalisée. Cette distinction divise les SÉRIES en deux classes : — les SÉRIES *gammes* ou préparatoires dans lesquelles l'harmonie est latente, — et les SÉRIES *effectives* par lesquelles l'harmonie passe en acte.

Ces deux classes se subdivisent successivement en ordres, genres, espèces, variétés, etc... Nous n'examinerons que la première de ces subdivisions, la seule qui devra nous aider plus tard à résoudre notre problème.

Nous avons remarqué dans l'organisme animique deux passions Pivotales, l'UNITÉISME et le FAVORITISME, qui remplissent dans l'ordre passionnel le rôle que remplissent le Blanc et le Noir dans l'ordre des couleurs. Nous avons vu que ces deux passions s'entagonisent par leurs exigences contraires; celle-là tendant vers la généralisation, celle-ci vers la spécialisation; celle-là synthétique, celle-ci analytique; la plus haute expression de celle-là étant DIEU, l'expression la plus précise de celle-ci étant l'individualité, le *moi*.

Dans toute combinaison d'élémens (du monde Physique ou du monde Animique) propre à satisfaire les passions Sensitives ou Affectives selon les exigences des Régulatrices, ces deux passions Pivotales remplissent la fonction fondamentale, s'équilibrant et s'harmonisant mutuellement : le FAVORITISME constituant l'individualité de chacune des unités élémentaires ; l'UNITÉISME constituant leur ralliement en une UNITÉ générale. — Si le FAVORITISME prévaut dans la combinaison, les unités élémentaires conserveront surtout leur indépendance, ne se ralliant à l'Unité générale qu'indirectement, et selon le caprice de leur individualité. — Si, au contraire, l'UNITÉISME domine, les élémens coordonneront surtout leurs exigences individuelles aux exigences de l'ensemble, mesurant leur indépendance à la Règle de la combinaison, et se ralliant au centre le plus directement possible, selon les indications les plus précises de la loi mathématique.

Donc, suivant que le FAVORITISME ou l'UNITÉISME dominera dans la constitution d'un ensemble, l'ordonnance qui en résultera, la SÉRIE, sera plus favoritique ou plus unitéique, c'est-à-dire plus divergente ou plus convergente, c'est-à-dire *libre* ou MESURÉE.

La Série *libre*, la Série MESURÉE, — telle est donc la division du type Sériaire en deux ordres; chacun se subdivisant et se variant selon des convenances d'harmonie dont nous n'avons pas à nous occuper ici.

Avant de passer outre, tirons de ce que nous venons de dire deux conclusions.

Puisque, d'une part, comme nous l'avons déterminé, la satisfaction de toutes les passions, suivant les exigences des Régulatrices, est la condition du bonheur de l'homme et la garantie que le bien résulte de son activité; et puisque, d'autre part, la SÉRIE est le calque suivant lequel doivent se distribuer et se combiner les élémens de la satisfaction passionnelle, pour que cette satisfaction soit réalisée; — Fourier s'étant proposé de construire une organisation sociale de laquelle résultât le bien et le bonheur, a dû nécessairement la construire par le procédé Sériaire. —Et voilà la raison du fréquent retour dans sa langue de ce mot *Sériaire* que quelques-uns ont trouvé inintelligible et bizarre, quelque complaisans qu'ils fussent d'ailleurs à comprendre la singulière et peu intelligible phraséologie de certaines philosophies.

N'oublions pas notre but, et à côté de la conclusion sociale plaçons la conclusion esthétique. Puisque la SÉRIE est le moule de la satisfaction passionnelle, elle sera aussi le moule de toute œuvre d'art. Les sons, les couleurs, les lignes, les formes, la langue, tous les moyens d'action de l'artiste, devront s'individualiser, se grouper, se coordonner, s'harmoniser, en un mot, selon LA LOI SÉRIAIRE; car plus ils lui seront convenans, plus aussi ils seront adéquates à l'ame humaine, et plus ils auront puissance de l'émouvoir. Et cette loi n'est ni vague ni étroite comme les poétiques du passé : la SÉRIE est large, souple, mobile, flexible à toute combinaison comme le vers du poète, douce et voluptueuse dans ses ondulations, précise et variée dans ses attitudes, nonchalante et saccadée à loisir, toujours riche de nouveauté, toujours féconde, toujours docile au désir de l'artiste. — Si nous la consultions, Messieurs, elle nous révèlerait un Plastique nouveau, le PLASTIQUE HARMONIEN.

§ 4°.

Après avoir constaté d'une part que les exigences passionnelles de l'homme sont fixes, rigoureusement déterminées, et que la loi de ces exigences réside dans les RÉGULATRICES; — après avoir constaté d'autre part que la distribution des choses, avec lesquelles l'homme est appelé à se mettre en rapport, est convenante à ces exigences, et que cette distribution, toujours analogue à elle-même, se résume en un type mathématique, la SÉRIE; — après avoir conclu que la SÉRIE est adéquate aux RÉGULATRICES, — nous voici amenés à résumer ainsi l'activité passionnelle : —

Par sa sphère SENSITIVE, l'homme se met en contact avec les choses *Physiques*, les sent, les apprécie, les connaît.

Par sa sphère AFFECTIVE, il se met en contact avec les choses *Animiques*, les sent, les apprécie, les connaît.

Par sa sphère RÉGULATRICE, il sent, apprécie et connaît les *Rapports* des choses, soit physiques, soit animiques.

Selon que les choses et les rapports satisfont ou non les passions de ces trois sphères, il trouve ces choses bonnes ou mauvaises, belles ou laides, et ces rapports vrais ou faux.

Or, Messieurs, connaître les choses et leurs rapports, juger de ces choses et de la vérité de ces rapports, n'est-ce pas là toute la fonction que l'on attribue à l'INTELLIGENCE ? L'activité INTELLECTUELLE de l'homme procède donc de son organisme PASSIONNEL.—Pour ceci encore, je vous dirai comme pour la passion : Analysez un à un tous les phénomènes intellectuels, et vous trouverez que tous résultent de la combinaison des notes de la gamme passionnelle que je vous ai succinctement exposée.

C'est donc toujours par les trois passions régulatrices que l'homme sent et juge les rapports, qu'il s'agisse de sons, de lignes, de couleurs, d'affections ou d'idées. C'est donc la même loi, la loi SÉRIAIRE qui doit présider à la combinaison de toutes choses; et les conclusions esthétiques que nous avons appliquées à la peinture, à la musique, au dessin, etc., s'appliquent encore à la logique.

Par son organisme PASSIONNEL, l'homme est donc en corrélation intime avec le milieu dans lequel il existe, corrélation à la fois PHYSIQUE, ANIMIQUE et INTELLECTUELLE OU MATHÉMATIQUE.

Et il est en corrélation avec les choses de ce milieu sous ces trois faces, parce que, sous ces trois faces, les propriétés et rapports de ces choses sont en convenance avec son organisme PASSIONNEL; et les propriétés et rapports de ces choses sont en convenance avec son organisme PASSIONNEL, parce que ces propriétés et ces rapports sont déterminés par la loi SÉRIAIRE adéquate à cet organisme.— Si les propriétés et les rapports de ces choses cessaient d'être convenans à la loi Sériaire, ils cesseraient en même temps d'être corrélatifs à l'organisme passionnel de l'homme, qui dès-lors ne pourrait ni sentir, ni apprécier, ni connaître ces choses et leurs rapports.

Or, si nos perceptions sensitives et affectives sont bornées et se localisent dans notre milieu spécial, il n'en est pas de même de nos perceptions régulatrices, ou intellectuelles, ou mathématiques. Par sa nature, au contraire, la sphère intellectuelle généralise les rapports que lui révèlent les deux sphères, sensitive et affective : des perceptions spéciales de celles-ci elle s'élève irrésistiblement, passionnellement à la plus haute généralité, et remonte à ce degré d'abstraction où elle perçoit, dans une certitude transcendante, — l'UNIVERSALITÉ DE LA MÊME LOI.

Comment l'intelligence se trouverait-elle adéquate à cette loi universelle, si cette loi universelle était autre que la loi SÉRIAIRE seule convenante à ses exigences mathématiques ? Et si cette généralisation de la loi spéciale n'était qu'une hypothèse de l'homme, hypothèse mensongère, — pourquoi Dieu, qui ne fait rien en vain, aurait-il donné à l'homme puissance et désir incessant de croire à cette erreur ?

Donc, par certitude passionnelle, par certitude mathématique, par certitude religieuse, LA LOI SÉRIAIRE EST LA LOI UNIVERSELLE D'HARMONIE.

Et Dieu, qui a voulu réaliser l'harmonie, a fait chaque chose convenante à cette loi ; a donné à chaque être de sa création des tendances irrésistibles vers cette loi ; a déposé dans la matière des forces, et dans les ames des passions, — et par ces forces et ces passions, la matière et les ames se meuvent suivant les convenances sériaires, attirées qu'elles sont vers l'harmonie et le bonheur.

Et ces forces et ces passions qui *attirent*, Dieu les distribue à chaque être selon le rôle qu'il veut lui faire remplir.—Et ces ATTRACTIONS déposées dans chaque organisme sont la révélation directe, certaine et incessante de la fonction et de la destinée assignées par Dieu à chaque organisme dans l'ORDRE UNIVERSEL.

C'est donc une belle parole, une parole sainte, harmonique et religieuse, que cette parole apportée au monde par Fourier : —

« LES ATTRACTIONS SONT PROPORTIONNELLES AUX DESTINÉES. »

Voilà le critérium du bien et du mal, du vrai et du faux ; voilà la raison d'être du mouvement des choses ; voilà LE VERBE.

§ 5e.

Ici, Messieurs, se terminera notre ascension. Rappelez à vous, dans un même regard, tous les points que nous venons d'effleurer dans notre trop rapide parcours; concentrez dans une même perception les vérités éparses que nous avons édifiées en tous sens, — et vous aurez en vous la vision intérieure de la grande coordination des HARMONIES.

Car nous étant successivement élevés, de l'homme à l'humanité, et de l'humanité à l'Univers, nous voici arrivés au sommet de la SCIENCE UNIVERSELLE, où le génie de Fourier a placé pour nous le phare de vérité.

Voyez aussi comme tout autour de nous est inondé de lumière; comme nous apparaissent les écueils où s'égarèrent tous les explorateurs; comme les routes sont radieuses; comme il nous est facile de parcourir ces mondes mouvans, de comprendre ces harmonies qui se croisent avec mesure et se combinent en un vaste concert; comme les astres nous disent leur jouissance, alors que leurs humanités s'épanouissent au bonheur après la douloureuse initiation; voyez comme la création tout entière nous révèle les secrets de sa vie et de sa destinée; voyez comme elle obéit avec amour à l'ATTRACTION, ce désir de Dieu.

En face de ce spectacle, rappelez-vous, s'il est possible, les conceptions des philosophes, et comparez!

Mais, de ces hautes contemplations, ramenez vos regards sur notre globe, et voyez encore de combien de clartés notre domaine vient d'être illuminé.

Les ténèbres ont disparu, l'erreur s'est dissipée. Toutes ces forces, qui luttaient et se choquaient dans l'ombre, s'harmonisent au grand jour. Tout ce qui se glaçait et se mourait dans la nuit froide, se réchauffe au nouveau soleil et revient à la vie. Le bonheur a été enfanté dans la souffrance, et la souffrance a fini. Le creuset douloureux, où s'élabora l'harmonie sociale, a produit son œuvre. Le passé, ce moule de l'avenir, devenu trop étroit, s'est brisé en éclats, et la belle statue nous apparaît. Après sa longue enfance, l'humanité est enfin nubile et sort de ses langes, svelte, gracieuse, passionnée, souriant au ciel, et cherchant le POÈTE.

Poète, Dieu t'a confié sa fille bien-aimée. Toi qui l'endormis dans son berceau, toi qui la suivis dans ses folles rêveries d'enfant, toi qui la consolas dans ses jeunes douleurs, qui lui dis de mystérieux et poétiques mensonges pour la distraire de ses larmes, toi qui l'apaisas dans ses effervescences, dans ses mortelles colères, toi qui souvent mêlas tes plaintes à sa plainte, alors qu'elles pouvaient soulager son cœur souffrant, Poète, — voici qu'elle t'appelle et te demande des chants de vérité, des chants de joie, des chants d'amour. Brise ta vieille lyre, ta lyre au son lugubre ; le génie qui lui apporta le bonheur t'apporta aussi une lyre nouvelle. —Écoute :

Voici que l'ame humaine est un riche clavier à douze touches sonores ; voici que l'harmonie t'en est révélée ; voici que pour jeter l'émotion à ton gré, Dieu t'a donné des sons, des formes, des couleurs, et Fourier t'apporte la langue harmonienne ; voici dans ta main la baguette magique d'ATTRACTION. —Te voici de nouveau revêtu du saint sacerdoce, de nouveau préposé à la garde de l'humanité.

Mais pour la diriger dans sa vie, étudie ses Attractions, connais sa Destinée ; et d'abord pénètre le mystère qui, dans les décrets harmoniques, la tient éternellement soumise à ta puissance.

Nous voici, Messieurs, ramenés à DÉTERMINER LA LOI DE CORRÉLATION DE LA FORME SOCIALE ET DE LA FORME ESTHÉTIQUE.

IV.

Cette fois du moins sommes-nous en mesure de déterminer cette loi ?

Nous étant d'abord demandé où et comment il fallait la chercher, et nous étant proposé, suivant le conseil le plus certain des écoles historiques, de procéder à cette recherche par l'observation et la comparaison des faits de l'histoire, nous nous sommes assurés qu'il était besoin — d'un point de vue pour voir ces faits dans leur vrai jour, — et d'une Algèbre pour en exprimer les rapports et l'ensemble.

Nous étant convaincus ensuite que ce point de vue historique est l'Ame humaine, et cette Algèbre la règle de son activité, nous avons dû nous initier à la connaissance de l'organisme ANIMIQUE de l'homme.

Arrivés à ce point, il importe, Messieurs, de préciser notre méthode.

Emploierons-nous le procédé analytique sur lequel nous avons, dès le commencement, arrêté notre attention, et que nous avons défini en ces termes : — « Observer les faits sociaux, d'une part; d'autre part, les faits esthétiques correspondans ; et voir les rapports qui les tiennnent en mutuelle dépendance ? » — Grâce à l'étude que nous venons de faire, cela nous est maintenant facile.

Une forme sociale quelconque et la forme esthétique coexistante étant données, nous pouvons d'abord écrire la formule de génération de chacune d'elles; du rapport de ces deux formules nous pouvons ensuite déduire algébriquement la formule de CORRÉLATION de cette forme sociale ET de cette forme esthétique. Appliquant le même calcul à toutes les sociétés constatées par l'histoire, nous obtiendrons une formule de CORRÉLATION pour chaque instant historique.—Ces formules individuelles, s'attirant ou se repoussant suivant leurs ressemblances ou leurs dissemblances, se grouperont autour de centres divers. Dans chaque groupe, s'engenceant les unes dans les autres et composant leurs expressions, elles se résumeront en formules plus générales; celles-ci se combinant à leur tour, en produiront de plus générales encore; toutes, en un mot, iront s'absorbant dans des expressions de plus en plus générales, et se rapprochant de plus en plus de la FORMULE synthétique qui les contient toutes en concrétion, et qui constitue la LOI cherchée.

Mais pour monter ainsi jusqu'au point CAPITAL de cette hiérarchie de généralités, il faut d'abord s'être enquis de tous les élémens de la base qui doivent se rallier au sommet. Pour arriver à obtenir complète la FORMULE synthétique, il faut avoir fait entrer en combinaison toutes les *Formules* individuelles qui doivent la constituer: et puisque ces formules individuelles procèdent, pour nous, des faits constatés par l'histoire, il faudrait que l'histoire eût pu constater, dans toute leur diversité, les formes sociales et esthétiques que peut revêtir la société; il faudrait, en d'autres termes, que l'humanité eût parcouru toutes les phases diverses de sa vie.

Si donc nous choisissions la route analytique de l'observation des faits historiques, nous n'obtiendrions qu'une *formule fractionnaire* de LA LOI DE CORRÉLATION que nous cherchons. Dans cette voie, le fait précède la connaissance de sa cause, l'humanité précède LA SCIENCE: rôle honteux pour celle-ci, rôle honteux et fatal que quelques-uns n'ont pas craint de lui imposer; — rôle honteux, car en l'acceptant elle ment à sa mission; car, alors qu'elle devrait planer au-dessus de la route pour en dominer du regard les accidens et les obscurités, elle la poursuit terre à terre, la reconnaissant pas à pas aux empreintes douloureuses que l'homme vient d'y laisser; — rôle fatal, car, alors qu'elle devrait, ange conducteur, déployer ses ailes en avant et guider vers l'oasis à travers le désert, elle abat son vol dans le passé, insouciante et ignorante de l'avenir, égarant l'humanité en arrière, lorsqu'indécise sur sa route, l'humanité vient à lui demander conseil.

Puisque mission a été donnée à la SCIENCE, non pas seulement de savoir le passé, mais encore et surtout de savoir l'avenir, elle doit avoir une langue pour expliquer ce qui a été, une langue pour prédire ce qui sera. Or, ces deux langues se résument en une seule, la langue passionnelle que nous avons apprise: car, nous l'avons dit, cette langue est une Algèbre; — et c'est le haut caractère de toute Algèbre d'être à la fois la SCIENCE des effets et la science des causes, de pouvoir à la fois analyser ce qui *est* et RÉALISER, DANS UNE HYPOTHÈSE CERTAINE, ce qui n'est encore qu'en *puissance d'être*.

Ce n'est donc pas en remontant *à posteriori* DE la connaissance expérimentale de la relation qui lie entre eux les effets déposés dans l'histoire A la connaissance de la combinaison de leurs causes, que nous obtiendrons complète la loi de rapport et de succession des faits humanitaires ; mais, au contraire, en descendant *à priori* DE la science abstraite et générale des causes A l'explication des effets passés et A la prévision précise des effets à venir. C'est dans ce sens, Messieurs, que nous appliquerons à la solution de notre problème l'ALGÈBRE PASSIONNELLE. — Ce sera l'objet de la seconde partie.

Observons, avant de passer à cette application, que l'Algèbre Passionnelle est le centre d'où rayonnent toute chose sociale, toute chose esthétique ; le foyer de solution de tous les problèmes d'Art et de Sociabilité. L'économie de la science exigerait donc qu'avant toute autre recherche, cette Algèbre fût rigoureusement et complétement déterminée. Une fois connue et admise de tous, on pourrait sans préambule aller droit à toute question, sûr de parler une langue comprise, et, par cela même, de donner aux solutions un caractère irrécusable de certitude. L'échafaudage algébrique une fois érigé, on pourrait de prime abord parcourir la science en tous sens ; et l'on ne serait point obligé, ainsi que nous l'avons été, de le dresser péniblement en face de chaque problème.

Cette considération suffira-t-elle, Messieurs, à légitimer à vos yeux la longueur de nos prolégomènes ? — Toutefois, vous voudrez bien me permettre d'ajouter encore quelques mots, avant de passer à la seconde partie de ce discours.

Les considérations d'art que je vais vous exposer ne sont point les résultats de la science harmonienne obtenus par Fourier ; car il n'a point étendu son exploration au domaine esthétique, quoiqu'ayant signalé la régénération que sa science peut y effectuer. Voici en effet ce qu'il dit dans sa *Théorie des quatre Mouvemens*, première annonce de sa découverte, publiée en 1808 :

« La découverte de ces deux sciences fixes (l'ATTRACTION PASSIONNÉE et l'ANA-» LOGIE UNIVERSELLE) m'en dévoila d'autres dont il serait inutile de donner ici » la nomenclature ; elles s'étendent jusqu'à la littérature et aux arts, et éta-» bliront des méthodes fixes dans toutes les branches des connaissances hu-» maines. » A la page suivante, il ajoute : « J'apporte plus de sciences nouvel-

» les qu'on ne trouva de mines d'or en découvrant l'Amérique. Mais n'ayant
» pas les lumières nécessaires pour développer ces sciences, je n'en prendrai
» pour moi qu'une seule, celle du *Mouvement Social :* j'abandonne toutes les
» autres aux érudits des diverses classes qui s'en composeront un magnifique
» domaine. »

Quelque peu de droit que je me sois reconnu à m'emparer de cet indice,
quelque indigne que je me sois trouvé en face de ce renoncement du génie
à l'exploration de tant de parties du Nouveau-Monde découvert par lui, —
je n'ai pas craint de tenter l'application, à une question esthétique, de la science
et de la méthode avec lesquelles il a construit en entier la *Théorie Sociale* qui,
selon notre conviction, est appelée à réaliser le bonheur de l'humanité. J'ai es-
péré que si je venais à bout de ma tâche, j'exciterais à s'enquérir de cette théorie quelques-uns de ceux qui aiment surtout, et ceux-là sont nombreux, à
juger toutes choses par les reflets qu'elles projettent sur l'art. Toutefois, afin
qu'aux yeux de ceux-là mêmes qui concentrent tout dans leur prédilection
artistique, ma maladresse à déduire les conséquences des principes de la science
harmonienne que j'invoque, ne fasse pas tourner à mauvaise fin l'intention
qui m'a guidé, — je prends ici acte de précaution au vis-à-vis d'eux, les priant
de vouloir bien conclure, de la valeur de ces conséquences à la valeur de ces
principes, avec une logique plus complaisante que rigoureuse.

Puisque j'en suis à réclamer votre indulgence, souffrez que j'appuie ma demande d'une autre raison. Pour traiter en entier la question qui nous occupe,
il eût fallu plus de temps et d'espace qu'il ne m'en a été donné : je ne puis
donc vous offrir que des généralités, une ébauche ou plutôt un PROGRAMME que
nous pourrons réaliser ailleurs. L'obligation de vous exposer si brièvement des
considérations d'*art* étroitement liées aux considérations *sociales* de l'Ecole
Sociétaire, que la plupart d'entre vous ne connaissent pas, constitue pour moi
un problème des plus épineux, peu initié que je suis aux artifices de logique
et de langue qui seuls pourraient le bien résoudre. Ce n'est donc pas, Messieurs, par vaine formalité que je vous demande complaisance et concours
pour la solution de notre problème, que nous allons enfin aborder.

PROGRAMME

Des recherches auxquelles nous nous sommes livrés dans la première partie de ce discours, il ressort deux considérations historiques. — La première, C'est qu'il est une société type, seule convenante à l'activité Passionnelle de l'homme, dans laquelle cette activité produit à la fois le BONHEUR de l'humanité et le BIEN par rapport à l'ordre universel. — La seconde, C'est que toutes les sociétés autres dans lesquelles s'agite successivement l'humanité, à ses âges d'enfance et de vieillesse, sont des déviations subversives de cette société harmonienne; déviations dont la raison d'être réside dans l'organisme Passionnel de l'homme, et dont par conséquent nous pouvons nous rendre compte, étant initiés à la connaissance de cet organisme.

Voici donc, d'une part, que nous sommes à même de formuler la loi historique de *Succession* des diverses formes sociales.

Si, d'autre part, nous connaissions la raison d'être des arts esthétiques dans la société type, nous pourrions aussi nous rendre compte de leurs variations et déviations successives *corrélativement* aux variations et déviations successives de cette société; — et nous aurions ainsi déterminé LA LOI DE CORRÉLATION DE LA FORME SOCIALE ET DE LA FORME ESTHÉTIQUE.

Plaçons-nous donc dans l'hypothèse de la société harmonienne, et recherchons quelle y est la fonction, quel y est le caractère des arts esthétiques. C'est encore l'organisme Passionnel qui va nous le révéler.

L'homme, stimulé par l'attraction incessante que Dieu a placée en lui, tend à la satisfaction de ses trois sphères passionnelles, la sphère *sensitive*, la sphère *affective* et la sphère RÉGULATRICE ou intellectuelle. Il veut que les passions de ces trois ordres soient satisfaites, et combinément suivant les exigences de l'UNI-TÉISME, et individuellement suivant les exigences du FAVORITISME. Il faut donc que, dans la société harmonienne, il soit entouré des objets physiques désirés par ses Sensitives et de ses semblables désirés par ses Affectives : il faut de plus que tous ces élémens de satisfaction soient variés, gradués, distribués selon les exigences des passions Régulatrices et des passions Pivotales.

Mais les passions, avons-nous dit, peuvent et désirent être satisfaites à des degrés différens, et à chacun de ces degrés correspond un moule de satisfaction ou SÉRIE. Ces divers degrés comme ces diverses Séries, avons-nous dit encore, se divisent en deux ordres, *libre* et MESURÉ. L'homme, par sa tendance naturelle, aime tantôt alterner du mode de satisfaction passionnelle libre au mode mesuré, tantôt et le plus souvent les combiner.

Arrêtons-nous un instant à ces deux modes qu'affecte l'activité passionnelle et précisons leur différence par des exemples.

Pour les choses usuelles et indispensables de la vie, je me sers continuellement de mes cinq sens. Ainsi, dans mon activité ordinaire, une infinité d'objets se mettent en rapport avec mon œil; ces objets ont des formes et des couleurs diverses, et en cela ils satisfont ma passion de la vue. Mais ces objets se sont succédés sans ordre calculé, au hasard, librement : Si un peintre s'empare de ces mêmes formes et de ces mêmes couleurs, et me les présente dans un ordre de succession ou de simultanéité tel que leur variété, leurs accords et leurs discords se combinent suivant les plus hautes exigences de mes trois Régulatrices, ma passion de la vue sera bien autrement satisfaite. Elle ne l'avait été qu'en mode libre, elle le sera en mode mesuré.

Si vous me parlez, simplement, la variété des sons de votre voix satisfera sans doute mon oreille. Mais si, au lieu de me faire entendre ces sons dans une succession non calculée, libre, vous les vocalisez avec calcul et mesure, harmonisant et variant les accords et les discords; si, en un mot, au lieu de parler, vous chantez, vous satisferez bien autrement ma passion de l'ouïe. Même distinction.

En marchant, d'une marche ordinaire, je satisfais ma passion du tact (car la locomotion est une de ses fonctions) : mais si je régularise mes pas, si je mesure mes mouvemens, si, en un mot, je danse, ma satisfaction sera supérieure : elle sera passée du mode libre au mode mesuré.

Si vous offrez à mon intelligence une succession d'idées enchaînées d'une manière logique, mais simple, mon intelligence est satisfaite et trouve vrai le raisonnement que vous avez fait. Mais si vous groupez et mesurez mieux ces idées, si vous les distribuez avec adresse, de sorte que leur ordonnance soit plus convenante à mes Régulatrices, si vous les revêtez d'une forme littéraire imagée, esthétique, — votre raisonnement me saisit, m'entraîne, me maîtrise ; je le trouve éloquent et le proclame beau. Mes Régulatrices avaient été satisfaites en mode libre, elles viennent de l'être en mode mesuré.

Même différence entre la prose et la poésie ; entre le geste ordinaire, usuel, et la mimique ; entre la combinaison des événemens et des émotions dans la vie réelle, et leur combinaison dans le drame ou le roman ; etc....

Enfin, même dualisation, même distinction pour tous les phénomènes de l'activité passionnelle, quelque élémentaires et quelque complexes qu'ils soient ; toujours deux modes de satisfaction, *libre* et MESURÉ, et toujours supériorité du mode mesuré.

Le premier suffit à l'activité indispensable, strictement utile ; le second régularise la jouissance et réalise le Beau. — Le premier, c'est le mode *Utilitaire* ; le second, c'est le mode ESTHÉTIQUE.

Toutefois, que cette extension de l'Esthétique à toutes les sphères de l'activité humaine ne vous étonne pas. Nous sommes dans l'hypothèse de la société harmonienne, et nous verrons bientôt pourquoi, dans les sociétés Subversives, elle se localise et s'emprisonne dans d'étroites bornes.

En résumé. — D'une part, dans la société harmonienne, existence de tous les élémens nécessaires à la satisfaction passionnelle de l'homme, ce qui constitue le milieu social : distribution de ces élémens selon les exigences des passions Régulatrices et des passions Pivotales, ce qui constitue LA FORME SOCIALE. — D'autre part, dualisation des modes de combinaison de ces élémens, en mode libre ou utilitaire et mode mesuré ou esthétique, ce qui constitue *la forme utilitaire* et LA FORME ESTHÉTIQUE, parties intégrantes de LA FORME SOCIALE.

Voilà les termes du problème.

Maintenant, Messieurs, voyez-vous bien la fonction des arts Esthétiques dans la société type? Après l'analyse que je viens de faire pour vous montrer les ressorts intérieurs, élevez-vous à la supposition du mécanisme qui résulte de leur activité. Que votre imagination place des chairs sur ce squelette et des couleurs sur ces chairs : recomposez et animez ce cadavre que nous venons de scruter au dedans. Imaginez réalisée, vivante, cette harmonie sociale dont je vous ai dit l'expression algébrique. — Et pour construire en hypothèse la société harmonienne, que vous procédiez par voie de raisonnement ou par voie d'imagination, il n'importe : car, nous l'avons dit, la DESTINÉE est convenante à la LOI MATHÉMATIQUE et proportionnelle aux ATTRACTIONS de notre organisme. Evoquez en vous cette loi ou ces attractions, soyez logicien ou poète, et vous aurez l'intuition de cette destinée.

Elevez-vous donc hardiment aux régions attractionnelles ; et du sein de la transcendante certitude où le CALCUL et le DÉSIR s'identifient, laissez-vous aller avec foi à la contemplation de la société future qui surgit devant vous parée de toutes ses harmonies.

Si je voulais être complet, ce serait ici le lieu de vous décrire cette société telle que Charles Fourier l'a rigoureusement déduite des lois universelles. Mais cette description, faite d'après la méthode d'exposition que j'ai adoptée jusqu'ici, dépasserait les bornes qui me sont prescrites, ne pouvant s'adapter aux formes *programmatiques* dans lesquelles je vais vous indiquer brièvement la solution de notre problème.

PROGRAMME DE SOLUTION.

Dans les périodes harmoniennes, le milieu social étant convenant aux lois mathématiques, et les impulsions passionnelles (déposées par Dieu dans chaque organisme proportionnellement à sa destinée) étant aussi convenantes à ces lois, l'activité naturelle de chacun, tout en résolvant la destinée individuelle, concourt à l'accomplissement de la destinée générale. Les mesures se combinant, les spontanéités élémentaires produisent la régularité de l'ensemble. — Alors la société humanitaire est l'image de l'ordre universel; alors dans la vie hominale viennent se refléter, par une rigoureuse analogie, les lois harmoniques de la création; alors dans l'activité humaine, comme dans toute œuvre de Dieu, le Beau et le Vrai se composent et convergent incessamment dans un ralliement absolu. Le travail et le plaisir coïncident, et jusque dans les moindres accidens de la fonction de l'homme, se trouvent coexistans le mode Utilitaire et le mode Esthétique.

Les Arts Esthétiques remplissent donc, dans les sociétés harmoniennes, un sacerdoce universel et permanent. Présidant à toute œuvre, empreignant sur toutes choses le type du Beau, distribuant la jouissance en tous sens, faisant progresser le plaisir du mode libre au mode mesuré, ils rallient toutes les activités au BONHEUR, c'est-à-dire au BIEN, c'est-à-dire à DIEU.

Mais dans les sociétés subversives, le milieu social étant insuffisant ou contraire aux impulsions passionnelles, l'expansion, au lieu de produire le bien, produit le mal. Dès-lors, plus de spontanéité individuelle possible, plus d'accord absolu entre le Beau et le Vrai, plus de convergence. Tout devient relatif; ce qui est proportionnellement vrai en ce milieu ne saurait être beau; le mode Utilitaire et le mode Esthétique divergent.

Ici le but suprême est de comprimer l'activité de l'homme ou de la faire dévier. — Les arts Esthétiques, dont la puissance essentielle et capitale réside dans l'expansion, deviennent temporairement inutiles, souvent nuisibles; comme toutes les forces d'harmonie, ils se retirent en des fonctions fractionnaires; ne pouvant être utilisés à l'action sociale, à la poétisation directe de la vie de l'homme, ils s'utilisent à l'atténuation du mal, à la consolation; ne pouvant remplir leur rôle d'expansion réelle, ils se refoulent en des expansions fictives; offrant à l'humanité, pour la distraire de ses souffrances, des tableaux illusoires de passion, de bonheur, d'harmonie; faisant écho à ses plaintes, à ses désirs, à ses espérances, trop souvent à ses fureurs.

Ces fonctions diverses, harmoniques et subversives, nous pourrions, Messieurs, les déterminer avec exactitude, les déduisant de l'algèbre passionnelle que nous avons essayé d'établir aux prolégomènes. Nous pourrions surtout, — et c'est la condition la plus importante de la solution de notre problème, — nous pourrions préciser le rôle que remplissent les arts esthétiques dans la marche progressive de l'humanité, lorsque, à travers le malheur, elle conquiert les élémens et la science du bonheur ; et ici nous nous arrêterions principalement à rechercher quel doit être leur concours pour la transition du Présent à l'Avenir, de la SUBVERSION à l'HARMONIE.

Mais toutes ces questions, qui appartiennent au même faisceau et dont les solutions doivent procéder de la même spéculation, ne peuvent se traiter ici. J'ai déjà dépassé les bornes d'un discours et je dois m'arrêter. — Voici donc, pour en finir, le cadre des problèmes fractionnaires qui constituent le problème énoncé.

DÉTERMINER LA LOI DE CORRÉLATION DE LA FORME SOCIALE ET DE LA FORME ESTHÉTIQUE.

I.

Méthode synthétique, à priori.

1° Déduire spéculativement de l'Algèbre Passionnelle—la loi de succession des diverses formes sociales, durant la vie humanitaire, — et *corrélativement* la loi de succession des diverses formes esthétiques.

2° Préciser spéculativement—le mode d'activité Passionnelle dans chacune de ces formes sociales, — et *corrélativement* les fonctions qu'y remplissent et le caractère qu'y revêtent les arts esthétiques.

II.

Méthode analytique, à posteriori.

1° Déterminer analytiquement — la raison Passionnelle des formes sociales constatées par l'histoire, — et *corrélativement* la raison passionnelle des formes esthétiques co-existantes. — En déduire le rang qu'occupent ces formes (sociales et esthétiques) dans l'échelle du mouvement humanitaire calculée par la méthode synthétique.

2° Déterminer analytiquement la raison Passionnelle de chaque fait social et de chaque fait esthétique constaté dans ces diverses formes.

III.

Combinaison des deux méthodes.

La société actuelle étant donnée, — déterminer (par l'emploi des deux méthodes *analytique* et *synthétique*) quelle direction il faut donner aux forces sociales, et *spécialement* aux ARTS ESTHÉTIQUES, pour faire progresser cette société, de sa forme à une forme supérieure, — ou, plus généralement, pour faire transiter l'humanité du Malheur au Bonheur, de la SUBVERSION à l'HARMONIE.

Voilà, Messieurs, les points principaux autour desquels se coordonnent tous les problèmes historico-Esthétiques. — Il suffit d'avoir indiqué la différence de corrélation de la forme sociale et de la forme esthétique, dans les périodes subversives et les périodes harmoniques, — pour vous faire voir en quel sens nous essaierons de résoudre ces problèmes dans les publications de l'Ecole Sociétaire.

Les considérations que je vous ai exposées suffiront aussi, je l'espère, à vous convaincre que l'on peut fructueusement appliquer aux questions Esthétiques la science harmonienne constituée par Fourier. C'était surtout, Messieurs, le but que je m'étais proposé.

FIN.

NOTES ET PIÈCES

DE POLÉMIQUE.

Le discours de M. Considérant ayant donné lieu à de violentes attaques de la part de plusieurs journaux, nous allons reproduire ici les principales. Il est assez curieux de voir comment se défendent les mauvaises causes quand on les remue avec des argumens.

Un journal, qui se fait appeler l'*Univers Religieux*, fut le premier à prendre feu; voici l'article qui parut dans ses colonnes le lendemain même du jour où M. Considérant avait parlé :

«Un fait douloureux et qui a froissé l'ame de tout ce qu'il y avait d'hommes graves à l'*Institut Historique*, s'est passé dans la séance de ce jour. Le programme annonçait une suite de travaux de physiologie historique sur la question des races. Déjà l'on avait entendu M. le docteur Sandras soutenir l'unité de la souche humaine et donner une nouvelle confirmation de nos saintes Ecritures par ses recherches savantes, quand un jeune homme à moustache et à longs cheveux est monté à la tribune pour lire un travail sur une formule à donner à l'histoire de l'humanité. Ce *Mémoire* n'a été qu'un long et violent procès fait au christianisme, du point de vue panthéistique. A entendre l'auteur, la doctrine de Jésus-Christ aurait dégradé l'humanité, asservi l'intelligence, glacé le cœur, et frappé le monde d'un mal peut-être irrémédiable. On avait cru jusqu'ici que le christianisme avait dégagé les vérités enfouies dans les ténèbres du paganisme, qu'il avait affranchi la raison, exalté les nobles sentimens : c'est le contraire d'après l'auteur. Ainsi ce discours a été la condamnation de tout ce que le monde a cru et aimé depuis deux mille ans ; une condamnation amère, pleine de hauteur et d'insolence. Jamais de formes plus inconvenantes, de ton plus hautain, de langage plus dédaigneux n'ont accompagné l'expression de sentimens plus inouïs. L'assemblée était stupéfaite, je veux dire la majorité de l'assemblée ; car, sur les premiers bancs de la salle siégeaient 40 à 50 jeunes hommes barbus, claqueurs officieux, accourus pour soutenir une bravade extravagante, qui trépignaient à chaque période et qui ont fendu l'air de leurs *bravos*, quand l'orateur a terminé au milieu de son auditoire consterné. Comment l'Institut a-t-il exposé à entendre ces impertinences d'une jeunesse gourmée les hommes sérieux qui suivent ses intéressans travaux? Comment n'a-t-il pas établi une lecture préalable, qui aurait paré à ces inconvéniens, qu'on devait prévoir? Du moins son président a réparé cette faute autant qu'il l'a pu en interdisant toute discussion sur cette sortie immorale, et en déclarant que l'Institut la repoussait, et qu'elle n'aurait point place dans ses archives. Alors s'est révélé complètement l'esprit de la coterie impie qui avait envahi la salle : elle est sortie à grand bruit, avec des clameurs et des menaces, et la séance a été suspendue. Ce fait ne nous a pas surpris, et ne nous apprend rien de nouveau. Oui, nous savions qu'il y avait à Paris un certain nombre de ces ames perdues d'orgueil et irritées par mille causes secrètes, et qui en veulent à Dieu. Ces hommes exceptionnels s'étaient donné rendez-vous de tout Paris; on a pu les compter : ils étaient bien cinquante. »

(L'Univers Religieux, 12 décembre 1835.)

A ces niaiseries et à ces mensonges, il n'y avait rien à répondre; on ne répondit rien. — Quelques jours après, ce fut le tour de la <i>Gazette de France;</i> voici ses articles :

«Les enseignemens se succèdent et se pressent au sein de cette société. La lumière du Ciel et celle de l'abîme concourent à l'éclairer. Elle ne peut donc manquer de se rétablir dans l'ordre et dans la vérité, puisque les conditions de l'ordre et les causes du désordre se découvrent de plus en plus à son intelligence. Escousse, Lacenaire et Fieschi lui ont montré que l'absence de croyances religieuses et les maximes propagées par la philosophie du 19e siècle conduisent au suicide, aux assassinats et aux attentats politiques. Il lui restait à comprendre que l'irréligion, qui produit tous ces crimes, a sa source dans le principe d'orgueil qui triomphe par les révolutions, et qu'il fallait nécessairement aujourd'hui, ou arracher l'arbre, si l'on ne veut pas mourir de ses fruits, ou mourir des fruits, si l'on ne veut pas arracher l'arbre.

»Cette démonstration vient d'être donnée dans une séance du Congrès Historique par un disciple de Charles Fourier, qui a entrepris, au nom de la logique de l'orgueil, de flétrir et de condamner la religion de Jésus-Christ et d'imposer le blasphème à cette partie de la société qui, inconséquente dans ses admirations et dans ses idées, fait de l'humilité une vertu et de la vengeance un honneur, de la soumission aux lois un mérite et un devoir, et de la révolte une gloire. Ces esprits légers et flottans, et qui voudraient se sauver par Jésus-Christ sans abandonner l'orgueil, ont pu voir qu'il fallait être à l'un ou à l'autre; et ce qui donnait à cet enseignement un caractère plus significatif, c'est que l'imprécation contre Jésus-Christ au nom du principe d'orgueil, a été prononcée dans une des salles de l'Hôtel-de-Ville, où ce principe, triomphant par la victoire de l'insurrection, avait élevé son trône et prononcé

ses lois suprêmes. C'est de ce trône où il a prévalu sur les lois fonda-
mentales de la société, qu'il veut prévaloir sur sa morale et sur son culte;
c'est de ce lieu où il a détruit la monarchie, qu'il entreprend de détruire
la religion. C'est peut-être dans cette même salle où il a imposé ses
doctrines politiques qu'il veut imposer sa logique blasphématrice. Tout
cela est-il assez lumineux!

»Si, en effet, l'insurrection est une gloire, la soumission est une honte,
la résignation est une lâcheté, l'humilité est la dégradation de la nature
humaine; celui qui accepte l'insulte et la mort, quand il pourrait se
venger, est infâme; celui qui fait une loi de la soumission à des hommes qui n'auraient besoin que de se compter pour anéantir le pouvoir,
a établi l'esclavage sur la terre. Voilà ce qu'un fouriériste est venu déclarer à l'Hôtel-de-Ville de Paris devant une assemblée nombreuse:

« Le Christ, s'est-il écrié, n'est qu'un homme *lâche et sans cœur; il se jette
à plat-ventre* devant les puissans de la terre. Sa loi n'est qu'une religion de
servilisme faite pour des esclaves, pour des êtres vils et dégradés! aussi re-
çoivent-ils avec enthousiasme cette loi qui flatte leur abjection, qui rend
leurs chaînes moins pesantes, qui adoucit leur misère. Voyez comme ils sont
humbles et résignés! voyez comme ils aiment à se faire petits! à grandir leur
maître de toute la profondeur de leur humiliation! Ainsi, ils croient marcher à des joies futures, à des joies inaltérables et éternelles, et ils sont
joyeux de leurs souffrances, et ils sont joyeux de leur dégradation!

» Si le chef avait dit à ses esclaves: *Comptez-vous, reconnaissez vos forces,
mort à vos tyrans*, je l'eusse compris; il serait grand. Mais dans toute sa loi
on ne sent qu'un être dégradé. Quel est la base de cette loi? L'égoïsme. Il y
est dit: Si ton père, ta mère, tes frères, etc., font obstacle à ton salut, tu
les abandonneras. Vous le voyez, le chrétien n'a qu'une chose en vue: son
bonheur à venir, son salut. Pour y arriver, rien ne lui coûte, il se détache de
tout, et si par exception il fait le bien, c'est en vue de celui qui doit lui en
revenir: il place avec intérêt.

» Le Christianisme fut aussi une religion *de sang et de ténèbres.* Quel fut
son premier temple? Les Catacombes. Son premier autel fut formé de débris
d'ossemens humains, son tabernacle est posé sur un charnier qui contient un
squelette, son symbole est un gibet, etc., etc. »

«Ainsi, en partant du principe d'orgueil qui triompha en 1830, qui fut
glorifié depuis par le pouvoir issu de sa victoire, on arrive à blasphémer
logiquement le Sauveur du monde, on change en une loi d'esclavage
une religion qui affranchit cent millions d'esclaves, et qui a fait plus
encore pour la liberté de l'homme, car elle l'a délivré des chaînes de sa
propre nature. Si tout cela méritait une réponse sérieuse, nous demanderions ce que les logiciens de l'orgueil peuvent offrir de consolation à
l'homme qui souffre des douleurs physiques et morales, à celui qui
meurt victime de l'injustice et de la tyrannie; nous demanderions ce
qu'ils promettent au faible et à l'opprimé qui ne peuvent se venger,
qui sont calomniés, outragés, lapidés par un peuple égaré, torturés, dé-

chirés pour des crimes qu'ils n'ont point commis. Le christianisme nous a montré ses martyrs mourant dans la joie, l'orgueil nous montre les siens mourant dans la rage et les grincemens de dents.

»C'est que l'un a sanctifié, a déifié la douleur, l'autre s'élève contre elle sans pouvoir la vaincre et la détruire. Où est la folie, où est la misère, où est la dégradation de l'esprit humain ?

»Mais nous n'en sommes pas, grâce au Ciel, à avoir besoin de réfuter cette doctrine, à laquelle il suffit de se produire pour faire avancer dans la vérité tous ceux qui restaient en arrière du mouvement social. Il arrivera aux anti-chrétiens ce qui est arrivé de nos jours à cette fraction de républicains qui débordaient notre nouvelle Gironde ; en poussant la logique du parti jusqu'à la glorification de Robespierre, cette fraction a fait reculer l'opinion jusqu'à la monarchie ; les anti-chrétiens pousseront les indécis dans le christianisme, et la France, en voyant que l'insurrection la conduit tout droit au blasphème, reconnaîtra que cette maxime proclamée par nous : *la révolte n'est jamais permise*, intéresse à la fois l'ordre et la morale, la politique et la religion.

» Nous devons dire, au reste, en rapportant cette tentative du fouriérisme, que le Congrès Historique, qui a été l'occasion de ce scandale, a éprouvé pendant cet incident une émotion des plus pénibles. Cette institution est composée en très-grande partie d'hommes estimables qui ont donné des preuves de leur bon esprit et de leur zèle pour la vérité ; le président n'a même point déguisé l'horreur que lui avaient causé de pareils blasphèmes ; mais il n'en demeure pas moins certain qu'ils ont été prononcées dans *un bâtiment public*. Nous sommes curieux de savoir si le ministère qui a destitué le maire de Torigny pour avoir prêté la salle où M. Odilon-Barrot prononça son discours contre les doctrinaires, destituera M. de Rambuteau pour avoir prêté la salle où le fouriérisme a blasphémé Jésus-Christ. Hélas ! nos ministres ne relèvent-t-ils pas de ce principe d'orgueil qui était chez lui à l'Hôtel-de-Ville ? Des ministres qui maintiennent le droit d'insurrection, peuvent-ils faire respecter la religion de la société ? »

(Gazette de France, 18 décembre 1835.)

Le lendemain 19, la *Gazette* revient à la charge, par les deux articles suivans :

PREMIER ARTICLE. — 19 décembre.

«Les blasphèmes prononcés contre le Dieu du monde moral par un disciple de l'homme qui veut se faire le Dieu du monde matériel, sont un fait caractérisque du régime sous lequel la révolution nous a placés. On voit à quoi aboutissent toutes ces déclamations des journaux ministériels sur le rétablissement de l'ordre social, sur la protection donnée à la morale et à la religion par un gouvernement qui se vante chaque jour d'avoir arrêté la révolution. Les faits, ici encore, parlent plus haut que les discours; tous les sacrifices que la France a supportés pour neutraliser les principes de juillet, les lourds impôts, les grandes armées, les nuées de sergens et d'espions, le pouvoir discrétionnaire remis à la police, le sang de la garde nationale, les procès irritans et enfin les lois suppressives de la liberté de la presse, n'ont pu empêcher que trente-deux millions de chrétiens ne fussent outragés dans leur foi et dans leur culte par des blasphèmes articulés publiquement dans une salle de l'Hôtel-de-Ville de Paris, et que la morale publique ne fût attaquée dans sa base sous le patronage et en quelque sorte sous les yeux de l'autorité! Cela doit-il surprendre? Cette autorité n'a-t-elle pas mis le scellé de la révolution sur deux églises où Jésus-Christ était adoré? La place où fut l'archevêché de Paris n'est-elle pas encore le *marché aux guenilles*? et vingt sculpteurs soudoyés par le ministère ne sont-ils pas occupés à élever cette colonne triomphale d'où le principe de révolte doit insulter à la Croix de Jésus-Christ?

» Nous demandons si un fait plus grave, plus anti-social, plus révolutionnaire enfin, aurait pu se passer sous un ministère de l'extrême gauche, et si dans ces époques d'anarchie et de licence, sous ces gouvernemens déshonorés à jamais par le sacrilége, la religion de la France a été plus outragée qu'elle ne l'a été avant-hier, sous un ministère qui se présente comme le sauveur de la société, comme le restaurateur de l'ordre moral?

» Il demeurera donc bien prouvé que ce ministère ne peut rien contre le principe qu'il a reconnu; que ce principe est plus fort que la volonté des gouvernans, et que la société ne peut espérer que d'un principe d'ordre le rétablissement de l'ordre, le respect pour sa foi, pour son culte et pour sa morale.

» Et en effet, un ministère qui déclare que toutes les religions sont égales, que par conséquent la vérité n'est dans aucune; un ministère qui paie les juifs pour dire que Jésus-Christ est un imposteur, a-t-il le droit et le pouvoir d'empêcher qu'on ne dise que Jésus-Christ est un lâche parce qu'il s'est livré sans résistance à la fureur de ses bourreaux? Bien heureux ces ministres, si on ne leur demande pas un salaire pour ce nouveau blasphème: le fouriérisme n'est-il pas aussi une religion?

» Nous ne craignons pas de le dire, le fait qui s'est passé à l'Hôtel-de-Ville est la mort du système doctrinaire: ce fait dit au monde entier que la société française est livrée, et que les hommes du pouvoir sont par leurs maximes et par leur nature dans l'impuissance de la défendre.

» Ce qui donne un caractère particulier à cet événement, c'est que l'anti-chrétien, ou plutôt l'*anti-christien* qui s'est porté à cette attaque, ne s'en est point pris comme les philosophes aux dogmes et aux faits historiques de la religion, mais à la morale même de Jésus-Christ, à cette morale que les philosophes et les athées n'ont pu s'empêcher d'admirer comme sublime, à laquelle ils ont rapporté l'œuvre d'émancipation et de progrès qui a commencé à la venue de Jésus-Christ; morale qui est en effet la base de la famille et de la société dans l'Europe chrétienne. Ce fait, bien qu'il soit isolé, a donc cependant plus de profondeur que la plupart des attaques dont la religion a été l'objet jusqu'à ce jour, et il n'est personne qui, en lisant les passages que nous avons cités hier, n'ait senti le sol s'ébranler sous ses pieds. Comment le principe d'orgueil ne ferait-il pas trembler la terre, il a bien pu émouvoir le Ciel!

DEUXIÈME ARTICLE. — 19 décembre.

« Nous avons dit que l'événement qui s'était passé à l'Hôtel-de-Ville devait obliger cette partie de la société qui fait une vertu de la résignation et un honneur de la vengeance, qui veut se sauver par Jésus-Christ, sans se séparer du principe d'orgueil, à se prononcer définitivement entre les conséquences de ce principe et les conséquences du christianisme. Il est évident aujourd'hui que cette double voie n'est plus possible, car celui qui dit que la vengeance est un devoir, celui qui demande du sang pour une insulte, comme celui qui déclare que la révolte est permise, s'associe au blasphème formulé publiquement par le fouriérisme, quand il a prononcé le mot de *lâcheté et d'abjection* contre celui qui a dit au soldat du grand-prêtre : *Si j'ai mal parlé, prouvez en quoi j'ai erré, et, si j'ai bien parlé, pourquoi me frappez-vous ?* Il n'y a donc plus de milieu entre l'esprit du Christ et l'esprit d'orgueil; la morale de Jésus-Christ est sublime ou dégradante; les Chrétiens qui seraient inconséquens seraient blasphémateurs.

» Ainsi la logique du mal devient pressante; c'est elle et non pas nous qui ordonne aux idées de marcher, et c'est en cela que l'époque actuelle est une époque de mouvement vers le bien, qui n'a point d'exemple dans le passé. La légèreté et la faiblesse ne sont plus de saison, la jeunesse est sérieuse et logicienne, et le siècle est fort.

» Il ne saurait échapper, au reste, à cette jeunesse, dont les pensées vont au fond des choses, que le principe au nom duquel on accuse Jésus-Christ de lâcheté ne peut se satisfaire que s'il a pour lui la force matérielle; ainsi la religion de l'orgueil promet à ses adeptes une jouissance d'un jour s'ils sont vainqueurs de ceux qui les insultent; mais s'ils sont vaincus, que devient en eux ce sentiment de la justice et de la dignité humaine, si ce sentiment, offensé sur la terre, n'a point son refuge dans le ciel ? Et quel est l'orgueilleux qui peut être assuré d'être toujours le plus fort ? Le serait-il à l'égard des hommes, quel recours aurait-il contre la douleur physique qui le torture et le détruit, contre la douleur morale que la fortune et la mort viennent lui causer en contrariant son égoïsme et en brisant ses affections ? Si tout finit sur la terre, quel moyen lui donne-t-on pour surmonter cette idée de destruction qui est la loi de la terre, pour se consoler des injustices qu'il éprouve et pour

remettre en harmonie l'idéal de sa vie avec sa réalité? En vain lui pré-
sentera-t-on le tableau d'une prospérité universelle obtenue par d'autres
combinaisons sociales, et d'un ordre matériel où la cupidité et les sens
auront une satisfaction plus facile, ces résultats seraient-ils aussi certains qu'ils sont chimériques, l'image de la souffrance et de la mort, les
disgraces d'une nature déchue qui se plaît quelquefois à placer des
esprits droits dans des corps contrefaits, les déceptions de la vie réelle
et l'incertitude de la vie future n'en subsisteraient pas moins au-dessus
de toutes ces richesses, pour empoisonner les voluptés qu'elles promettent. Qu'est-ce que la prospérité universelle pour les individus qui
souffrent! Il faut donc nécessairement en venir à l'idée que le monde
matériel n'est pas tout; que le monde spirituel contient le complément
de l'incomplète justice d'ici-bas; que c'est dans ce monde d'en haut
qu'est caché le but final de la création de l'homme, et que c'est en vue
de cet avenir que l'existence doit être réglée par la raison et la sagesse;
tout inventeur de système qui n'admet pas cette autre vie fait banque-
route à l'humanité; quiconque ne garantit pas à l'homme son éternité
et l'identité de son individu fait un enfer de la terre, et place sur la
porte de cet enfer la terrible inscription du Dante.

» On le voit, la vérité est dans la morale de Jésus-Christ, et c'est pour
cela que cette morale a été l'objet de l'admiration de tous ceux mêmes
qui ont voulu nier sa divinité. Le *National* ne dit-il pas aujourd'hui
encore, en parlant des Etats-Unis : « S'il était vrai que l'Evangile fût le
» lien de cette grande communauté d'états et l'ame qui la fait vivre,
» nous n'y verrions pas l'esclavage conservé et défendu avec toute la
» barbarie qui a pu caractériser le paganisme de Lacédémone et de
» Rome. » Quel hommage au christianisme que cette réflexion du *National!* Quelle réponse à la voix qui vient d'accuser le christianisme d'a-
voir créé l'esclavage de l'homme! »

Ces étranges articles exigeaient une réponse. Ce n'étaient plus,
comme dans l'*Univers* soi-disant religieux, de simples criailleries
ridicules, accompagnées de quelques mensonges ridicules aussi et
sans grande portée; c'étaient, ici, un texte fabriqué, créé et donné
comme texte de l'auteur, et, à la suite, les plus graves accusations.
Quoiqu'il soit bien connu que la *Gazette* crie souvent très-fort,
uniquement pour se faire plaisir, et que son commérage déclama-
toire est loin d'avoir force de loi pour tout le monde, on sent
néanmoins le tort immense que ces allégations et ces déclamations
de cette feuille pouvaient porter à une doctrine encore peu connue, et aux hommes qui ont pris pour tâche de la faire comprendre et de la réaliser. M. Considérant porta immédiatement à la
Gazette, avec sommation de l'insérer, une lettre où il parlait en
homme bien positivement *calomnié*. M. le rédacteur en chef de la

Gazette désira que l'hypothèse d'*erreur* remplaçât l'accusation de *calomnie* dans la lettre du réclamant, qui consentit volontiers à cette modification. La réclamation insérée dans la *Gazette* fut envoyée à M. le directeur de ce journal, accompagnée de la lettre suivante :

A M. le directeur de la Gazette de France.

Monsieur,

Voici ma lettre telle que je l'ai reconstruite d'après votre désir, dont je vous remercie d'ailleurs, car je la préfère ainsi. Vous verrez, Monsieur, que j'y subordonne le cas de calomnie au cas où la réparation que je demande me serait refusée, et où M. Fourier et moi serions obligés de la demander à la loi.

Permettez-moi de vous faire observer ici, Monsieur, à ce sujet, qu'indépendamment de la fausseté matérielle des citations et de toutes les imputations des articles de samedi et de vendredi, il y a encore dans ces articles une chose grave et qui ne peut plus s'expliquer par une hallucination du même ordre que celle dont l'auteur du premier article a été victime ; je veux parler de ces étranges attaques dirigées contre une doctrine dont les auteurs des articles en question ignorent manifestement l'*a*, *b*, *c*, et des attaques dirigées contre le créateur de cette doctrine, à propos, seulement, d'un travail lu par un homme qui se sert de cette doctrine. Vous comprenez, Monsieur, que mon discours, eût-il contenu cela même qu'on y a mis, il fallait, pour attaquer Fourier et sa doctrine, vérifier au moins si mon discours était bien dans les formes et dans la doctrine de Fourier. Plus vos convictions peuvent être hautes, plus vous devez sentir combien de hautes convictions sont précieuses pour celui qui les porte en son cœur. Or, M. Fourier a mis trente ans à créer et développer sa doctrine ; c'est son bien, sa propriété, sa vie, mille fois plus que sa vie. Vous pouvez croire cet homme fou, ses idées ridicules, funestes, si vous le voulez ; je ne m'occupe pas de cela. Mais je dis que pour les appeler publiquement odieuses, pour les stygmatiser avec le fer rouge dont vous les avez laissé marquer dans votre feuille, il faut au moins les connaître, ou avoir la certitude que ceux qui font sur elles l'office du bourreau, ont d'abord été des juges ; et vous voyez bien que Fourier et sa doctrine ont trouvé chez vous des bourreaux et non des juges, puisque vos écrivains ne connaissent pas plus la doctrine de Fourier qu'un Osage ne sait l'algèbre. Tout ce qu'ils ont donné comme étant ses principes, est faux, parfaitement faux. Ils ont dit cette doctrine matérialiste, athée, révolutionnaire, amoureuse de haine, de vengeance et de sang, que sais-je ; et je vois chaque jour athées, matérialistes et jacobins arriver comme par miracle, aux premiers contacts de cette doctrine, à adorer Dieu, à croire à leur ame, à détester l'esprit révolutionnaire. Chaque jour, des chrétiens arrivant à cette science, trouvent, dès ce jour, Dieu vraiment Dieu. Que voulez-vous de plus ?...

Encore une fois, Monsieur, de toute manière on a eu chez vous de tristes inspirations. Eh! qui leur garantissait, à vos rédacteurs, encore que j'eusse dit ce qu'ils m'ont fait dire, que je n'étais pas un jeune écervelé qui venait mettre à l'abri du nom d'un grand génie les dévergondages de son esprit et les bouillonnemens désordonnés de son sang. C'était un homme jeune qui avait parlé, et vous avez frappé un vieillard....

Si vous m'aviez prévenu, moi, je vous aurais dit que M. Fourier ne savait pas seulement qu'il y eût un congrès historique à Paris, et que j'y dusse parler; et si vos écrivains eussent parcouru les quatre volumes de Fourier et signés Fourier, ils n'y eussent pas vu un mot sur le christianisme; je me trompe, ils en eussent trouvé un, un seul dit en passant dans un livre imprimé en 1808, et sur lequel livre la *Gazette de France* publia alors quatre grands articles d'agréables plaisanteries, d'un M. de *Laverpeillère*, si je ne me trompe. Vous pouvez lire ces articles, et vous verrez que si le premier livre de Fourier a donné à rire à M. de Laverpeillère, au moins n'y a-t-il rien trouvé à foudroyer (1)...

J'aurais pu dans ma lettre insister sur ce que je vous dis ici, Monsieur; mon objet était d'y prouver la fausseté des imputations articulées dans votre journal. J'ai répondu sans dire tout ce que j'aurais pu dire, sans doute; mais cela me suffira : aussi, Monsieur, serai-je heureux de croire à votre loyauté personnelle, et à l'extrême légèreté de vos rédacteurs, dans cette affaire, aussitôt que vos actes, comme hier votre bouche, m'auront dit votre loyauté.

Du reste, Monsieur, je n'ai point protesté contre des attaques en tant qu'attaques, mais en tant que fausses imputations. Les principes et les moyens de Fourier, que j'ai adoptés, sont certes bien différens des vôtres : vous serez dans votre droit en montrant ce que les premiers ont de vain et de funeste, comme j'espère bien user de mon droit en le faisant voir pour les seconds.

Agréez, Monsieur, etc.,   V. CONSIDERANT.

Voici maintenant la réclamation de M. Considérant, telle qu'elle fut insérée dans la *Gazette* du 24 décembre (*édition de Paris* seulement, car la lettre ne passa que douze jours plus tard, et tronquée, dans l'*édition de province*.

Paris, le 18 décembre 1835.

Monsieur,

Vous dirigez un journal dont la publicité est grande; vous présentez à vos lecteurs un but grave: vous combattez pour les intérêts de principes politiques et religieux que vous croyez vrais. J'accepte la position que vous avez prise; je n'ai pas à combattre ici les moyens par lesquels il vous convient d'atteindre votre but; je n'ai rien à réclamer contre vos convictions et votre zèle. Mais, Monsieur, j'ai à réclamer, et je

_____

(1) Dans un livre publié depuis le *Nouveau Monde industriel*, etc., M. Fourier a donné un chapitre intitulé : *Confirmation tirée des Saintes-Écritures*; que Messieurs de la *Gazette de France* lisent ce chapitre, et ils verront tout ce qu'il y a d'odieux dans leurs imputations dirigées contre M. Fourier.

réclame quand je me trouve, moi, victime de votre zèle ; j'ai à réclamer quand je suis en butte dans vos colonnes à des accusations matériellement fausses, à des imputations qui, si elles ne dérivaient de la plus étrange hallucination, seraient alors des calomnies émises avec une audace dont les opinions que vous qualifiez *immorales* rougiraient de donner l'exemple.

Je viens de lire dans votre feuille d'hier, 18 décembre, un article, où à propos d'un discours lu par moi le 11 à l'Hôtel-de-Ville dans une séance du Congrès Historique, mes opinions et ma personne sont attaquées, dans le but de défendre l'humilité, la charité et la religion chrétiennes, avec une violence qui me paraît singulièrement contraire aux préceptes de Jésus-Christ. Moi, qui dans votre feuille suis représenté comme *l'apôtre du principe d'orgueil et de vengeance*, je ne veux pas rechercher s'il y a ici de l'orgueil et de la haine sous le manteau de la charité et de la religion.

Ce dont je me plains seulement, ce dont je vous demande réparation publique, c'est de ce que la *Gazette de France* me charge publiquement d'opinions odieuses et idiotes dans tout le cours d'un article qui contient autant de faussetés matérielles que de lignes. Je ne prétends pas faire le procès à vos intentions, j'aime à croire que votre religion a été surprise.

Vous n'étiez pas à l'Hôtel-de-Ville quand j'y ai lu mon travail ; ainsi, quand bien les faussetés pour lesquelles je vous demande réparation seraient des perfidies, vous n'en sauriez être, vous, Monsieur, personnellement responsable que dans le cas où vous les accepteriez comme vôtres, en vous refusant au moyen par lequel je crois convenable de détruire l'effet de leur publicité dans vos colonnes. Ce moyen, c'est l'insertion loyale et complète dans vos colonnes de la lettre que j'ai l'honneur de vous écrire.

Le travail que j'ai lu à l'Hôtel-de-Ville a donné lieu, dans l'*Univers Religieux*, à un article qui ne contenait que des injures pour moi et pour les *claqueurs officieux que j'avais,* suivant cet article, *amenés à l'auditoire.* Le titre de ce journal me faisant préjuger qu'il s'adresse habituellement à ses lecteurs avec une parole grave, je me suis dispensé de répondre à des injures dont la forme tuait le fond. Voici maintenant que dans votre feuille, qui me prend à partie, et qui, au lieu de réfuter, de blâmer, de stygmatiser (comme vous le pouvez dans les limites de votre droit) des opinions et des principes que j'ai émis publiquement, voici qu'on fausse, on travestit, on falsifie mes principes et mes opinions ; voici que l'on en change face pour face la nature et l'esprit ; et bien plus, chose incroyable ! on produit une *citation* de mon discours, une citation détachée, guillemetée, une *longue citation donnée comme textuelle...* et dans laquelle il n'y a pas une pensée, pas une phrase qui m'appartienne ; une citation où l'on me met dans la bouche des monstruosités que j'ai pris à tâche de flétrir dans mon discours, des platitudes aussi platement

exprimées que platement pensées, et qui sont dans cette citation entor-
tillées avec des idées altérées et des mots de mon vrai discours, comme
si l'on eût pris à tâche de leur donner un air de ressemblance avec mes
paroles, comme si l'on eût travaillé un mensonge dans un calcul de
vraisemblance !

Je laisse l'exorde où votre écrivain réunissant les figures de Lacenaire
et de Fieschi à celle du jeune Escousse, que la tombe n'a pu protéger
contre une profanation, les fait intervenir à côté des principes révolutionnaires de la philosophie du dix-neuvième siècle; principes aussi éloignés
des miens d'ailleurs que les actes qui ont amené Lacenaire et Fieschi sur
les bancs des accusés peuvent l'être, Monsieur, des actes de votre vie.
Ce pitoyable lieu commun va bien comme exorde à l'article de votre
écrivain.

Mais que signifient, je le lui demande, ces *imprécations contre Jésus-
Christ*, qu'il écrit et affirme avoir été prononcées par moi à l'Hôtel-de-
Ville? que signifie cet amalgame composé avec les imprécations qu'il
m'attribue et les principes insurrectionnels et révolutionnaires qu'il
m'attribue encore? Où a-t-il donc pris, votre écrivain, que j'ai prêché,
moi, *que celui qui accepte l'insulte et la mort, quand il pouvait se venger, est infâme ; que celui qui fait une loi de soumission à des hommes
qui n'auraient besoin que de se compter pour anéantir le pouvoir, a établi l'esclavage sur la terre ?* « Voilà ajoute votre écrivain ce qu'un *fouriériste* est venu déclarer à l'Hôtel-de-Ville devant une assemblée nombreuse. » Où donc a-t-il pris dans mes paroles ces plates déclamations
des basses régions révolutionnaires, qu'on n'entend même pas aujourd'hui
dans les cabarets ?

Dans la partie de mon travail lu à l'Hôtel-de-Ville, où j'avais à établir
scientifiquement une conception cosmogonique et historique, j'ai fait
une critique de la plupart des conceptions de cet ordre qui ont eu cours
jusqu'à nos jours ; dans cette critique, j'ai établi religieusement une sépa-
tion entre la doctrine d'amour et de charité prêchée par le Christ et le
dogme oriental antérieur, le dogme qui *a décrété la déchéance imprescriptible de l'homme ici-bas, et la corruption native de la nature humaine*, dogme qui s'est fatalement glissé dans le christianisme. Avec toute
la chaleur de ma foi religieuse *en la bonté native de la nature humaine,
faite par Dieu à son image*, j'ai attaqué ce dogme ancien de la domination fatale du mal sur l'homme ici-bas ; j'ai dit que je donnerais dans
mon discours, à ce dogme odieux, anti-social, anti-humain et impie,
suivant moi et suivant beaucoup d'autres, le nom de *dogme chrétien*,
parce que le christianisme l'ayant, pour le malheur de l'humanité, recélé
dans son sein, j'ai dû l'appeler du nom sous lequel il est baptisé, du nom
qu'il porte aujourd'hui dans le monde, du nom dont vous l'appelez vous-
même, vous qui le professez.

J'ai montré dans les développemens historiques du christianisme l'humanité continuellement aux prises contre ce dogme anti-humain, dans le

cœur même du chrétien, et l'homme arrivant enfin de nos jours à vaincre ce dogme par la croyance à un avenir de bonheur et d'harmonie réalisable pour lui et par lui sur cette terre; car cette terre, l'homme commence à comprendre aujourd'hui que Dieu la lui a confiée, non pour la dévaster et y égorger ses frères, mais pour l'embellir, la gouverner et la régir.

J'ai manifesté, de toute la puissance religieuse qui est en moi, ma foi vive à ce bel et glorieux avenir de l'humanité. Voilà ce que j'ai dit, et l'on verra bien que je ne renie pas mon dire; voilà la doctrine qui depuis dix ans a empreint chacune de mes paroles, chacun de mes écrits, avec laquelle je n'ai pas fini, je l'espère; voilà la doctrine que j'ai émise à l'Hôtel-de-Ville; qu'on la réfute, qu'on l'écrase, si elle est anti-sociale et impie, à la bonne heure. Est-ce que je me donne pour chrétien, moi ? non, Dieu merci! Mais de mes doctrines à celles que votre écrivain me prête, il y a de la distance, comme vous pouvez le voir. Voici ce qu'il me fait dire, votre écrivain :

« Le Christ » s'est-il écrié (moi) « *n'est qu'un homme lâche et sans
» cœur; il se jette à plat-ventre devant les puissans de la terre. Sa loi
» n'est qu'une religion de servilisme faite pour des esclaves, pour des
» êtres vils et dégradés...

» Si le Christ avait dit à ses esclaves : *Comptez-vous, reconnaissez vos
» forces, mort à vos tyrans, je l'eusse compris* (c'est toujours moi que
» l'on fait parler ainsi); il serait grand; mais dans toute sa loi on ne
» sent qu'un être dégradé. »

Voilà donc mes paroles, mes propres paroles, à moi, suivant cet homme ! Voilà les phrases que l'on a eu la folie, si vous voulez, de m'attribuer. Vous le voyez, pour moi, suivant cet homme, *Jésus-Christ a été le premier des sans-culottes.*

Or, mes paroles, les miennes, les voici :

« On voit bien que cette religion (c'est le dogme de la *corruption
» native* qu'exprime formellement le mot *religion* en ce point de mon
» discours) était une religion d'esclaves faite par des esclaves; car elle
» s'attachait surtout à formuler ce dogme qui déclare la nature humaine
» impuissante et infâme, quoique cette idée perverse, antérieure au
» christianisme, eût peu préoccupé le Christ, qui l'avait acceptée telle
» quelle, et qui s'était occupé principalement de pratique morale et
» politique, comme il est évident par le *pater*, la seule prière qu'il ait
» voulu que l'homme adressât à Dieu. Si cette prière contient une er-
» reur sur la nature humaine, du moins elle ne l'érige pas formellement
» en dogme; elle ne la consacre pas expressément en la sanctifiant, ainsi
» que le firent les esclaves qui, après le Christ, constituèrent le chris-
» tianisme à leur image. L'erreur s'était glissée, c'est le mot qu'il faut
» dire, dans la doctrine du Christ; il disait à Dieu : Père, donne-nous
» notre pain quotidien et délivre-nous du mal, *da nobis panem nos-
» trum quotidianum, libera nos à malo*; tandis qu'il fallait dire aux
» hommes : Frères, réunissons-nous *pour créer notre pain quotidien*

» et *écraser le mal*, c'est ainsi que nous accomplirons la volonté de
» Dieu, manifestée par les attractions de notre nature.

» Le Christ, dont l'objet principal était de prêcher l'amour et la cha-
» rité, s'était trouvé victime de l'erreur d'un dogme antérieur et l'a-
» vait subi. Les esclaves divinisèrent l'erreur, sanctifièrent l'humilia-
» tion et la souffrance, et, comme pour se venger de leur humiliation
» et de leur souffrance, ils prétendirent l'imposer, de par Dieu, au
» monde entier.

» C'était une réaction, légitime en son principe, de ceux qui souf-
» fraient contre ceux qui jouissaient; mais cette réaction, au lieu d'a-
» boutir à l'idée de l'universalisation harmonique de la jouissance et de
» la puissance, n'aboutit qu'au dogme odieux de l'universalisation de la
» douleur et de l'abjection, etc., etc. » Et plus loin : « Ah! certes, il
» est permis de le croire, Jésus mourant sur la croix et priant pour les
» hommes ne se doutait pas que les hommes prendraient bientôt cette
» croix fatale pour l'objet de leur aspiration, pour le but final de leur
» destinée terrestre. »

Voilà mes paroles. Sont-elles odieuses, ces paroles? Eh! si elles sont
odieuses, qu'on fasse justice de moi sur mes paroles... je ne songe pas à
les rétracter; mais je repousse les platitudes et les infamies qu'on m'attribue.

Quant aux imputations *philosophico-révolutionnaires* dont votre écrivain m'a chargé, voici mon appréciation des doctrines de la philosophie
révolutionnaire; mon appréciation écrite tout au long dans mon manuscrit, et que j'ai lue tout au long à l'Hôtel-de-Ville.

« La philosophie du dix-huitième siècle ne se contenta pas d'être va-
» gue et niaise en restant dans la sphère d'une négation pure; elle
» ajouta à cela l'affirmation d'une absurdité. » (Ici, je prouve que la
doctrine du *niveau égalitaire* est une absurdité, et je conclus par ces
mots :) « Ainsi, la réaction, légitime en son principe, de celui qui avait
» souffert de l'*inégalité de naissance* contre celui qui en avait joui, au
» lieu d'amener les roturiers et les bourgeois, qui étaient supérieurs aux
» féodaux *dans mille ordres* autres que celui de naissance, à accepter
» les *inégalités de naissance* et à demander pour tous la constatation so-
» ciale de toutes les supériorités, l'extension à toutes ces supériorités des
» privilèges qu'elles méritent, chacune, sur les infériorités du même
» ordre; cette réaction, dis-je, vint se résoudre dans l'absurdité égali-
» taire, et l'absurdité égalitaire, n'étant qu'une négation idiote de tout
» ordre, vint se résoudre, elle, dans l'anarchie, la révolution, et *ça*
» *ira, les aristocrates à la lanterne*. »Est-ce assez clair et explicite cela?
C'est tellement clair et explicite en *réprobation*, que je prie ici les républicains honnêtes de suspendre leur jugement sur ma pensée avant d'en
connaître les causes, les moyens et les développemens.

Je ne dirai rien ici de la *pénible émotion de l'Institut Historique* et
de *l'horreur de son président pour de pareils blasphèmes*. Quant à sa-

11.

voir si *le ministère, qui a destitué le maire de Thorigny, destituera M. de Rambuteau pour avoir prêté la salle où le fouriérisme a blas-phémé Jésus-Christ*, je pense que le vœu de votre écrivain ne sera pas accompli. Ce n'est ni dans son article ni probablement dans votre feuille que le ministère prendra ses inspirations; et puisque votre écrivain cher-che, par suite de son hallucination sans doute, à exciter, à propos de mon discours, l'animadversion du pouvoir contre une doctrine dont je professe les principes, contre l'Institut Historique, dont je ne fais pas par-tie, contre M. de Rambuteau, que je n'ai jamais vu; puisqu'il prend pré-texte, pour attaquer violemment le gouvernement, d'attaques violentes qu'il m'impute faussement contre le gouvernement, je termine en éta-blissant publiquement ici deux faits qui m'importent :

J'établis, premièrement, que je n'ai pris nulle part ni n'accepte la qualification de *fouriériste* par laquelle il me désigne : attendu que Fou-rier n'étant ni un Dieu ni un chef de secte, mais l'auteur d'une dé-couverte, d'une science, cette qualification serait absurde : attendu en-suite que s'il me convient, en traitant des questions historiques et scien-tifiques, de rendre hommage à Fourier pour les grands secours que l'on trouve dans sa science, il ne m'appartiendrait pas de compromettre l'homme qui est vivant et la science dont les livres seuls de cet homme *font foi*, en usurpant sur l'un et sur l'autre par le titre de *fouriériste*. Les hommes qui comprennent et acceptent la science de Fourier, qui travaillent à la réalisation des immenses bienfaits qu'elle recèle, croient à une science, non à un homme. L'homme qu'ils bénissent et vénèrent proteste lui-même contre la qualification de *fouriériste* donnée à ceux qui ont accepté tout ou partie de sa science; il ne prétend baptiser per-sonne de son nom propre.

J'établis publiquement, en second lieu, que tous les hommes éclairés par la science de Fourier apprécient bien les misères de nos pitoyables querelles politiques, querelles que votre feuille, en particulier, suivant moi, sert à raviver chaque jour; que, loin de professer l'esprit révolu-tionnaire, ces hommes regardent au contraire la consolidation du gou-vernement comme la condition première de la prospérité de la France et de tous les progrès industriels et sociaux qu'elle doit ultérieurement accomplir. Ces hommes dont je parle, et dans les rangs desquels je m'honore de figurer, professent (tout en rendant justice entière au no-ble caractère de beaucoup de gens égarés dans les dérisoires erreurs de la politique) que tous les partis hostiles aujourd'hui à notre monarchie constitutionnelle *sont des factions dans l'état*, et cela, *quelle que soit la couleur de leur drapeau*, quel que soit le degré de franchise de leurs allures.

J'attends, Monsieur, pour réparation du scandale causé par vos arti-cles, et du dommage que ce scandale a porté à M. Fourier et à moi, l'in-sertion de cette lettre dans votre plus prochain numéro.

J'ai l'honneur d'être, Monsieur, votre très humble et très-obéissant serviteur.   V. CONSIDÉRANT, capitaine du génie.

19 décembre.

P. S. Voici qui est trop fort. Votre feuille du 19 décembre m'est apportée. Cette fois, ce n'est plus un article isolé dans vos colonnes, c'est toute votre feuille, trois articles, c'est toute votre rédaction qui m'attaque. Vous avez eu le temps de réfléchir et de vous informer pourtant, et voilà que les imputations de la veille se répètent plus précisées, plus tranchées encore aujourd'hui. Aujourd'hui votre feuille enfle sa voix pour articuler *que ce qui donne un caractère particulier à l'événement, c'est que l'anti-chrétien ou plutôt l'ante-chrétien qui s'est porté à cette attaque, ne s'est point pris comme les philosophes aux dogmes et aux faits historiques de la religion, mais à la morale même de Jésus-Christ, etc.* Aujourd'hui vous laissez accréditer de plus en plus la fausseté de la veille, en disant : *Il n'est personne qui, en lisant* LES PASSAGES QUE NOUS AVONS CITÉS HIER, *n'ait senti le sol s'ébranler sous ses pieds.* Aujourd'hui on m'associe de nouveau à ceux qui demandent du *sang pour une insulte,* qui font de la *vengeance un devoir ;* et l'on ajoute cette assertion inqualifiable, que j'ai *traité Jésus-Christ de lâche.*

Monsieur, si les passages que vous avez cités hier *font trembler le sol,* vous comprenez que les attribuer volontairement et faussement à des hommes et à une doctrine, serait la plus forte calomnie qui pût être dirigée contre ces hommes et cette doctrine. Or, Monsieur, en attendant la publication de mon manuscrit qui paraîtra bientôt sous le titre de *Programme historique de l'École sociétaire* (manuscrit auquel je ne changerai pas une lettre et qui est en main-tierce), vous tiendrez sans doute à honneur de détruire le scandale et le soupçon dans leur racine, en insérant la présente lettre, loyalement et complètement, dans l'un de vos deux premiers numéros ; faute de quoi, je me verrais obligé de vous faire sommation, aux termes de la loi, et de vous intenter pour vos numéros de vendredi et de samedi, un procès en diffamation calomnieuse. M. Fourier, compromis avec moi dans ces numéros, se réserve aussi contre vous, en pareil cas, une action analogue.

J'ai l'honneur d'être, Monsieur, votre très-humble et très-obéissant serviteur,

V. CONSIDÉRANT.

L'insertion de cette lettre fut accompagnée dans la *Gazette* des réflexions suivantes :

M. Victor Considérant, en vertu de la loi de la presse, ayant exigé que sa réclamation contre l'article où il a été *désigné* fût insérée dans la *Gazette,* nous avons cru devoir déférer à sa demande, bien qu'il n'ait pas été nommé dans notre feuille, et quoique cette lettre ne se borne pas à une rectification.

Mais la *Gazette de France* a toujours porté les opinions les plus contraires aux siennes. Nous avons toujours cru à la force de la vérité, et c'est dans ce sens que nous avons entendu la publication, lorsque nous avons défié plus d'une fois les journaux opposés à nos opinions d'insérer nos articles comme nous insérons les leurs.

Les pièces de cette procédure sont donc sous les yeux du public; il jugera si la religion de trente-deux millions de Français a été l'objet d'une agression qu'il était de notre devoir de repousser, ou si c'est nous qui avons été les agresseurs.

Ainsi, tout le système de M. Considérant est basé sur la non existence de la chute ou du péché originel qui, comme l'a dit Voltaire, est le fond de la théogonie de tous les peuples. Ces messieurs soutiennent que tous les élémens de l'ordre sont sur la terre, attendu que l'harmonie universelle dans les astres existe ici-bas au moins en élément.

Mais comment ne voient-ils pas que l'harmonie existe dans les astres, et que, puisqu'elle n'a pas existé jusqu'à ce jour sur la terre, il faut qu'il y ait eu un dérangement quelconque dans les faits de la création; car, s'il n'y avait eu rien de dérangé, il n'y aurait pas besoin qu'un réparateur vînt dans l'ordre de la science pour rétablir l'harmonie sociale à l'unisson de l'harmonie sidérale. Comme c'est dans l'ordre de l'humanité que ce dérangement existe, de l'aveu de ces messieurs, il faut donc bien que ce soit l'humanité qui ait éprouvé une chute. Ces messieurs veulent donc bien un Messie: seulement, ils veulent le leur et non pas celui du monde.

Le lendemain 25 décembre, on lisait dans la *Gazette*:

Eh bien! que disent le *Journal de Paris* et ses patrons de la lettre de M. Considérant? L'assentiment que lui a donné ce journal est d'accord avec l'assentiment donné aux paroles de M. Crémieux et à l'athéisme de la loi. Nous avons donc eu raison de dire que cette doctrine détruisait le christianisme et faisait trembler le sol, puisqu'elle sapait la société par sa base; et en effet, n'est-ce pas détruire les bases de la société que de lui imputer tout le mal qui existe? Selon M. Considérant, qui ne fait en cela que répéter le paradoxe de Rousseau, l'homme individuel naît bon, et la société le dépave. Alors il a fallu détruire la société pour la reconstituer sur d'autres bases. C'est là tout 93, et Robespierre et Saint-Just, ces terribles commentateurs de Rousseau, étaient partis de ce principe que la société était mal faite, qu'elle était cause de tout le mal de l'humanité, qu'il fallait la refaire, en commençant par détruire tous ceux qui avaient intérêt à défendre la société telle qu'elle était faite. Les rois, les prêtres, les nobles, les propriétaires, les savans, et enfin les épiciers, ont dû subir la loi de ces inflexibles logiciens.

Pour revenir à M. Considérant, que nous ne confondons certainement pas avec les hommes dont nous venons de rappeler les noms, il y a dans sa lettre un défaut de logique qui frappe tous les esprits. Il parle de la bonté native de l'homme; le christianisme qu'il attaque, y croit aussi: c'est cet état d'innocence que nous appelons l'état primitif. Il parle d'un avenir meilleur même sur la terre, et nous disons avec Montesquieu: « Chose admirable! le christianisme, qui doit faire notre bonheur dans l'autre vie, fait encore notre félicité ici-bas. » Reste donc l'état intermédiaire, et M. Considérant le déclare mauvais, puisqu'il dit que la société est mal faite et qu'il prétend la refaire. Il y a donc une dégradation de l'état primitif, un mal réalisé dans la nature actuelle de l'homme. Jésus-Christ n'a pas dit autre chose, les chrétiens ne disent pas autre chose!

Tous les outrages de M. Considerant contre la religion chrétienne, qu'il appelle *une religion d'esclaves et faite par des esclaves et n'aboutissant qu'au dogme de l'universalisation de la douleur et de l'abjection*, tombent donc à faux, et toute cette discussion prouve que nous n'avons pas eu tort envers lui, car s'il dément ce qu'on avait cru appliqué par lui au Sauveur du monde, il flétrit son œuvre au nom du principe d'orgueil qui peut seul donner le nom d'*abjection* à la résignation et à l'humilité chrétienne.

Le *Journal de Paris* est bien imprudent d'avoir défendu ce discours (1). Ce n'est plus seulement le principe de souveraineté du peuple et d'insurrection, c'est la destruction du christianisme, c'est la destruction de toutes les sociétés existantes, qui ne sont toutes fondées que sur la certitude des penchans mauvais de l'homme et de tout ce que M. Considerant reconnaît lui-même dans cette variante du *Pater*, où au lieu des mots *Délivrez-nous du mal*, il dit *Réunissons-nous pour écraser le mal.* Si le mal doit être écrasé, donc il existe. Nous ne comprenons pas qu'on imagine affaiblir cette idée de l'existence du mal en l'attribuant à la société, c'est-à-dire à la collection des individus, et en disant que l'individu est bon. Nous lui demandons, à lui qui est un mathématicien, comment il serait possible qu'il se trouvât dans le tout des choses qui ne seraient pas dans les parties du tout.

M. Considerant écrit qu'il n'est *point chrétien, grace à Dieu*. C'est la première fois, depuis 90, qu'une déclaration pareille se trouve formulée dans ce pays. Cette déclaration contraste d'une manière singulière avec les professions de foi dynastiques qui se trouvent dans cette lettre. Nous n'avons donc pas eu tort de dire que le gouvernement de la révolution, qui payait les juifs, ferait des antéchristiens.

A ce nouvel article, M. Considerant répondit par la lettre suivante, insérée dans la *Gazette* du 6 janvier, à l'exception pourtant des deux premiers paragraphes, qui furent supprimés par la rédaction de ce journal :

AU RÉDACTEUR.

Paris, 25 décembre 1845.

Monsieur,

Dans votre numéro de ce jour, où vous revenez sur ma lettre insérée chez vous le 24, vous m'adressez formellement la parole et vous me demandez une réponse. Je pense donc que vous voulez une réponse; la voici :

1° Vous dites « que le *Journal de Paris* a donné assentiment à la

(1) Le *Journal de Paris* n'avait nullement défendu ce discours qu'il ne connaissait pas. Il faut toujours que la *Gazette* fasse des manœuvres pareilles : le *Journal de Paris* avait reproduit, ainsi que plusieurs autres ournaux, une lettre dans laquelle M. Considerant se plaignait des citations fausses de la *Gazette*. Le *Journal de Paris* ajoutait que ce procédé ne l'étonnait pas de la part de la *Gazette*, voilà tout. Il ne connaissait aucunement le discours en question.

» lettre que je vous ai adressée. » — Je ne comprends pas bien ceci. Ce journal ne connaissait ni ma lettre ni mon discours quand il a réprouvé, en insérant l'annonce de ma réclamation, le procédé de *fausse citation*, qu'il croyait, comme moi alors, avoir été employé sciemment et volontairement dans votre rédaction.

2° Vous dites : « Selon M. Considérant, qui ne fait en cela que répé-
» ter le paradoxe de Rousseau, l'homme individuel naît bon, et la so-
» ciété le déprave ; alors il a fallu détruire la société pour la recons-
» truire sur d'autres bases. C'est là tout 93 et Robespierre, et Saint-
Just, etc. » Veuillez faire attention à ceci, Monsieur. Si vous ne voulez pas que ce soit la société (le milieu social, les influences ambiantes) qui soit la cause de la dépravation du méchant, c'est donc que le méchant est méchant de nature. Vous avez admis cela. Comment pouvez-vous alors imputer au méchant sa méchanceté, et comment Dieu pourrait-il le punir de l'avoir créé méchant ? J'aime bien mieux croire que l'homme, qui est l'ouvrage de Dieu, est bon ; que la société mauvaise est une erreur des hommes ; que le mal gît entièrement dans la fausseté de la combinaison sociale, non dans la nature humaine. Ceux qui ont le bonheur de penser comme moi conservent au moins l'espoir qu'un jour (bientôt peut-être !) le bien sera réalisé sur la terre.

Veuillez ensuite remarquer, Monsieur, qu'il n'est nullement forcé de commenter ce que vous appelez le paradoxe de Rousseau comme l'ont fait Robespierre, Saint-Just, etc. Pourquoi la forme sociale actuelle est-elle mauvaise ? Parce qu'elle laisse aux prises les divers intérêts qui vivent dans son sein. — Qu'ont fait les révolutionnaires ? (Ceux-ci, comme les révolutionnaires de tous les temps, comme vous-même, Monsieur, aujourd'hui, *sans confondre*.) — Ce qu'ils ont fait ? Ils ont tout simplement voulu faire prédominer certains intérêts au détriment de certains autres. Cette voie ne peut mener qu'au combat des intérêts, à la victoire plus ou moins illégitime des uns sur les autres. — Pour nous, ce n'est pas ainsi, grâce à Dieu et à notre bon sens, que nous commentons le paradoxe : nous demandons que l'on veuille bien examiner un moyen trouvé de mettre tous les intérêts d'accord en les combinant, en les intéressant les uns aux autres, passez-moi le mot, en les associant ensemble pour le plus grand avantage de tous. — De ce commentaire qui congédie la haine et la guerre, qui écrase le mal ici-bas, de ce commentaire à celui de 93, il y a loin, comme vous pouvez le voir (a).

3° Vous dites « que le christianisme croit à la bonté native de
» l'homme » (si cela est pour l'homme actuel, je suis chrétien). Vous ajoutez avec Montesquieu : « Chose admirable ! le christianisme, qui
» doit faire notre bonheur dans l'autre vie, fait encore notre félicité ici-
» bas. » (Si cela est, je suis encore chrétien : malheureusement, les nations *chrétiennes* souffrent comme les nations *non chrétiennes*, et force est bien d'ajouter quelque chose à la puissance du christianisme, si l'on veut faire leur félicité ici-bas (b).

Mais, Monsieur, si le christianisme croit à la *bonté native de l'homme*, comme vous le dites, pourquoi donc refusez-vous d'y croire avec Rousseau, qui y croyait hier, et avec nous, qui y croyons (tout autrement que Rousseau, il est vrai) aujourd'hui ? Et puis, si le but du christianisme est de faire la félicité de l'homme, non-seulement en l'autre vie, mais encore ici-bas, pourquoi voulez-vous donc que l'on ne croie pas à la possibilité du bonheur ici-bas ? Vous voyez bien que votre premier *alinéa*, où vous refusez la bonté native de l'homme, se brise contre le second, où vous l'acceptez !... Il est remarquable que ce soit précisément dans ce second paragraphe que vous m'accusiez de *manquer de logique* (c).

Direz-vous, pour vous tirer de ce pas difficile, que la désobéissance de l'homme, primitivement bon, a entraîné la dépravation de la nature de l'homme ? — Eh! comment une nature primitivement bonne aurait-elle pu faire le mal, pécher (d) ?

— Pour nous, il y a eu un accident, aujourd'hui encore erreur, il n'y a pas péché, il n'y a pas corruption de la nature ; il y a aussi l'espérance et l'avenir. Nous voulons la félicité pour tous, en ce monde comme en l'autre.

4° Vous confondez fort illogiquement ce que vous appelez « l'état primitif de nature » avec « l'état primitif de société (relisez votre second *alinéa*). De cette confusion vous tirez la conséquence que « l'état de la « société étant actuellement mauvais, suivant moi », la logique me force à conclure « qu'il y a eu nécessairement un mal réalisé dans la nature actuelle de l'homme. »

Eh! non, Monsieur. Voyez : je soutiens comme vous que *l'homme bon* a été placé sur la terre dans un état primitivement bon ; mais l'état dans lequel l'homme se trouve aujourd'hui étant mauvais, j'en conclus simplement que cet état est mauvais. Rien ne m'oblige à vouloir que la nature de l'homme, elle aussi, soit devenue mauvaise. Pourquoi ajouter la déchéance de nature à la déchéance sociale ? Pourquoi fermer ainsi la porte à la rédemption sociale ? — Il y a l'homme et le milieu : où la société l'homme est bon, le milieu social peut être mauvais. Le milieu, en le supposant primitivement bon, a pu être troublé par des faits extérieurs qui s'expliquent fort bien dans l'ordre naturel de la création. Ce milieu bon peut être reconstitué ; les premières harmonies peuvent renaître plus belles qu'aux premiers jours ; la terre est le premier royaume de l'homme, le ciel le second. — A quoi bon deux chutes, quand l'une des deux serait absurde, et quand on peut, avec l'autre, *tout expliquer* et TOUT ESPÉRER (e).

5° Vous dites que c'est la même chose, à moi, d'appliquer la flétrissure à Jésus-Christ ou de l'appliquer à *son œuvre*. — Mais faites donc attention, Monsieur, que dans mon esprit c'est bien différent, puisque je professe, moi, que ce que vous appelez l'œuvre de Jésus-Christ n'est pas son œuvre. Cela résulte des termes formels de mon texte même (f).

6° Vous dites que toutes les sociétés existantes étant fondées sur la certitude des penchans mauvais de l'homme, la doctrine qui nie cette certitude contient la destruction de toutes les sociétés existantes.— Vous avez parfaitement raison dans l'idée, Monsieur. Si d'une part nous croyons fort réalisable « d'utiliser et tourner au bien tous les penchans natifs de l'homme », dans une bonne forme sociale, il en résulte pour nous l'espérance que cette forme remplacera un jour toutes les formes sociales actuellement existantes: j'accepte cela. Mais d'autre part, le mot *destruction*, employé pour rendre cette idée juste, implique clairement dans votre phrase que nous concluons aujourd'hui au renversement des sociétés existantes pour faire place nette, suivant l'expression des *textes révolutionnaires*. Or, Monsieur, ceci je ne l'accepte pas, car nous sommes loin de conclure ainsi : nous voulons, nous, que sans renverser une seule pierre de l'édifice actuel, on procède à la construction du nouveau (nous disons comment cela peut se faire) et que l'on quitte l'ancien seulement par l'effet d'une préférence volontaire pour la nouvelle habitation. Quiconque voudrait rester dans l'ancien édifice serait tout-à-fait libre (g).

Nous voulons que l'on procède à des créations sociales, non à des bouleversemens. Il y a plus, tout bouleversement est fatal à l'œuvre de paix que nous concevons et que nous réalisons, et voilà *qui vous explique* ma profession de foi politique, laquelle serait encore une profession de foi *dynastique*, si le gouvernement que vous regrettez (et que je ne regrette pas) était le pouvoir de fait, le pouvoir social aujourd'hui. Je professe qu'il ne faut pas changer de gouvernement aujourd'hui, parce que l'on en a déjà changé beaucoup trop, et qu'il y a tout autre chose que des changemens de gouvernement à faire pour le bien du pays et de l'humanité. — Cela est assez franc, j'espère (h).

8° Enfin, votre écrivain me pousse un dernier argument pour m'achever : « Nous ne comprenons pas, dit-il, que M. Considérant imagine affaiblir l'idée de l'existence du mal en l'attribuant à la société, c'est-à-dire à la collection des individus, et en disant que l'individu est bon. Nous lui demandons, à lui qui est un mathématicien, comment il serait possible qu'il se trouvât dans le tout des choses qui ne seraient pas dans les parties du tout. » Trouvez donc, Monsieur, une formule convenable pour faire comprendre à votre écrivain, qui n'est pas mathématicien sans doute, qu'une société et la collection des individus qui vivent dans cette société sont choses différentes. Faites-lui entendre un peu que la collection des trente-deux millions de Français, par exemple, qui vivent dans la forme sociale actuelle, seraient capables de vivre dans une forme sociale entièrement autre, et même qu'ils y vivraient plus heureusement, si cette forme était meilleure (i).

Obtenez, de grâce, encore, Monsieur, qu'on ne me donne plus dans vos colonnes le nom d'*antechristien* : car, je vous le répète, j'honore, j'admire et je vénère le Christ dans mon ame. Je vous ai dit que je n'étais pas *chrétien*, en ce sens que je crois au bien social, que j'en sais les voies, *de science certaine* : que, par suite, je repousse de toutes mes forces les *conséquences sociales* du dogme de la *perversité native de l'homme*. Mon expression ne signifie rien autre chose; et si vous vous décidez contre ce dogme, qui a été alternativement accepté et repoussé dans l'article auquel je réponds, je me déclarerai avec joie chrétien comme vous dès ce jour même. Cela me serait d'autant plus facile que l'établissement de la *combinaison sociale harmonique*, dont j'ai le bonheur de savoir les moyens, s'accommode également de toutes les religions aujourd'hui pratiquées en Europe, et peut se réaliser sous tous les gouvernemens. Bien mieux, les gouvernemens et le clergé, s'ils connaissaient cette combinaison, s'empresseraient de la réaliser eux-mêmes, sans aucun doute. C'est ce que je m'offre de rendre clair dans un court article, si vous le désirez.

Agréez, Monsieur, le témoignage de la considération parfaite avec laquelle je suis,

Votre très-humble et très-obéissant serviteur,

V. CONSIDERANT.

La *Gazette* répliqua à cette lettre, en la coupant par des argumens intercalés aux points marqués (a), (b), (c), etc. Nous reproduisons ces argumens avec les lettres de renvoi qui indiquent les passages auxquels chacun de ces argumens répondait. Nous mettrons quelques observations en regard.

Réplique de la Gazette.	*Observations sur cette réplique.*
Nous avons reçu, il y a quelques jours, une nouvelle lettre de M. Considérant, qui répond aux réflexions que sa première lettre nous avait suggérées. Nous croyons que cette discussion qu'il élève n'est point sans intérêt; car elle nous donne lieu de rectifier des erreurs que la philosophie a jetées dans les esprits sur un point capital sans lequel il est impossible de rien comprendre aux choses humaines. Nous voulons parler de la chute originelle, dont Voltaire a dit qu'elle était le fond de la théogonie de tous les peuples, et que M. de Lamartine a si bien exprimée dans ce vers sublime : L'homme est un Dieu tombé qui se souvient [des cieux.	On ne comprend guère comment sont rectifiées ici les erreurs dont parle la *Gazette* sur la chute originelle. Cette théorie de la chute a servi de base, comme le disent Voltaire et la *Gazette*, à la plupart des théogonies qui ont eu cours jusqu'ici; est-ce que nous nions cela? Non; au contraire, nous disons même que ces théogonies étaient d'autant plus fausses, d'autant plus décevantes, d'autant plus anti-humanitaires qu'elles formulaient plus complétement et plus durement cette fatale conception de la dégradation de la nature humaine. Voilà ce que nous avons dit et ce qui est facile à comprendre. C'est cela qu'il faut réfuter, et c'est ce que ne réfute aucunement la *Gazette*.

M. Considerant, on le voit, dans cette lettre comme dans la précédente est abusé par de fausses notions sur le christianisme. Il semble croire que les chrétiens imaginent un état de chute qui aurait duré jusqu'à la venue du Rédempteur, et qui aurait été jusqu'à détruire la liberté de l'homme, en sorte qu'il aurait été nécessairement méchant. Telle n'est pas la croyance catholique. Sans doute l'homme a perdu un état d'immortalité et de bonheur dans lequel aucune des misères de cette vie ne se faisait sentir, et où il était en communication directe avec les natures spirituelles, communications qui ne peuvent plus se faire maintenant que par le travail, comme la terre ne produit plus qu'arrosée par les sueurs de l'homme. Mais la médiation du réparateur eut lieu au moment même de la chute, et nous voyons presque à la sortie de l'Eden deux fils d'Adam aller l'un au bien, l'autre au mal, en vertu de la liberté qu'ils avaient reçue tous deux. Et la fatalité païenne est si peu une idée applicable au catholicisme, que Moïse met dans la bouche de Dieu ces paroles traduites depuis par Ducis.

Votre crime est horrible, exécrable, odieux,
Mais il n'est pas plus grand que la bonté des
cieux.

Il n'y a pas de faute irréparable ; et la nature déchue a toujours le moyen de se réhabiliter. *Dieu fit du repentir la vertu des mortels.* Il n'y a donc pas d'homme qui ne puisse être justement puni, puisqu'il n'y en a pas qui n'ait eu le moyen de ne pas être coupable.

Ce que nous disons de l'homme, nous le disons également de la société, puisqu'on ne peut parler de l'un sans l'autre.

Les erreurs des sociétés païenne, indienne, chinoise, mahométane, prouvent que l'homme a besoin de lutter sans cesse contre son ignorance et ce qu'il y a de mauvais dans sa nature. Le travail lui est imposé comme condition physique et morale. Dans les sociétés chrétiennes les institutions donnent un appui à l'homme pour

M. Considerant n'imagine pas une autre théorie de la chute que celle renfermée dans le dogme chrétien.

Cette théorie, la voici en deux mots : « Le premier homme a été » créé bon ; il a péché ; le péché » a corrompu sa nature et celle de ses » enfans ; de telle sorte que la nature » humaine est à jamais mauvaise et » corrompue sur notre terre parce que » le premier homme a commis un pé- » ché. » Voilà ce que M. Considerant trouve absurde sous tous les rapports, 1° parce que cette théorie, suivant laquelle Dieu aurait ordonné la déchéance de l'humanité à cause de la faute d'un individu de cette humanité, ferait de Dieu un être infâme ; 2° parce que si le premier acte de l'homme, *avant la chute*, a été un péché, il est absurde de supposer que sa nature était meilleure *avant la chute* qu'*après la chute* ; 3° enfin, parce que la tâche de l'homme étant, en tout état de cause, de travailler à l'établissement du bien sur la terre, il est absurde et immoral de lui donner à croire que sa nature même s'oppose à ce qu'il fasse et établisse le bien sur cette terre, etc., etc.

Si, dans votre sphère d'idées même, la nature déchue a toujours le moyen de se réhabiliter, alors que signifient vos argumens dirigés contre ceux qui soutiennent que le bien est réalisable sur la terre avec la nature humaine *telle qu'elle est*?

Vous seriez bien avancés encore, quand vous auriez prouvé (vous êtes loin de l'avoir fait) qu'il peut y avoir *justice* dans la punition que Dieu infligerait au coupable! Il ne s'agit pas de justifier le Dieu qui punit les coupables, il s'agit de faire qu'il n'y ait pas de coupables.

Nous nous bornerons à mettre ici en regard de l'opinion de la *Gazette* sur l'influence sociale du christianisme l'opinion de M. l'abbé Lacordaire. Voici ce qu'il disait dernièrement dans sa conférence du 21 février 1836. (Extrait de l'*Univ. Relig.*, numéro du 26 février 1836.)

« Si nous tournons nos regards vers

s'affranchir du mal. Elles garantissent sa liberté; elles ont pour but de rendre pour lui le bien facile et le mal impossible.

Assurément, les sociétés chrétiennes n'ont pas complétement atteint ce but, mais elles n'ont jamais cessé d'y marcher et d'en approcher de plus en plus; c'est là le travail qui s'accomplit dans la sphère de la politique, et nous voyons qu'à travers toutes les agitations civiles, les maximes de l'Évangile formulées diversement et invoquées par tous les esprits, même par ceux qui repoussent l'Évangile, ne laissent pas que de passer progressivement dans les faits de la société. C'est donc dans les voies ouvertes par Jésus-Christ *que le bien se réalisera sur la terre.* Toute tentative qui, pour rendre les hommes heureux, violerait la morale de Jésus-Christ, déchirerait le décalogue et voudrait changer ou confondre les notions du bien et du mal moral telles que la révélation les a établies, n'aboutirait qu'à la dissolution de la société, à la corruption de l'homme, et verrait cette corruption se jouer de tous les calculs mathématiques, de toutes les vaines combinaisons législatives par lesquels on chercherait à captiver les volontés: l'homme n'a de pouvoir sur l'homme qu'au nom et dans les voies de Dieu!

(a) Congédier la haine et la guerre: quelle voix est assez puissante pour dire à l'homme: Tu n'auras plus de passions? Quel autre que celui qui parla à la Samaritaine pourrait dire: Je suis l'eau vive, *quiconque boit de cette eau n'a plus soif?*

(b) Il n'y a rien à *ajouter* au christianisme; il faut seulement le réaliser complétement, et c'est à cette œuvre que les esprits généreux doivent concourir.

» la société, nous y retrouvons les mê-
» mes divisions. Au moins, dans
» l'homme, la volonté, l'intelligence,
» la vie, n'avaient à lutter qu'avec el-
» les-mêmes. Dans la société, les in-
» telligences combattent les intelligen-
» ces, les volontés combattent les vo-
» lontés, les empires brisent les empi-
» res, les générations semblent s'é-
» touffer dans l'espace. Et tout cela se
» fait non pas seulement pour des
» biens présens, mais pour des biens
» éternels. Les uns veulent que tout
» soit établi pour conduire les peu-
» ples à l'éternité; les autres non-
» seulement en ont peur, mais ont
» ce but en exécration. Ainsi la so-
» ciété, qui est instituée pour la paix,
» pour que chacun ait sa part d'air,
» de soleil et de vie, pour empêcher
» l'oppression, pour nous unir com-
» me dans un faisceau, pour nous
» faire gagner les biens présens et fu-
» tures, cette société n'est qu'une dé-
» solation, une division sans remède.
» Et, chose qui donne bien à pen-
» ser! depuis que le christianisme est
» venu dans le monde, depuis que
» l'Église existe, cette division s'est
» augmentée. »

Que la doctrine chrétienne de la *Gazette* réponde à la doctrine chrétienne de M. Lacordaire. M. Lacordaire en a dit ici plus que nous.

Ce que c'est que de s'obstiner à ne pas comprendre ses adversaires! Nous soutenons que les passions de la nature humaine sont bonnes, que le bien n'est pas à les comprimer, mais à les utiliser; c'est là ce qui nous sépare fondamentalement de nos adversaires..... et les voici qui nous disent que nous n'avons pas la voix assez puissante pour dire à l'homme: *Tu n'auras plus de passions*; comme si jamais nous avions songé, nous, à dire à l'homme une sottise pareille.

N'y eût-il à ajouter au christianisme que ce qui lui manque *pour qu'il ait puissance de se réaliser*, il faudrait déjà lui ajouter beaucoup. D'ailleurs, l'assertion ci-contre ne répond aucunement au raisonnement (*b*) de la lettre de M. Considérant.

(c) Ce n'est là qu'une subtilité; nous croyons que l'homme a été *créé bon;* nous croyons que par la chute il a perdu cette bonté native. Nous sommes donc très conséquens dans ces deux *alinéas.*

(d) Elle a pu faire le mal, parce qu'il fallait qu'elle fût libre, et il n'y aurait pas liberté entière si cette liberté n'allait jusqu'à la puissance du mal.

(e) De quelque manière qu'on envisage cette question, il faut bien que ce *milieu*, cette *forme sociale mauvaise* qui corrompt l'*homme bon*, soit l'ouvrage des hommes ou de Dieu. Si c'est l'ouvrage des hommes, nous avons eu raison de dire qu'elle atteste la chute de l'homme; et en cela le christianisme est très conséquent en admettant que Dieu est venu corriger l'ouvrage de l'homme tombé, et créer pour lui un milieu dans lequel il peut trouver sa réhabilitation et son salut. Si la forme sociale mauvaise n'est pas l'ouvrage des hommes, comme le soutient M. Considerant, elle est donc l'ouvrage de Dieu. Et en effet, il nous dit qu'elle peut s'expliquer par l'ordre de la création. Or, le Dieu de M. Considerant aurait été très mauvais logicien; car il aurait fait l'homme bon et la société mauvaise. Mais ce n'est pas la seule bizarrerie où cet écrivain est entraîné. Il résulterait de son système que l'homme serait appelé à réformer l'ouvrage de Dieu; car c'est M. Fourier et ses adeptes qui reconstitueraient *le milieu* dans lequel Dieu avait placé le genre humain.

(f) Si dans l'esprit de M. Considerant, ce que nous appelons l'œuvre de Jésus-Christ n'est pas son œuvre, l'effet

Il n'y a pas de subtilité. Qu'appelez-vous *bonté native?* l'homme, pour vous, est mauvais parce qu'il est enclin à pêcher; donc, pour vous, avant la chute aussi il était mauvais, puisque avant la chute il était enclin à pêcher, et qu'il n'est tombé que parce que le premier acte de sa volonté a été un péché.

Comment entendez-vous donc la *liberté* des bienheureux, qui, d'après vos théories, une fois en paradis, ne peuvent plus pêcher. Est-ce que ces bienheureux ne seraient plus *libres*, je vous prie?

Voici de mauvaises chicanes. Dieu a fait l'homme bon, c'est-à-dire qu'il a donné à l'homme les facultés, les penchans, les passions convenables à l'organisation d'une société bonne et heureuse. Dieu a mis l'homme sur la terre avec ces dispositions natives; mais Dieu n'a pas organisé les sociétés humaines; ce sont les hommes qui font leurs sociétés; ils les modifient tous les jours; et, tant qu'ils n'ont pas organisé la société qui convient à leur nature, leur nature se révolte plus ou moins contre les sociétés qui gênent cette nature. — Mais, direz-vous, pourquoi l'homme n'entre-t-il pas d'emblée et pour jamais dans la forme sociale qui convient à sa nature?—Nous vous répondons: Parce qu'il faut que l'homme ait créé les arts, les sciences, l'industrie, tous les instrumens nécessaires au travail qu'il doit accomplir sur la terre dans l'ordre de sa destinée. L'humanité ne peut pas plus jouir de la plénitude de sa vie, de sa force, de sa santé, aux premiers âges du monde, que l'homme aux premiers jours de son enfance. —Ces messieurs ne veulent pas comprendre que la forme sociale est une fonction *variable* sur laquelle l'homme a toute puissance, tandis que sa nature *invariable* est une donnée de la création; que dèslors, il faut maudire Dieu si la nature est mauvaise; et au contraire, si cette nature est bonne, en tirer parti et bénir Dieu.

Suivant nous et beaucoup d'autres, malgré l'opinion de la *Gazette*, on doit bien se garder de rendre J.-C. respon-

que nous signalons n'en existe pas moins ; car pour tout le monde, excepté pour M. Considérant, le christianisme est l'œuvre de Jésus-Christ ; donc, pour tout le monde, insulter le christianisme, dire que c'est une religion d'esclaves et de servilisme, c'est insulter le fondateur de cette religion comme tous ceux qui la professent.

(g) Nous ne comprenons pas comment on croit ne pas démolir l'ancien édifice social, quand on vient en saper toutes les bases en détruisant la morale dans sa sanction et dans ses maximes, quand on vient dire aux hommes que leur religion est fausse et abjecte, que leur société est funeste, que leur morale est cause de tous les désordres et de tous les crimes. Un édifice moral ne se démolit pas avec une hache, mais avec des paroles.

(h) Vos *créations sociales* exigent avant tout des destructions sociales ; ces destructions sont même la seule chose qui soit positive dans votre œuvre ; car c'est ce qu'il y a d'immédiat et d'attrayant. Quant aux créations qui doivent les suivre, elles sont pour vous-mêmes problématiques, car quel élément de certitude nouveau dans l'histoire du genre humain avez-vous en votre possession ? Où est le Dieu qui vous a apporté cette certitude en l'an du monde 5836. Pour nous, la possibilité de vos créations n'est pas même une hypothèse ; car nous savons la vanité des sciences mathématiques quand on veut les appliquer aux intelligences libres ; nous savons surtout que vos tentatives pour changer les notions du bien et du mal, des vertus et des crimes, et pour établir une morale nouvelle, sont renouvelées de la tour de *Babel*, et auront des résultats pareils.

sable de tout ce que les hommes ont fait en son nom. Nous persistons à ne pas confondre.

Mauvaises raisons déclamatoires. Les hommes commettent les uns à l'égard des autres des actes nuisibles, parce qu'ils ont intérêt et passion, dans la combinaison sociale actuelle à commettre ces actes. Vous avez, contre cela, des lois de répression et des maximes de morale, et vous vous obstinez à en rester à ces moyens répressifs des actes nuisibles. Or, nous vous disons que vos moyens sont impuissans, que le mal subsiste malgré ces moyens, et que le procédé de réalisation du bien, c'est de produire une combinaison sociale dans laquelle les hommes aient plus intérêt et passion à commettre des actes utiles qu'à en commettre de nuisibles. Nous vous offrons une combinaison dans laquelle ce bon résultat s'obtient naturellement ; nous vous engageons à l'étudier et à l'essayer sur une demi-lieue de terrain. Il n'y a rien de subversif là-dedans, malgré les plus grosses paroles du monde.

Nos *créations* n'exigent aucune *destruction*, et tout le paragraphe de la *Gazette* prouve une seule chose, son ignorance profonde du sujet qu'elle combat, qu'elle juge et qu'elle condamne si lestement. — Nous ne croyons pas à la nécessité de l'intervention directe d'un Dieu pour une découverte en science sociale, pas plus que pour une découverte en toute autre science. Tout ce que dit ici la *Gazette* n'a aucune valeur logique.

(1) N'en déplaise à M. Considerant, nous croyons que la société ne peut changer sans qu'auparavant les membres qui la composent ne soient autres. Les hommes éclairés et devenus meilleurs font les sociétés meilleures. Les hommes corrompus font les sociétés mauvaises; cela est si vrai, que, pour arriver à changer la société, tous les écrivains politiques, et M. Considerant lui-même, veulent agir sur les membres de la société, et aspirent à les changer, pour qu'ils changent la société. C'est apparemment dans l'espoir d'infuser les idées de M. Fourier dans l'esprit des Français que M. Considerant entretient avec nous cette discussion.

Il est donc impossible d'admettre que le mal qui existe dans la société soit ailleurs que dans les idées, dans les habitudes, dans les consistances morales des membres qui la composent. Notre objection conserve toute sa valeur.

N'en déplaise à la *Gazette*, dans une discussion sur la valeur relative de différentes formes sociales, le mot *société* signifie la nature de cette forme, la nature de la combinaison des intérêts et des individus, la nature des relations qu'ont entre eux les individus, et non pas le nombre et la collection de ces individus. Ajoutons que nous proposons un plan d'organisation, un procédé d'association des intérêts. Nous cherchons à faire connaître une science et à en provoquer l'application, et nullement à opérer des changemens moraux dans les hommes de la société actuelle. Nous aurions même à dire là-dessus des choses fort explicites, si ces choses ne ressortaient avec clarté de l'ensemble de nos argumens. Nous écrivons pour ceux qui veulent bien comprendre et non pour ceux qui ne veulent que chicaner. Pour ces derniers des volumes entiers ne sauraient suffire.

Lorsque la *Gazette* eut inséré la première lettre de M. Considerant, *l'Univers Religieux*, ce journal dont nous avons parlé et dont M. Considerant avait négligé la ridicule attaque, reproduisit une partie de cette lettre et l'accompagna des réflexions suivantes :

M. Victor Considerant, l'auteur de ce travail injurieux au christianisme dont nous avons parlé dans notre numéro du 12 décembre, se plaint dans une lettre à la *Gazette de France* du ton de notre article, qu'il trouve rempli d'injures. Nous venons de relire ces lignes; elles contiennent un certain nombre de faits que M. Considerant a pu, et même a dû ne pas voir, dans la préoccupation de sa lecture, et contre lesquels il a tort, par conséquent, de réclamer. De ce nombre sont l'air passionné avec lequel on commandait le silence, les applaudissemens les plus vifs contre la doctrine chrétienne, et la sortie turbulente qui suivit immédiatement la lecture. Il n'y a là rien de personnel à M. Considerant. Nous n'avons pas dit qu'il eût *amené ces écouteurs*, mais qu'ils *étaient accourus* pour jouir de cette nouvelle flagellation du Christ, ce qui n'implique pas une convocation de sa part.

Quant aux qualifications d'orgueilleuse et d'impertinente que nous avons donnée à cette manifestation, nous les maintenons positivement, et nous croyons que la lettre même par laquelle il veut s'en justifier en est une bonne confirmation. Et cependant elle ne rend pas complètement la violence continue du travail que nous avons entendu. Nous laisserons nos lecteurs juger quels autres noms convenaient mieux à une théorie qui attaque en termes irrespectueux les croyances de la moitié du monde, et où un jeune homme de 30 ans se permet de faire la leçon à l'humanité entière.

M. V. Considerant renvoie au surplus, pour sa justification, au texte de son travail, qu'il va publier. Nous y renvoyons nous-mêmes nos lecteurs. Tout explicite qu'est le passage que nous venons de citer, il ne peut donner une idée de l'étrange lecture de l'Hôtel-de-Ville.

M. Considerant ne répondit pas plus à ce second morceau qu'il n'avait fait pour le premier. On répond à des argumens, bons ou mauvais, non à des allégations sottes ou mensongères, à moins qu'elles ne se trouvent en lieu qui puisse leur donner quelque gravité. Nous pourrions bien ici, si nous le voulions, amuser le lecteur avec la moralité particulière à cet *Univers Religieux*, qui se permet de jeter les mots d'*orgueil* et d'*impertinence* aux gens à qui il ferait mieux de répondre par des raisons.

Contentons-nous de dire, à propos de ce journal, qu'il est malheureux pour le christianisme d'être défendu par des entreprises de presse mercantile; et que les hommes gravement chrétiens et catholiques doivent gémir de voir les nombreuses exploitations que l'on fait aujourd'hui de leurs croyances.

———

Le journal *La France*, trompé par la citation fausse et les déclamations de la *Gazette*, fit un article très virulent, dont nous n'avons plus le texte sous la main. M. Considerant écrivit au rédacteur en chef de ce journal la lettre suivante, qui fut immédiatement et loyalement insérée. (N°. 26. — 25 décembre 1835.)

A M. le rédacteur en chef de LA FRANCE.

Paris, 25 décembre 1835.

Monsieur,

J'ai été, dans votre journal, l'objet d'attaques violentes basées sur de fausses imputations dont je n'ai pas à vous accuser vous-même, puisqu'elles avaient été produites antérieurement dans un autre journal. Toutefois, Monsieur, il n'en est pas moins vrai que votre feuille a répandu dans le cercle de sa publicité les imputations dont j'ai été victime. Comme je n'ai aucune raison de douter de votre loyauté, j'espère que vous aurez à cœur de réparer votre erreur involontaire à mon égard, en insérant les quelques lignes de réclamation que j'ai l'honneur de vous adresser :

1° C'est une erreur manifeste de dire que j'ai attaqué les *doctrines et la personne de Jésus-Christ*. J'ai exprimé à plusieurs reprises dans mon discours la vénération que je porte au fond de mon cœur à la personne de Jésus-Christ. (Il y a dans mes attaques une dose de franchise qui ne permet à personne de douter de la franchise de mes vénérations.) J'ai séparé religieusement, en outre, les doctrines d'amour et de charité prêchées par Jésus-Christ d'avec le dogme de la *déchéance imprescriptible de l'homme ici-bas*, dogme fatal que j'aurais combattu avec plus de force encore que je ne l'ai fait, si j'avais pu. Mon discours, imprimé textuellement tel qu'il a été prononcé à l'Hôtel-de-Ville, fera foi de ce que j'avance. Je ne songe pas à rétracter un seul mot de ce discours ni à me soustraire aux réfutations loyales que l'on pourra en faire, si l'on peut, *sur mon texte*. Je demande seulement que l'on ne m'adjuge pas des paroles dont les unes sont infâmes, les autres idiotes, et le reste tout au moins du plus mauvais goût.

2° Vous avez donné accès dans vos colonnes à une autre erreur, quand vous avez fait entendre que j'ai couru la France en prêchant des doctrines anti-religieuses. Rien n'est plus inexact. Je n'ai prêché nulle part. J'ai fait dans quelques villes des enseignemens d'*économie sociale*, où il n'a jamais été question ni de controverse religieuse ni de controverse politique. Il n'a été question, dans mes cours peu nombreux, que de l'organisation du travail, qui aujourd'hui n'est pas organisé ; de la combinaison des intérêts, qui aujourd'hui divergent et luttent les uns contre les autres ; et enfin de l'utilisation de toutes les facultés natives de l'homme, facultés aujourd'hui, pour la plupart, inactives ou faussées dans leur jeu.

Je suis loin de prétendre, Monsieur, que mes principes soient identiques aux vôtres ; mais j'attends de votre justice que vous vouliez bien remettre, pour attaquer ces principes, au temps où vous en aurez pris une connaissance suffisante. Alors seulement, si vous ne les acceptiez pas, vous seriez en droit de les réfuter.

Agréez, Monsieur, dans la confiance que je mets en votre justice, l'assurance de ma parfaite considération,

V. CONSIDERANT.

La France accompagna cette insertion de quelques réflexions, que nous allons reproduire :

Quelques réflexions nous avaient été suggérées par certaines phrases du discours de M. Victor Considerant prononcé à l'Hôtel-de-Ville, phrases reproduites d'après un autre journal.

M. V. Considerant réclame aujourd'hui contre ces réflexions, qui tombent d'elles-mêmes par le désaveu des phrases qui les avaient provoquées.

M. Considerant ne se sera donc pas adressé en vain à notre impartialité et à notre justice.

Mais, tout en reconnaissant qu'il est juste d'attendre la publication que nous annonce M. Considerant pour porter un jugement sur l'ensemble de ses doctrines, nous lui ferons remarquer que ce qu'il dit de je ne sais quelle *abjection* est déjà une injure à la morale de Jésus-Christ, à cette morale de la *sublime humilité*, et qu'il nous était permis de relever cette injure.

Quant à ce que nous avons dit des prédications ou des *expositions* dans les provinces, nous n'avons voulu qu'une chose, opposer la liberté dont M. Considérant a pu jouir aux tracasseries dont sont incessamment l'objet' d'autres prédications bien autrement intéressantes.

Si nous étions appelés à nous prononcer sur l'esprit de ces *expositions*, nous nous bornerions à citer les réflexions que publiait en 1833 un journal de Besançon, ville où M. Considérant donnait alors des séances.

Le rédacteur, après avoir fait remarquer à quoi se bornait, d'après le système de M. Considérant, la nomenclature des sensations du cœur humain, toutes renfermées dans les limites d'un bonheur purement matériel, ajoutait :

« Si toute la destinée de l'homme devait se réduire à ce bonheur, à ces » jouissances limitées, au-delà desquelles l'association phalanstérienne n'en- » trevoit aucun bonheur possible, pourquoi ce désir qui va toujours en avant, » et qui semble infini en présence d'un bonheur fini? M. V. Considérant, » ou plutôt M. Fourier, dont M. Considérant ne fait que développer la » théorie, nous apprend simplement que l'homme est ici pour être le *gérant* » *du Globe*, et c'est tout! Si l'on veut dire par là que l'homme est le roi de » la création, qu'à lui seul a été donné l'empire sur toutes les créatures, c'est » une vérité qui date de six mille ans. Mais il y a confusion dans l'esprit de » M. Fourier. Ce n'est là que la moitié de la destinée de l'homme ; ou plu- » tôt il prend pour le terme ce qui n'est que la route ; pour la fin, ce qui » n'est que le moyen. Le cœur de l'homme ne peut se reposer que dans la vé- » rité immuable ; de quelques attraits qu'on entoure le paradis terrestre de » la *Phalange*, ce bonheur a toujours quelque chose d'instable, il ne peut » être la fin. »

La France reconnaît que l'on doit *juger une doctrine sur ses publications*, et que l'on peut être induit en erreur en en jugeant d'après le dire de ceux qui y sont étrangers; et dans l'article même où elle revient sur une erreur dérivant de cette dernière cause, la voilà qui en commet une autre exactement de même nature. Il est tout-à-fait faux de dire que la doctrine de M. Fourier renferme l'homme *dans les limites d'un bonheur purement matériel*. De pareilles allégations, si elles n'étaient des erreurs toujours coupables, seraient de véritables calomnies. Le rédacteur de *La France* est trompé ici par un article de la *Gazette de Besançon*, comme il l'a été par un article de la *Gazette de France*.

La doctrine de Fourier enseigne que l'homme d'abord a droit au bonheur sur la terre, qu'il doit réaliser l'harmonie sociale sur son globe, dont le gouvernement et la gestion lui ont été confiés.

L'écrivain de la *Gazette de Besançon* a fait ce que font beaucoup d'autres : il a prêté à M. Considérant et à la doctrine de Fourier des idées qui n'ont jamais été enseignées par Fourier ni par aucun de ses disciples, et il est parti de là pour faire des argumens qui sont depuis long-temps dans le domaine des lieux communs. La doctrine de Fourier enseigne que l'ame est immortelle; elle étend cette immortalité au passé et à l'avenir; elle admet les vies antérieures à l'existence actuelle, comme les vies postérieurs à cette existence; elle prétend même donner la loi de succession et d'enchaînement de ces vies différentes. Le problème de l'immortalité de l'ame a été traité par Fourier d'une manière aussi large que lumineuse et sublime. Il a mis la science là où jusqu'à lui il n'y avait eu que d'informes rêveries, de ridicules subtilités ou de sottes croyances. Ce néanmoins, un gazetier qui vient flâner à quelque séance d'un cours d'*économie sociale*, qui n'a jamais lu une ligne de Fourier, et qui ne comprend absolument rien à son système, lance dans le monde que Fourier et sa théorie limitent la destinée de l'homme à la terre.

Dans un cours d'*économie sociale* il s'agit de l'homme considéré sur la terre qu'il habite, et non de l'homme dans l'autre monde et dans les autres vies. Or, la fonction de l'homme sur la terre, c'est la gestion de cette terre : voilà ce que dit la doctrine de Fourier, et voilà ce qu'a enseigné M. Considerant. Qu'un esprit étroit, habitué à croire que le bonheur n'est possible dans un autre monde qu'à la condition du malheur dans celui-ci, conclue de là que la doctrine de Fourier limite tout à la terre, aux jouissances purement matérielles, cela ce conçoit : qu'il l'écrive, cela se conçoit toujours : qu'on reproduise l'assertion, cela se conçoit encore mieux; — mais l'assertion n'en est pas moins fausse, très-fausse, toute fausse, matériellement fausse.

Quand donc viendra le temps où l'on voudra bien savoir un peu ce que c'est que notre doctrine, pour attaquer notre doctrine?..... Il est vrai qu'il est beaucoup plus commode de nous faire dire des sottises pour les réfuter, que d'étudier et réfuter consciensement ce que nous disons.—La moisson sera belle au temps de la moisson. Le labour est dur.

NOTE (a) page 72.

L'Astronomie actuelle, qui rend compte des *mouvemens* des grands corps, est encore si peu la science des *emplacemens*, de la *distribution mesurée*, des *fonctions* et des *développemens* de ces corps dans l'espace, que ses plus illustres représentans en ignorent entièrement les lois, et nient qu'elles existent, — comme l'homme a régulièrement fait jusqu'ici pourtout ce qu'il n'avait pas su comprendre; car dans tout ordre de phénomènes, tant qu'on n'a pas su la loi on a nié qu'il y eût une loi.

Les Astronomes actuels nient si bien qu'il y ait une loi organique du ciel, que tous les calculs de la Mécanique céleste sont assis par eux sur la base des *données arbitraires*, et que cette acceptation des *données arbitraires* n'est pas seulement pour eux une ligne de démarcation tracée pour simplifier les calculs, entre les objets de la Mécanique et ceux de l'Organique céleste; c'est pour eux un principe. C'est là que se montre à nu leur horreur de l'esprit synthétique, leur étroit simplisme. La tendance ultra-matérialiste de cette école se manifeste donc franchement ici, en même temps que sa mauvaise notion du principe régulateur, qu'elle accepte bien pour norme dans l'ordre des *mouvemens*, mais dont elle nie l'intervention dans l'ordre des *emplacemens*, des *fonctions*, des *distributions*, etc. Dans ce dernier ordre de phénomènes ils ne veulent voir ni règle, ni mesure, ni hiérarchie; dans cet ordre ils ne veulent voir aucun ordre. Ils font dériver l'état des choses de l'univers, des simples mouvemens bruts de la matière, du hasard, — au mépris des convenances intelligentes dérivant d'une loi fondamentale unitaire de l'Organique universelle. Ils acceptent la Mécanique, ils ont horreur de l'Organique.

C'est une chose bizarre que l'intrépidité de nos doctes professeurs à se porter champions contre tout ce qui touche aux questions d'unité de système, de causalité et de finalité des Êtres dans l'univers. Ils vous parleront de la constitution physique et des mouvemens des grands corps; mais ils ne veulent, pour rien au monde, que l'on sorte de là. Vous êtes *damné* par la *science officielle* si vous allez plus avant. — Entendons-nous pourtant, Messieurs :

Les corps célestes ont une constitution physique et des mouvemens, — donc vous avez bien fait de faire la science de ces mouvemens et vous avez raison de chercher à connaître leur constitution physique.

Mais, apparemment, ces corps célestes sont d'ordres différens (un soleil est autre chose qu'une planète lunigère, et une lunigère autre chose qu'un satellite); apparemment ils occupent dans l'espace des places différentes; apparemment ils ont des développemens différens, des vies, des fonctions différentes. — Or, pourquoi voudriez-vous que l'on ne recherchât pas la loi de ces choses? et puis ; pourquoi voulez-vous que tous ces Êtres soient sans rapports entre eux, ou pourquoi voulez-vous interdire la recherche de la loi de ces rapports, de leur raison d'être?

De tous nos savans officiels, un seul s'est placé en dehors de la routine générale, un seul a déclaré à l'Institut qu'il y avait autre chose encore à faire que des observations fragmentaires, des collections de faits de détail, des ornemens pour l'édifice Newtonnien, et que l'intelligence humaine a droit de faire comparaître devant elle la loi de composition de l'univers. — Ce savant, c'est M. Geoffroy Saint-Hilaire.

NOTE (b) page 7³.

Le recueil que l'on a sous les yeux pouvant être considéré, sous un point de vue, comme un complément de la publication du *Congrès Historique*, nous devons dire un mot sur la scène provoquée par M. Buchez, à la suite de la lecture du second discours de ce recueil. Nous avons des raisons de croire que le livre du Congrès ne la reproduira pas.

Quand l'orateur descendit de la tribune, M. Buchez, président, prit la parole en ces termes :

M. le Président Buchez. — Messieurs, vous venez d'applaudir un discours qui n'eût peut-être pu être prononcé ailleurs que dans cette enceinte. Je ne l'ai pas interrompu, afin qu'il ne fût pas dit que le président de l'Institut Historique eût ôté la parole à un étranger, afin d'exciter peut-être un plus grand désordre. Je fais remarquer, Messieurs, que l'orateur a insulté la mémoire de nos pères, de ceux qui ont souffert, qui ont versé leur sang, sacrifié leurs vies pour faire à ces messieurs la liberté dont ils viennent d'user, comme vous l'avez entendu.

Je dois cependant dire que nous publions les travaux du Congrès dans le but de propager en Allemagne, en Italie et dans le reste de l'Europe de nobles idées sous la forme historique, et si le discours que vous venez d'enendre était imprimé dans le compte-rendu, notre livre ne pourrait entrer en Italie et en Allemagne. Aussi ce discours ne pourra pas y trouver place. La commission aura à se prononcer sur ce point.

Un Membre, de sa place : — Je demande la parole. Je demande qu'il soit constaté que M. Buchez à écrit pendant tout le temps de la lecture du discours. Il ne peut blâmer ce qu'il n'a pas entendu. C'était un parti pris d'avance.

M. le Président. — Je ne permettrai pas qu'on parle plus longuement sur ce sujet : nous sommes ici pour nous occuper d'histoire et de morale, de sujets sérieux et graves. J'ai fort bien entendu l'orateur : il n'a rien respecté de ce que les hommes respectent, et, s'il est permis de le dire, il a trouvé la place pour attaquer même l'Institut, qui l'avait reçu ici ; mais nous ne croyons pas devoir relever le gant qui nous a été jeté.

M. Considerant , au milieu du bruit : — Je demande la parole.

M. Buchez. — Je ne vous donne pas la parole.

M. Considerant. — Alors, je la prends pour déclarer que , sans accepter les termes de M. Buchez, je consentirai facilement à ce que mon discours ne soit pas imprimé dans le compte-rendu, pour peu que ce discours puisse nuire aux intérêts de l'Institut Historique.

Pour comprendre cette sortie de M. Buchez, il faut savoir que M. Buchez appartient à une petite secte sauvage qui ne prêche rien tant que l'intolérance, qui ne vénère rien plus que l'inquisition et la convention, et qui a la prétention quelque peu singulière d'être à la fois parfaitement catholique et parfaitement révolutionnaire. A tous ces titres, M. Buchez n'avait pas besoin d'écouter très attentivement le discours de M. Considerant pour se sentir en verve; et puis la suppression de la discussion était beaucoup plus commode que la discussion pour M. Buchez et messieurs ses amis, qui jusques-là s'étaient montrés ardens à réfuter tout le monde au Congrès. Réfuter, le mot s'entend.

Du reste, la manière dont M. Buchez prouve qu'il a écouté est assez curieuse; la preuve qu'il a écouté, dit-il, c'est qu'il a entendu l'orateur attaquer *même l'Institut, qui l'avait reçu ici* (au Congrès de l'Institut Historique). M. Considerant, en parlant de la section des sciences morales et politiques de l'Institut de France (pages 60 et 71, en (a) et (b)), ne pensait pas que si quelqu'un pouvait prendre l'Institut de France pour l'Institut Historique, ce devait être le président de ce second Institut. — Mais la malveillance peut aveugler, même quand ils écoutent, des présidens d'Instituts et de Congrès, jusqu'à leur faire prendre, comme à ce pauvre singe, le Pyrée pour un nom d'homme.

UN DERNIER MOT.

Qu'il faut distinguer entre une manifestation des besoins du sentiment religieux, et un retour aux théories religieuses du catholicisme.

Les questions soulevées dans les discussions précédentes sont des sujets du plus grand intérêt, qui appellent à haute voix les hommes d'avenir. Malheureusement, les meilleures intelligences se sont laissé jeter par le courant du siècle hors des grandes questions de la Destinée humaine ; elles se perdent dans de misérables querelles, dans des luttes vaines ou subversives ; elles ne se prennent qu'à des choses sans valeur et sans portée. Aussi jamais les intelligences et les hommes ne se sont-ils usés plus vite qu'ils ne s'usent aujourd'hui en ces combats sans utilité et sans gloire. L'intelligence s'appauvrit et s'exténue sans profit quand elle reste enfermée dans des sphères basses et étroites. Il faut à l'aigle les champs du ciel ; il dépérit dans nos cages.

Maintenant qu'après avoir si long-temps secoué l'arbre de la Politique on commence à reconnaître que ses fruits sont des fruits de déceptions, pleins de cendre et de sucs amers, maintenant il faut revenir à ces questions transcendantes sur l'Homme et la Destinée. Il faut y revenir, non plus pour reproduire les solutions fausses et les disputes anciennes, mais pour produire des solutions nouvelles.

L'esprit humain en se développant a reconnu la vanité des solutions anciennes ; il a rejeté ces solutions. C'était bien ; mais la faute commise a été d'abandonner les grands problèmes, en mépris des solutions qui avaient été fournies à leur sujet. De jour en jour on a plus distinctement conscience de cette faute ; l'intelligence revient à ces questions, parce que la connaissance de leur objet est un invincible besoin de sa nature, qui peut bien être quelque temps endormi, mais qui ne saurait périr. Les partisans des solutions anciennes se réjouissent de ce retour à l'objet des questions, parce qu'ils croient y voir un retour aux solutions qu'ils caressent encore. Ils voudraient croire et faire croire à une réaction en faveur des théories rejetées ; il voudraient interpréter au profit de ces théories ce besoin dont le sentiment se reproduit dans l'intelligence. Or, il importe de diriger le mouvement nouveau vers l'avenir, non de le retourner sur le passé ; il faut aujourd'hui poser nettement les questions et bien s'entendre. L'ame de l'homme a soif, voilà le fait certain. Un autre fait aussi certain, c'est que les sources auxquelles elle puisait autrefois n'étaient pas les sources de vie, car les sources de vie n'eussent pas été abandonnées. Il faut donc des sources nouvelles, il faut découvrir ces sources et les indiquer; voilà la tâche à accomplir.

Ainsi donc, s'il ne s'agit plus aujourd'hui de faire du dix-huitième siècle et de la négation pure, à plus forte raison, à notre sens, s'agit-il moins encore de reculer plus en arrière. Notre opinion sur ce point est bien nette et bien arrêtée. Nous devons donc faire opposition à ceux qui, dans le domaine philosophique ou religieux, travaillent à opérer un retour vers le passé; et cette opposition, nous ne devons pas la faire et nous ne la faisons pas au point de vue d'une négation pure du passé, mais au point de vue d'une affirmation de l'avenir.

Nous savons bien que beaucoup de nos adversaires, profitant de la réaction que nous signalions tout à l'heure et qu'ils cherchent à escamoter au profit de leurs idées anciennes, se garderont bien, en nous attaquant, d'apercevoir cette différence de point de vue. Ils nous accuseront de nier; ils ne diront pas que nous croyons et ce que nous croyons. Ils ne diront pas : Ces gens-ci sont des gens *religieux autrement que nous;* ils diront : Ces gens-ci sont des gens *irreligieux !*—Les premiers chrétiens aussi étaient des impies pour les vieux païens.

Il faut donc s'attendre à tout cela et à d'autres choses encore. Toutefois cela et les autres choses pourront augmenter les difficultés de la tâche, mais non pas empêcher que la tâche ne s'accomplisse. Nous croyons même que les hommes qui sentent véritablement quelque chose en eux, qui ont science, croyance et bonne volonté, ne se laisseront pas intimider le moins du monde par les déclamations et les imprécations dont ils pourront être les objets. Ils feront leur œuvre.

FIN DES NOTES ET PIÈCES.

Pour paraître en date du 1er juillet 1836.

LA PHALANGE,
JOURNAL DE LA SCIENCE SOCIALE,
POLITIQUE ET LITTÉRAIRE.

Prix : 56 fr. pour un an; 19 fr. pour 6 mois; 10 fr. pour 3 mois. — Directeur du Journal, M. CONSIDERANT, rue Jacob, 22, à Paris.

PUBLICATIONS DE L'ÉCOLE SOCIÉTAIRE.

CHARLES FOURIER. — THÉORIE DES QUATRE MOUVEMENS.— 1808. — Un vol. in-8º. Epuisé.—C'est le début de l'homme : un ouvrage dans lequel il a jeté, avec tout le feu de la jeunesse et toute la fierté d'un hardi génie, les merveilles et la poésie de l'avenir ; c'est un brillant prospectus de la découverte dont sa tête était encore en création alors.

TRAITÉ DE L'ASSOCIATION DOMESTIQUE AGRICOLE. —1822. — Deux très forts vol. in-8º, compactes, 12 fr. — Ouvrage dans lequel Fourier a déposé toute la science qu'il ait jusqu'ici donnée. C'est la source générale, l'Evangile de l'Ecole sociétaire ; c'est le livre indispensable à quiconque veut étudier à fond les théories de cette Ecole.

SOMMAIRE DU TRAITÉ DE L'ASSOCIATION.— 1822. — 1 fr. 50 c.

LE NOUVEAU MONDE INDUSTRIEL ET SOCIÉTAIRE.—1829.—Un fort vol. in-8º, 6 f. —Exposé méthodique et bien scientifiquement conduit de la partie sociale, traitée avec plus de développemens dans le grand traité.

LA FAUSSE INDUSTRIE. 1 vol. grand in-12, 5 fr. — L'auteur s'est proposé surtout de démontrer l'urgence de faire un essai sociétaire réduit à un bas degré.

JUST MUIRON, secrétaire de la préfecture de Besançon.—VICES DE NOS PROCÉDÉS INDUSTRIELS. — 1824. — Broch. in-8º (176 pag.). 3 fr.

TRANSACTIONS SOCIALES, RELIGIEUSES ET SCIENTIFIQUES, DE VIRTOMNIUS. 1852.— 1 v. in-8º, 3 f. — Cet ouvrage du plus ancien disciple de Fourier est consacré aux grandes questions théosophiques qui ont pour but Dieu, l'Homme et l'Univers.

A. TRANSON, ingénieur des mines, ancien élève de l'Ecole polytechnique. — THÉORIE SOCIÉTAIRE DE FOURIER. 1835. — Epuisé.

C. PELLARIN, chirurgien de la marine. — DE LA MÉDECINE DANS L'ORDRE SOCIÉTAIRE. — Epuisé.

A. MAURICE. — DANGER DE LA SITUATION ACTUELLE DE LA FRANCE.— 1833. — 1 vol. in-8º. Epuisé.

J. LECHEVALLIER. —ETUDES SUR LA SCIENCE SOCIALE.—1832-1834.— 1 vol. in-8º, 8 fr.—Ce livre, écrit avec la verve spirituelle que l'on connaît à son auteur, est un duel entre les doctrines saint-simonniennes et les solutions de l'Ecole sociétaire.

LEMOYNE, ingénieur des ponts-et-chaussées, ancien élève de l'Ecole polytechnique.—ASSOCIATION PAR PHALANGE.— 1832. — Brochure in-8º. Résumé didactique. 1 fr.

PROGRÈS ET ASSOCIATION, par le même (sous presse), 2 vol. in-8º, qui contiendront, sur les matières actuellement étudiées de la grande économie industrielle, des travaux dont les connaissances particulières et la position spéciale

de l'auteur garantissent assez la valeur.

BERBRUGGER, secrétaire du maréchal Clausel.—CONFÉRENCES SUR LA THÉORIE SOCIÉTAIRE.— 1854. — Br. in-8º.

BAUDET-DULARY, docteur en médecine, ex-député du département de Seine-et-Oise.—CRISE SOCIALE.---1854. Br. in-8º, 1 fr.

MADAME CLARISSE VIGOUREUX.— PAROLE DE PROVIDENCE.—1855. — In-8º, de luxe, très-élégant ; 3 fr. --- L'œuvre d'une femme chez qui la pensée forte et profonde trouve à son service un talent élevé.

V. CONSIDÉRANT, capitaine du génie, ancien élève de l'Ecole polytechnique. — DESTINÉE SOCIALE. — 1836.—2 forts volumes in-8º, très-belle édition, gravures ; 16 fr. — Cet ouvrage, dont on achève en ce moment l'impression, a été écrit dans le but de donner à l'Ecole sociétaire le livre qui lui manquait, une exposition claire, précise, attrayante et adaptée aux exigences littéraires et typographiques de l'époque.

CONSIDÉRATIONS SOCIALES SUR L'ARCHITECTONIQUE, par le même.—1835.—Br. in-8º; gravure ; 2 f. 50 c.

ÉDUCATION, par le même, 1836; in-8º. — 2 fr. 50 c.

VILLEGARDELLE.—ACCORD DES INTÉRÊTS ET DES PARTIS.—1836.—75 c.

S.-R. SCHNEIDER. --- DAS PROBLEM DER ZEID UND DESSEIN LOSUNG DIE ASSOCIATION— Problème du temps et sa solution par l'Association. Gotha, chez Henning et Hops.

EUGÈNE D'IZALGUIER. --- ÆSTHÉTIQUE. — Application aux arts æsthétiques de la loi d'harmonie universelle. (Pour paraître ultérieurement.)

CHARLES DAIN.—SYSTÈME DU DROIT HARMONIEN.---- (Pour paraître ultérieurement.)

TROIS DISCOURS, prononcés à l'Hôtel-de-Ville (congrès historique), par Ch. Dain, V. Considerant et E. d'Izalguier; grand in-8º. 1836. — Prix : 4 f.—Considérations générales sur l'histoire au point de vue de l'Ecole sociétaire.

NÉCESSITÉ D'UNE DERNIÈRE DÉBACLE POLITIQUE.—in-12, 1836. Prix : 1 fr. 50 c. --- La débacle invoquée ici est celle de la politique elle-même, et de toutes les stériles et fausses théories. C'est un prome politique de l'Ecole sociétaire.

LA RÉFORME INDUSTRIELLE, OU LE PHALANSTÈRE.--Journal fondé en juin 1832, par Fourier, Muiron, Considerant, Lechevalier, Transon. et l'auteur de PAROLE DE PROVIDENCE.—1832-33.— 2 v. grand in-4º, 30 fr.

Tous ceux de ces ouvrages qui ne sont pas épuisés, se trouvent au dépôt central des publications de l'Ecole sociétaire, rue Jacob, nº 22, à Paris, où l'on peut s'adresser pour les demandes et abonnemens.

TROIS DISCOURS A L'HÔTEL-DE-VILLE